翠

柴田勝家

人物文庫

学陽書房

目次

柴田勝家

第一章　八雲立つ尾張の国の

彼は平凡な人間だった。

ごく平凡な村に生まれ、日々の労働と妻子や家族が、その生涯の大部分を占めるはずだった。

大地が時に風雨に打たれ、空が朝夕に茜色に染まるように、ありきたりの苦労と、ささやかな喜びが、その生涯を彩るにすぎぬ、はずだった。

あのような夏の日――あのように、どこまでも遠く青い空を仰ぎ見る日が来ようとは、誰も、彼自身さえ、思い描いたこともなかった。

毎日は、同じように過ぎていくのだと、ずっと、彼は信じていたのだ。

＊＊＊

夜明け前。

朝靄《あさもや》を分け、鍬《くわ》が、深く土に落ちた。

星がひとつ、またひとつと消え、空は淡い藍色を帯びていく。

目を上げると、空の高みに半月が青白く輝いていた。

薄闇の向こうで、誰かの足音を聞いたような気がして、権六《ごんろく》は鍬を振り上げる手を止めた。

「誰ぞおる」

地面すれすれの足元を、ゆっくりと靄が流れていく。

社《やしろ》の村はまだ寝静まり、起きているものとていない。

足音が遠ざかり、続いて、今度は馬の駆ける音が聞こえた。

笛の音が、かすかに響いた。

「誰ぞおる」

目を凝らすと、ぽつりと小さな提灯の火が、揺れながら去っていくのが見えた。

呼ぼうとして口を開けると、朝の空気が、すがすがしく胸に流れ込んできた。

どこかで、不如帰《ほととぎす》が鳴きはじめた。

　テッペンカケタカ
　テッペンカケタカ
不如帰は山に棲み、夏とともに里に下りてくる。

疲れと眠気――それを凌ぐ快活な目で、権六は何気なく笑った。

テッペンカケタカ

しんとした夜明けのなかで、起きているのは権六と、この姿も見えぬ不如帰だけだ。

彼は、ここ尾張国社村の少年である。

少年とはいえ、すでに十五、六の年頃で、体は大人なみの丈がある。そろそろ前髪を落とし、〝刀さし〟をする時期だ。

実際、その腰には父親の形見の打刀《うちがたな》が突っ込まれていた。

霧がしだいに晴れてゆき、不如帰もどこかへ飛び去る。

「テッペンカケタカ！」

不如帰の鳴きまねを呟いて、権六は鍬を振り上げた。

荒れ果てた畝《うね》の雑草の葉に、朝露がいくつも玉を作っていた。

今日も、暑くなりそうだ。

やがて一番鶏が鳴き、二番鶏が鳴き、東の丘の明徳寺の鐘が響いて、村がいっせいに目をさます。

朝焼けが始まっていた。

雲が真っ赤に燃え、空が金色に染まり、やがて東の丘に太陽が顔を出すまで、権六は黙々と荒れ地を耕す。

日が昇りきり、空がすっかり明るくなってから、権六はようやく顔を上げた。

高台にある畑からは、なだらかな丘陵が続く杜の村が見渡せた。

どこまでも続く真っ青な空、明徳寺のある東の丘と、北の彼方にこんもりと繁る狐森。緑の苗がそよぐ棚田の間に、ため池や川が光る。

丘の麓の家からは、朝餉《あさげ》の煙が立ちはじめていた。


鍬を担ぎ、帰りかけた権六の足元に、飼い犬のヤリがまとわりつく。

おせじにも器量がいいとはいえぬ灰色犬だが、権六とは兄弟のように育った。ヤリは太い尻尾を振りながら、先に立って丘を駆け下りていく。

それが、ふいに両耳をぴんと尖らせ、北に向かって吠えだした。

「どうした、ヤリ」

風にそよぐ青田の間の畦道を、村の少年たちが五、六人も連れ立って来るのが見えた。

「〝天狗〟の玄か」

先頭をきる〝天狗〟の玄助は、隣村まで聞こえた暴れ者だ。小作人の倅《せがれ》だが、せんだっては十も年上の地主の息子を殴りつけ、木に逆さまに吊るされた。気を失っても、最後まで詫びをしなかった。

「早いな、飯は喰ったか」

〝天狗〟は自慢の大刀《だいとう》を手に、じろりと権六を睨みつけた。手下の豆虎、瓜坊、草つむらも、同類の小天狗だが、みな権六には一目置いていた。

「権六あにさよ、おみゃあ、あやしい奴ぁ見なんだか」

玄助はひどい尾張訛りだ。

「透波《すっぱ》かぁ分からんが、上社から一色村《いっしきむら》、猪子石《いのこし》にも、うろついちょる」

〝透波〟とは、敵の間者を云う。

「どこだ。〝葵〟か、〝赤鳥〟か」

「どこぞの奴でも、見つけたら捕《と》らえてちょうせ」

おう、と答えて、権六は鍬を担いで家に向かった。夜明け前から働いて、腹が死にそうに減っていた。

＊＊＊

権六の家は、段々畑のまんなかにある。

板敷きが二間と、土間ばかりの小さな家だ。その庭先で、妹の〝はな〟がべそをかいていた。やっと六つになったばかりの、一番下の妹だ。

権六を見ると、飛びついてきた。

「あんなぁ、裏の畑のなすびがな、ぎょうさん盗られて、ばっさが怒っとりゃぁす」

厨《くりや》の窓から、寅ばっさの小言が聞こえた。

「それみゃあ、権六が横着者で、畑の垣が壊れたままだに、わしの言った通りだがね」

権六は笑った。

「ぎゃあつくぎゃあつく、そうましいの」

はなは甘えて、権六の足にまとわりついた。権六は妹を肩に抱き上げた。

父親の顔を知らないはなにとっては、権六が父親がわりだ。肩車され、すぐにきゃっきゃと笑いはじめた。

すると声を聞きつけたのか、裏庭から姉のいしが心張り棒を手に顔を出した。

「権六よ、裏の畑のなすびがやられた」

年は二つ違いだが、体格は権六よりいいかもしれない。顔も胸も西瓜のように丸かった。

「今川の透波だわ。いや、三河者かもしらん。美濃かもしらん。見つけたら、このいし様が縄でくくって、ただではおかんわ」

権六が手拭いで着物をはたきながら家に入ると、寅ばっさが上がり框《かまち》に仁王立ちして待っていた。

「朝のうちに垣を直して、それから猪子石の畑へ行け。水路を修繕して、耕して、秋には麦を撒け。代替わりの徳政は今年で終わる。来年は、たんと年貢を出さねばならんで、遊んどる暇はないぞ」

「社の田と、猪子石の畑を、わし一人では、ようやれせん」

「いいわけすな」

権六は頭をかいた。

「なら、馬を田に出さんといかん」

家には、よぼよぼの葦毛《あしげ》馬がいた。厩《うまや》で飼い葉を食うばかりの穀潰《ごくつぶ》しである。

「いかん」

寅ばっさは奥の間に入り、二羽の鳥が描かれた大きな米櫃《こめびつ》の前に座った。

「ならば、売ろまい」

「厩の馬は、柴田の殿様から名字をいただいて侍になったとき、拝領した馬の子だで。侍の家が、馬を田に出すとは、どの口が言う」

「侍より、飯の方が大事だが」

母の〝ゐの〟が囲炉裏にかけた鍋の蓋をとると、ふわふわと雑炊の湯気が上がった。

「さ、朝餉をあがりゃぁせ」

母親は余計なことは一切、言わない。いしが、急いで膳の支度を始めた。

「ええわ、垣の修繕は、いしがやろまい。いし様は牛より力があるで、田も手伝う」

上がり框に座った権六に、はなが膳を運んできた。椀の中身は、いつもと同じ、間引きした青菜の味噌雑炊だ。

寅ばっさは、歯のない口で雑炊を器用にすすりながら、お決まりの話をはじめた。

「お前のじっさまは地下人《じげにん》だったが、一色《いっしき》城にいりゃあた柴田の殿様の馬の口取りから始め、ぎょうさん手柄を立てて侍になった」

もう百万遍も聞いた話だ。

権六も覚えているが、祖父は雲をつくような大男で、声は雷のようだった。

普段は畑を耕しながら、戦《いくさ》になると足軽として出陣し、首でも銭でも馬でも武具でも、手あたりしだいに取って帰り、稼いだ金で畑を買い、家を建て、人を雇い、さらに荒れ地を開墾した。

物心ついたころに死んだが、権六はじっさまのことをよく覚えていた。手作りのどぶろくを呑みながら、いつも戦の話をしていた。

「足軽の首など狙うな。兜首《かぶと》でなければ、手柄にはなるまいぞ。馬に乗っていれば、なおよい。が、油断は禁物だ。足軽どもにゃあ、こっちの兜首がお宝だ――」

もしゃもしゃと生えた髭に、ぎょろりとした目。興が乗ると雷声はますます大きくなった。

「権六が似とるは、顔だけだ」

それも、ばっさの口癖だ。

祖父の働きのおかげで、一家は父の代には家産も増え、戦に行くにも下人を五、六人も連れていく身になった。こちらは気の優しい人で、戦より、村の水路の修繕や、戦の時に立てこもる村砦を造るのに熱心だった。牛を買って村人に貸したり、戦で焼けた明徳寺の門を修繕したり、村では有徳《うとく》の人と慕われていた。髭面の、目の穏やかな人だった。

しかし、豪傑であった祖父も、有徳の人であった父親も、もういない。

社の村は、西の尾張織田家、北の美濃斎藤家、西の三河松平家、駿河今川家の領地にはさまれ、三つ巴のまんなかの地だ。土は肥えて、水も豊かで、どの国からも領地にしようと狙われている。

実際、あたりの城は毎年のように城主が変わり、戦が絶えない。

祖父は数年前に北の守山の城で、三河の松平軍と戦って討ち死にした。寄り親であった柴田の殿も、首を取られた。

父親は、その三年後、西の那古野《なごや》で織田軍と今川軍が戦ったとき、敗走する今川軍の略奪から村を守ろうとして矢に当たった。

祖父が死んだ守山の戦、父親が死んだ那古野の戦。どちらのときも、権六は家族といっしょに明徳寺に逃げ、北の空、西の空が真っ赤に燃えるのを見つめていた。

だから、朝焼けも、夕焼けも、きらいなのだ。

＊＊＊

「わしは、畑を耕しとる方がええ」

権六は残りの雑炊を流し込み、立ち上がった。

じっさまが一代で築いたものは、瞬く間に消えてしまった。広い田畑は手が回らずに半分は荒れ田のままで、馬も牛も売り払い、下人も逃げた。

いしが溜め息をついた。

「せめて、弥平が戻ってくれば」

たった一人だけ残っていた忠義者の弥平次も、去年の戦で〝人取り〟にあい、さらわれて行方が知れない。行方が分かれば買い戻せるが、それにも相応の金がいる。

喰うためには、とにかく権六が畑を耕すしかない。

「もう少しの辛抱だが」

戦続きで、東尾張のどの村、どの家も、似たようなものなのだ。

しかし、今年は、豊凶を占う〝天一太郎《てんいちたろう》〟の日に雨が降ったから、気候は良好だ。豆も瓜もよく育っている。田植えも終わり、麦の刈り入れも間もなくだ。

久しぶりに、食うに困らない年になるだろう。

明徳寺の狸和尚も、今年は秋の神楽《かぐら》ができるだろうと喜んでいた。秋祭には、ご馳走の小豆《あずき》飯だって喰えるに違いない。

権六はまた鍬を担ぎ、籠をしょって家を出た。


権六の家は社村の南部、下社にあり、猪子石村へ行くには、野道を真っ直ぐ北へ行く。夏草の揺れる路傍には、粗削りの地蔵が、ぽつぽつと豆を蒔いたように立っていた。

権六の前を行くヤリは、それが自分の仕事のように、一つひとつ地蔵の足を嗅いでいく。羊歯《しだ》藪の中には、首の落ちた地蔵があって、その前にかじりかけの茄子があがっていた。

権六は笑った。

(生のままかじるやつがあるか、腹をこわすぞ)

真っ青な空に入道雲がわき上がり、蝉がしきりと鳴いていた。

右手には、こんもりとした狐森が見えてきている。前山とも呼ばれる小高い森で、遠くからでもよく目立つ。

寅ばっさが語るには、昔むかし、村が旱《かん》ばつに苦しんでいたとき、神様が馬で通り掛かって、村人に白い矢羽をくれた。それを森に祭ると雨が降り、以来、このあたりは水が豊かになったそうだ。

〝社〟は〝矢白〟で、白い矢羽を祭った社が、すなわち〝やしろ〟なのである。だから、狐森は今も聖域だ。片目の大猪が住んでいて、夏でも枯れぬ泉を守っているという。

狐森を横目で見ながら、目まいのするような日差しの下を半時ばかり歩き続けると、ようやく、涼しい風が額にあたった。

猪子石のはずれには、香流川《かなれ》が東西に流れている。夏にも澄んだ水をたたえた川だ。二町ほどもある土地は、この香流川の河畔にあった。

寅ばっさは猪子石から嫁に来たが、その実家は戦で死に絶え、田畑は権六の父親が引き継いだが、ここ数年は荒れ放題だ。

（まずは、胡瓜でも植えるか）

胡瓜は荒れ地でもよく育つ。権六はせっせと草を刈り、固くなった土を耕して、昼過ぎには香流川の土手に座って胡瓜を食べた。川で冷やしておいたので、ひんやりとして旨かった。

ぽりぽりと胡瓜をかじっていると、西の方から、みょうちくりんな歌声が聞こえてきた。土手をひらひらと手足を舞わせてやって来るのは、村でも評判のひょうきん者だ。

「〝おちょけ〟の二郎太、また酒買いか」

「おうよ、あの飲んべえ爺め」

権六と同じ年頃の二郎太は、手に徳利を提げていた。両親を疫病でなくし、藪医者で評判の祖父に厄介になっている。おどけているが、なかなかの智恵者である。

「那古野の殿が、まだ東山に鷹狩りにいりゃあたか」

ちらりと向こう岸に目をやった。

川向うの道を、馬に乗った数人の侍が駆けていく。人間は豆粒ほどだが、掲げた旗印はよく見えた。瓜の切り口のような〝木瓜《もっこう》〟。織田家の旗だ。ついこの前までは、今川の〝赤鳥〟や、松平の〝葵〟の旗が我が物顔で駆けていたが、今はこの〝木瓜〟が大手を振って往来している。

〝那古野の殿〟は、今のところの東尾張の領主である。

東の那古野に住んでおり、それで〝那古野の殿〟と呼ぶ。名は織田三郎というらしい。最近、木下城に隠居していた父親が死に、代替わりしたばかりである。織田家は、もとは尾張下四郡を治める守護代の代官という、中流の家柄である。しかし、交通の要地である津島を地盤に財力をつけ、主家を凌いだ。

明徳寺の狸和尚が言うには、織田三郎は、なかなかの〝器用の仁〟だということだ。

実際、権六の祖父が死んだ守山城の戦いで松平の殿様を闇討ちで殺し、父親が死んだ那古野城の戦いで今川の若君をだまし討ちして追い出した。

遠ざかる武者たちを眺めながら、二郎太は鼻に皺《しわ》をよせた。

「あの殿は、えりゃあもんだと。三度の飯より戦が好きで、先だって死んだ先の殿様も、木下城に十年も閉じ込めて、ついに殺したちゅう噂だが」

「ほうか」

権六は残った胡瓜を半分に割り、片方を二郎太にやった。

「秋の祭ができるなら、どんな殿でも悪くはなかろう」

権六にとって大事なのは、年貢が上がるのかどうか、夫役《ぶやく》が増えるのかどうか、暮らしが良くなるのかどうかだ。

二人は並んで胡瓜を喰った。ヤリは河原で蛙を追うのに忙しい。

「権六よ、狐森の噂は聞いたか。狐森に白狐が住み着いて、御殿を建てたとよ。ほれ、ここんとこ、森から木を打つ音が聞こえとろう。白狐は化けて人を騙すとよ。近づかんほうが、ええ」

二郎太は藁に結んだ銭をちゃらちゃら鳴らし、また歌いながら帰っていった。


夕空に一番星が輝くまで、権六は仕事を続けた。

河原に下りて顔を洗うと、水面を吹き抜けていく涼しい風が心地よかった。

蜩《ひぐらし》の声を聞きながら、権六は鍬を担いで家路についた。空には、入道雲が立ち上がり、狐森にさしかかるころ、ぱらぱらと夕立が降りだした。

「狐の嫁入りだ」

先を歩いていたヤリが、ふと風を嗅いだかと思うと、一目散に狐森に向かって駆けだした。

「戻れ、ヤリ。こんくらいの雨」

権六は追おうか迷った。

二郎太の話など信じていないが、狐森は樹木が深く生い茂り、あちこちに沼や池もあり、村の者も滅多に立ち入ることはない。迷い込んだ村人が、よく行方知れずになっていた。そんなとき、人々は矢白神様のばちが当たった——と言うが、実際、猪や狼が住み着いている。

森の口は、もう薄暗くなっていた。ヤリがさかんに吠える声がこだましている。

「あんの、たぁけ」

仕方なく追いかけていくと、ヤリは森の口近くにある大きな柿の梢に向かって吠えていた。さらに、その木を真ん中にはさみ、十人ばかりの少年たちが二組に分かれて睨み合っていた。柿の梢を指さしては、口々に罵っている。

「盗ッ人だが」

「いいや、こいつは透波だ。〝赤鳥〟の間者だ」

一方は、すりきれた単《ひとえ》に裸足の連中で、騒ぎの音頭をとっているのは、〝天狗の玄〟だ。豆虎、瓜坊といった朝の顔ぶれのほか、虫丸、でんがら、草つむじといった悪童仲間が雁首を並べていた。

対するもう一方は、伸しのきいた袴をつけ、颯爽《さつそう》とした小姓髷《まげ》を結った侍の少年たちだった。こんなところに小姓がいるとは珍しいが、いくつか見覚えのある顔も混じっていた。

権六は鍬をかついだまま、柿の木に近づいていった。雨もとっくに止んでいる。

「おみゃあら、朝から遊んどったのか」

「遊びじゃあらせん」

〝天狗の玄〟は、自慢の大刀を柿の梢に突きつけた。

「やっと透波を見つけたが、おとらかしたる」

柿の木の一番上の枝に、見すぼらしい小僧がしがみついている。何色とも分からないぼろぼろの着物をきて、むきだしの手足はひどく痩せている。年は、権六よりいくつか年下らしかったが、山犬のような目つきをしていた。

「くそたぁけ、そんなさびさびの刀で、脅せるか。オレは、打ち首も、はた物も、何百ぺんも見とるで。こわい物などあらせんが」

確かに、言葉の訛《なま》りが少し違った。

生意気そうだが、どことなく愛嬌のある顔をしていた。十数人に囲まれても、花見でもしているような風をしている。

「それより、お前ら、握り飯のひとつも持っとらんのか。持っとれば、施《ほどこ》せ、オレに。功《く》徳《どく》があるぞ」

「うちに来りゃあ、雑炊くらい喰わせるが」

権六が言うと、小僧は青柿をもいで投げつけた。

「雑炊なんぞ、この〝なるかみ〟久助《きゅうすけ》様は喰いやせん」

少年たちは、小僧そっちのけで喧嘩をはじめた。

「あいつは村で調べる、侍どもは手を出すな」

小姓の頭格は小太りの少年だった。まだ十二、三といったところだろう。

「我々は、殿より前山の警護を任されている」

しゃれた袴を着こなして、色白の頬《ほお》は餅のように丸々と肥えていた。彼らは近隣の国人領主を父親に持つ連中だ。いつも威張って、地下人の子を見下している。

「地下者は引っ込んでいろ」

追従した手下たちが、〝天狗の玄〟の胸を突き飛ばした。玄が大刀を構えた。悪童たちもみな武器を持っている。小姓たちも大刀の柄に手をかけた。

乞食小僧は、にやにやと成り行きを見守っている。

面倒くさくなり、権六はヤリを連れて帰ろうとした。晩飯に遅れてしまう。馬の世話もしなければならないし、明日の薪も割らねばならない。

その背中を、柿の木の小僧が呼び止めた。

「ありゃあ、なんぞ？」

見上げると、小僧が森の奥を指さしていた。真っ暗な森の奥で、何かがちらちらと揺れている。

火だ。

悪童たちも、小姓たちも、それに気づいた。

森の奥には、勘三郎屋敷と呼ばれる荒れ果てた館跡があるだけで、人などいない。火は地面の低いところをふわふわと漂いながら、こちらの方に近づいてくる。

「……狐火だ」

ふっと火が視界から消え、すぐそこの藪が揺れたと思うと、葉の中から真っ白な狐の顔が浮かび上がった。

梢の彼方でおびただしい鳥が鳴いて飛びたち、少年たちはわっと叫んで逃げだした。

ヤリが藪に向かって突っ込んでいく。

「ヤリ、よせ」

叫ぶと同時に、〝狐〟がきゃっと悲鳴をあげた。澄んだ少女の声だった。

「この犬、むこうへやって」

権六は急いでヤリを押さえつけた。かさかさと藪を分けてきたのは、鴇《とき》色の帷子《かたびら》に紅の湯巻き、手に梅紋の提灯をさげた娘だった。

「ああ――驚いた」

娘は、かぶっていた狐の面を取ると、桑の実のようなつやつやとした目で、真っ直ぐに権六を見た。

＊＊＊

森を、ひそやかに謳《うた》う声が渡っていく。

八雲たつ　出雲八重垣
　妻籠みに　八重垣つくる
　　その八重垣を

権六と乞食小僧は、娘の後をついていった。娘は狐面を額の上にあげたまま、すたすたと暗い道を登っていく。手にした小さな提灯が、烏瓜《からすうり》のように揺れている。

〝なるかみ〟久助が権六の脇をつついた。

「めんこい子じゃな」

娘は、振り返って久助をにらんだ。

「あんたたち、なぜついてくるの」

年頃は十一、二くらいに見えた。よく動く目と、はねるような足取りが、鶉《うずら》の子のようだと権六は思った。

「あんたたちがついてくると、あたし、叱られる」

久助はにやにやと笑っている。

「こん兄《あに》さの犬が、こっちへ逃げちまったでな。捕まえんと、あらけにゃあ犬だで、誰その足を嚙むかもしれん」

娘はきゅっと口を結んだ。膝丈の裾からのぞいた娘の脛《はぎ》は、白く細くて、ヤリなら一口で銜《くわ》えてしまう。娘が怖がっているのを見て、権六は謝った。

「堪忍してちょうせ。ヤリを捕まえたら、ちゃっと帰るで」

娘はちらりと権六の方を見て、またすたすたと歩きだした。

やがて、木立の向こうに館が見えてきた。

村では珍しい瓦の屋根で、庭には柴垣が巡らされていた。庭先に古い梅の木が一本あって、枝に小さな釣り灯籠が灯されていた。

娘は垣根についた木戸を押し、庭に向かって声をかけた。

「ごっさま」

奥様《ごっさま》――と呼ばれるからには、身分のある女人が住んでいるのだろう。

柴垣と木立に隠れるようにある館は、小さいが立派なものだった。縁先には広い板敷きの間があり、舞台のようになっていた。軒には焼物の灯籠がいくつも釣られて、蜜のような光を放っている。

その淡い光の輪の中に、白い影が浮いていた。

ぎょっとしたが、すぐに被衣《かつぎ》を着た人だと分かった。その人は、青白い女面をつけていた。白い小袖に、蝉の羽のような透き通る被衣をまとい、手には金色の扇をもっていた。森を覆う闇と、灯籠の蜜色の光の狭間で、音もなく舞っていた。

謡《うたい》はなかった。楽《がく》もない。

しかし、何か不思議な、哀しく美しい音楽が、あたりに満ちているように感じた。

権六は息苦しいような心地になり、縁板に視線を落とした。濡れ縁は真新しい欅《けやき》の板で、今しも誰かが置いたように、篠笛が一管、ひっそりと残されていた。

娘が、もう一度声を掛けた。

「ごっさま、騒いでいたの、この子たちです」

舞人《まいびと》の動きが止まった。草むらで虫が鳴きはじめ、蛍がふわりと飛んだ。

「犬がこっちへ逃げたものだから、ついて来てしまって……あたし、困るって言ったのですけど」

「犬？」

舞人が立ち止まり、静かに面の紐を解いた。あでやかな黒髪が肩に流れ、はずした面を手に振り向いた。

権六はぽかんとして、その顔を見つめていた。

ぶあつい雲のあいだから、ふいに真っ白に輝く月が現れたようだった。明徳寺の菩薩像が命を得たら、こんなだろうか。深い水をたたえた泉のような眼差しが、おそろしいほど美しかった。

見てはいけないものを見てしまったようで、権六はぞっとした。

その隣で〝なるかみ〟久助の腹が鳴った。

ごっさまが、かすかに微笑み、少女を呼んだ。

「かおる」

少女は〝かおる〟というらしかった。

「お団子を下げて、みなでおあがり。それから、犬ならばそこに」

縁の下で、ヤリが尻尾を振っていた。

奥の間に仏像の入った厨子《ずし》があり、高杯《たかつき》が供えてあった。かおるは仏像に手を合わせると、高杯をおろして濡れ縁に置いた。

「あがりゃあせ」

白い丸々とした餅が三つ乗っていた。久助は両手で二個さっと摑《つか》んだが、すぐにばつが悪そうに、ひとつをかおるに差し出した。かおるは首をふった。

「あげる」

久助はにっと笑って、続けざまに餅を詰め込み、目を白黒させていた。

「もうひとつ喰え」

権六もやると、今度は少し妙な顔をした。しかし、それも口の中に押し込んで、にっと笑った。


ごっさまも奥の間に座り、朱漆《しゅうるし》の櫛でほつれた髪を直していた。かおるは濡れ縁から体を乗り出し、ごっさまに向かって言った。

「ごっさま、菜飯を炊きましょう。下の畑で、菜を摘んできますから」

「オレも手伝ってやる」

久助がすかさず後を追いかけた。ひとり残されそうになり、権六も慌てて駆けだした。かおるたちを追って道を降ると、斜面に猫の額ほどの畑があった。森がひらけて、まだ黄昏の残る空が見えた。

かおるが久助に命じている。

「その菜はまだよ、抜かないで。そっちの大きいのから抜きなさい」

「ちいさい方が、うんまいぞ。やぁらかい」

久助はかおるに向かって舌を出したが、言われた通りに菜を摘んだ。

「ごっさまは優しいな。それに、京でも見たことない別嬪《べっぴん》だ」

「おみゃあ、京に行ったのか」

「おう、行ったぞ。なんべんも」

「あんたたち、葱《ねぎ》を踏んでる」

自慢する久助に、かおるはふざけて小石を投げた。

「二人とも、まだ名を聞いてない」

「オレは〝なるかみ〟久助様だ。近江の生まれだ」

「わしは、下社の権六だが」

「あたしは、かおる」

かおるは二人に向き合って、にっこりと笑った。その左手の甲に、やけどのような、花のかたちの傷があった。

「どうした傷だ」

「赤ん坊の時のだから、知らない」

夏の長い黄昏も、ようやく終わろうとしていた。星が輝きを増していく。

かおるが、権六に笊《ざる》をおしつけた。

「早くしないと。今夜は月待ちだから、忙しい」

二十三夜の月は、夜中すぎに昇ってくる。その月に願をかけると、いつか願いが叶うのだ。

「ごちそうを作るんだから、急いでね」

かおるは抜いた葱を抱えて、小走りに駆けていく。久助も大きな瓜を担いで追いかけた。

権六は迷った。狐森は、もうすっかり暗くなっていた。家では皆が心配しているに違いない。

「いや、わしは」

かおるが立ち止まり、哀しそうな顔をした。

「帰るの？」

そのとき、またヤリが吠えだした。久助は、夜目がきいた。

「あいつらが戻ってきた」

下の森に提灯が見え、やがて、あの小姓たちの声が聞こえた。

「迷った、迷った」

「狐などおらんと言っとったに、なぜ逃げた」

「昨夜の宿直《とのい》で、牛助が怪談などしたからだ」

「その牛助が、最初に逃げた」

「なんだ、〝川流れ〟の、かなれがいるぞ」

かおるの前を、小姓たちが通せんぼした。かおるがむきになって言い返す。

「あたしは〝かおる〟よ。ごっさまに、かおると名をいただいたのよ」

子」

「生意気言うな」

小姓たちは、かおるを小突いた。

「お前は香流川《かなれ》を流れてきた、捨てられっ子の〝かなれ〟じゃないか。香流川の、かっぱの子」

手下たちが囃《はや》すのを、あの小太りの小姓頭がにやにやしながら眺めている。手下が提げた提灯には、〝丸に三つ引き〟の紋がついていた。権六も知っている紋だ。

(佐久間の。〝山崎の牛助〟か)

どこかで見た顔だと思った。

佐久間氏は、東尾張の有力な国人領主である。御器所《ごきそ》や山崎、名塚などに領地を持ち、この一族の力添えがあってこそ、西尾張が地盤だった織田三郎も、東に勢力を広げられた――と、明徳寺の狸和尚が言っていた。

だから、この白餅のような牛助まで、子分を引き連れ大将を気取っているのだ。

「捨てられっ子の、川流れ」

小姓たちはかおるを囲み、囃している。

「かっぱの子、頭の皿を見せてみろ」

一人が、かおるの髪の毛をひっぱった。

「たいがいにしろ」

久助が二人の間に割って入った。小姓たちは久助を取り巻いた。

「さっきの乞食か。妙なものを持っているぞ」

権六も気になっていたのだが、久助は筵《むしろ》で包んだ棒のようなものを背負っていた。

「〝ごんぼ《牛蒡》〟か、〝でゃあこ《大根》〟か」

一人が包みに手を伸ばした。〝なるかみ〟久助の目に、さっと暗い影がはしった。

かおるがはっとして息を呑んだ。

相手が逃げる暇もなく、久助は拳を握って正面から殴り掛かった。牛助は刀の鍔《つば》に手をかけたが、久助のほうが早かった。

森に鈍い音が響いた。

殴られたのは、権六だった。間に割り込み、思い切り久助に鼻面を殴られた。たらたらと流れる鼻血をぬぐい、権六は笑った。

「久助、手を痛くせなんだか」

牛助が太刀を抜いた。

「地下人が、ふざけるな」

かおるが止めた。

「だめ、いけない」

「うるさい。見ていろ、かなれ」

牛助が刀を振りかざしたとき、厳《いか》めしい声が響いた。

「何をしている」

いつの間に来たのか、畑のきわに年かさの若侍が立っていた。牛助が首をすくめた。

「久六兄上」

小袖に三つ引両の紋があるところを見れば、佐久間の一族なのだろう。顔つきは厳格だが、話し方は穏やかだった。

「殿様は、とうに東山へお発ちになられた。明日は朝から鷹を放つから、平手殿《ひらてどの》に知られる前に、早く合流して支度をしなさい」

牛助たちが先を争うように畑から出ていくと、佐久間久六は鼻血を垂らす権六をちらりと見たが、それ以上は何も言わなかった。

半鐘の音が、黄昏空に響いたからだ。


明徳寺の鐘が鳴り渡る。村の八方から太鼓や鍋釜を叩く音がしていた。

まっさきに駆けだしたのは、権六だった。

（夜走《よはし》りか）

空には星が輝いている。二十三夜の月は夜半に登る。星明りだけが頼りだ。

向こうから豆虎ら社村の若者たちが駆けて来た。権六は怒鳴った。

「どこだ、駿河か。旗印は」

豆虎が北を指さし、怒鳴り返した。

「〝葵〟だ、〝赤鳥〟もおる」

村人は、敵を家紋や馬印で呼ぶのが習いだ。分かりやすい。三河の〝葵〟松平は守山崩れで主を殺された仇討ち。駿河〝赤鳥〟今川は、那古野城をとられた腹いせだ。今川は強力な大名で、弱体となった松平を後見している。だから、敵である織田の力を削ぐべく、いつも一緒になって襲って来るのだ。

「数は」

「分からせん」

「一色、高針にも合力《ごうりき》を頼め。〝天狗玄〟は」

「明徳寺だ」

夜空に半鐘が鳴り響く。

村のあちこちに松明が動いていた。権六は必死で駆けて家に戻った。戸口が開いて、いし姉さが飛び出してきた。たすきがけに裾からげ、手には鍬を握りしめていた。

「権六が戻った」

いしが家の中に向かって叫んだ。寅ばっさのいつも通りの声が聞こえた。

「どこ行ってた、こん横着者」

権六は家に飛び込むなり、戸口の上に架けてある父親の形見の槍を取った。槍袋をさっと払うと、月光に穂先がきらりと光った。祖父が戦場でとってきた古い素槍はいいものだ。銀で拵《こしら》えてあった金具はみんな剥がして売ってしまったが、戦うには必要ない。

「寺へ入るぞ」

支度はもうできていた。母親は風呂敷包みを背負って、はなの手を牽いている。寅ばっさは縄をかけた米櫃《こめびつ》を担ぎ、土間に尻餅をついていた。

乱取りとなれば、銭はもちろん、農具や鍋釜、戸板、竹垣まで盗られるものだ。銭などは、甕《かめ》に入れて裏庭の隅に埋めてある。

「ばっさ、米櫃は運べん」

「いかん、運べ」

いしが米櫃を担ぎ、権六がばっさを背負った。

外の道を、明徳寺に向かって年寄りや女子供が逃げていく。〝おちょけ〟の二郎太が老藪先生を支えながら、通りがかる家ごとに叫んでいた。

「足弱《あしよわ》は寺へ、急げやッ」

敵の狙いは食い物だけではない。牛馬、そして人間ならば、男、老人、女子供でも取っていく。特に女だ。さらわれた女は、女房にさせられるか、下女になるか、人買いに売り飛ばされて市に立つ。

村人は一目散に明徳寺の丘へと走った。明徳寺の丘は、このあたりでもひときわ高い。一度焼け落ちた寺を、権六の父親らが修理して里城とした。麓や中腹には土塁を積み、逆茂木《さかもぎ》を植え、一本しかない参道は細くて急な坂道だ。簡単には攻め登れない。その先にも堅固な門がある。砦の中には、石や竹槍も準備してある。

山門に上っていた白丸が、北の地平を指さした。

「来たッ」

遠くに松明《たいまつ》の光が見えた。はじめ、ぽつぽつと星のようだったのが、見る間に数が増えていく。権六も自分の家族を入れると、門前に立って逃げてくる村人たちを励ました。

「急げ、急げやッ」

村人が入ったら、寺の門を閉めるのだ。北の道から、三家族ほどがまとまって逃げてくる。一番後ろに、赤ん坊を背負った母親がいた。その帯がほどけて足にからまり、道に倒れた。後方を敵の雑兵が追ってくる。胴丸に鉢金《はちがね》ばかりの雑兵だ。

参道口は〝天狗の玄〟、瓜坊、草つむじが槍や刀を手に守っていた。

「早くいりゃぁ」

母親は胸も足もあらわになり、赤ん坊を抱いて這いずっている。助けようと戻った年寄りが、打刀の一撃で叩き伏せられた。白丸が叫んだ。

「一本松の佐助爺がやられたがッ」

敵の雑兵は片手で赤ん坊をつり上げて、大口をあけて笑った。〝天狗玄〟が駆けだした。刀を手に、飛ぶように雑兵にかかっていく。

「玄ッ」

権六も追った。駆けながら、雑兵が素早く弓に持ち替えたのを見た。

（間に合わん）

権六は自分の槍を捨てると、草つむじの竹槍を摑み、駆けながら放った。雑兵の矢より早かった。肩に当たり、雑兵はひるんだところを正面から躍りかかった玄に斬られた。

血飛沫のなか、そのまま玄と権六は後続の兵に立ち向かった。第一弾の雑兵は、略奪目当てに抜け駆けした者らしかった。瓜坊や草つむじ、〝おちょけ〟に白丸も加わって、仲間を二、三人も打ち殺すと、もう新手はいなかった。

その間に、一本松の家族らが斬られた佐助爺を抱えて寺に駆け込み、すぐに大門が閉められた。

寺の屋根から、いし姉さの声が聞こえた。

「上社の方が燃えとる」

いしは裾をからげて屋根に登り、叫びながら北を指していた。

権六は怒鳴った。

「槍をとれ、ついて来やッ」

大門まわりは、女たちが竹槍を持って固めている。連年の戦で、大人の男は多くが死ぬか、不具者になっている。だから、老人も女も子供も戦う。

米も命も、ただでは取られぬ。

権六は戦える者を引き連れ、北に向けて駆けだした。北の村から、どんどん村人たちが逃げてくる。猪子石や上社の者たちだ。

「敵は北だが、香流川の方から来てるだが」

豆虎たちと行き合った。

「いかん、馬だ。馬がおる」

馬に乗った侍がいるならば、それが本隊だろう。夜走りにしては、大がかりすぎる。

「敵は猪子石を焼いて、いま上社だ、こっちへ来るぞ」

豆虎が、いつになく慌てていた。

「大勢、やられた。〝どんがら〟も、死んだ」

一緒に逃げてきた瓜助、虫丸も怯えていた。いずれも戦慣れした悪童ばかりだ。

北の空が朝焼けのように燃えている。権六はただならぬ気配を感じた。略奪目当ての〝夜走り〟ではなく、これは〝戦《いくさ》〟か。織田についた東尾張の村々に報復し、織田から切り離そうとしているのだ。しかし、織田三郎は遠い那古野城にいて、村々が襲われていることも知るまい。

「槍を並べやッ」

すぐさま南を後ろにして、道に横列になり敵を阻んだ。三十人ほどの悪童が集まっていた。足軽務めで鳴らした年寄りたち、弘法山の〝指なし〟又吉も残った指で竹槍を握って駆けつけてきた。

村の槍――〝地下槍〟は、体格も力も、槍の長さも形もばらばらだ。槍のない者は竹槍をとり、それもなければ竹竿を握りしめている。

権六は槍と竹槍を交互に並ぶように配置した。

弱い所を突破されぬよう、槍の長さ、持ち手の体格も重要だ。権六は素早く見て取って、兵を並べた。物心ついたときから、父親と一緒に村を戦場に戦ってきた。見よう見まねが、いつしか身についていた。

権六は自分も槍を構え、槍衾《やりぶすま》のまんなかに立った。

社村と北方の香流川を結ぶ道で、馬が通れるような道は、この一本だ。敵はおそらく香流川沿いに侵入し、猪子石村、上社を焼きながら南下してくる。

（この道を来る）

思うと同時に、道の向こうに火が見えた。

「来たぞ、通すなッ」

敵は〝葵〟の指物を揺らし、一団になって道を押してくる。三、四十人もいるだろう。足軽が主だが、侍や騎馬の者もいた。三河訛《なま》りの声で怒鳴った。

「斬り崩せッ」

駆ける足軽の後方から、矢が放たれた。火矢が夜空に流星のごとく飛ぶ。敵を脅し、また明かりをとるのが火矢の役目だ。

「防げッ」

権六ら槍部隊の足元には、二、三人がかりで戸板を担いだ童《わらべ》たちが座り込んでいた。それがぱっと立ち上がり、戸板を掲げて火矢を防いだ。第一陣の矢を防いだ童らは、そのまま戸板を敵の方へ投げつけて、路傍の草むらへ逃げ込んでいく。権六は号令した。

「槍を上げッ」

一斉に穂先を水平に上げた。道幅一杯に槍が並べば、馬も人も容易には突破できない。

「追い返せッ」

敵の勢いが止まり、武器を構えた。村人相手に乱取りするのに、邪魔になる長槍は持たないから、長刀《なぎなた》、打刀、太刀《たち》を振りかざす。権六たちは迫る敵を槍で突き、さらに突っ込んでくる者があれば槍で叩いた。あたりには燃え上がる戸板が散乱し、昼のように明るい。

「一歩も通すな」

両軍の声が社の丘々にこだました。間もなく槍の左端が押し崩された。〝指なし〟又吉が敵の長刀で斬られ、また指を失った。一角が崩れれば、槍衾の威力は消える。権六は腰の刀を抜いた。

あとは乱戦で斬り結び、一人でも多く倒すのだ。

その時、西の方角に鯨波《げいは》が上がった。

「新手か」

地下軍は動揺した。今、側面から新手に打たれれば総崩れになる。草むらから、童たちの声が響いた。

「〝木瓜〟だ、〝木瓜〟だ」

西方に、黄地に木瓜の旗が立っていた。駆けつけてきた織田勢は、狐森で会った連中だった。小姓、馬廻り衆などの年若い近習たちだ。御器所の久六兄、荒子の前田殿を先頭に、山崎の牛助ら小姓衆が続いている。それぞれが二、三十人の兵を引き連れていた。

「三河の山猿どもを討ち取れッ」

思わぬ援軍を受け、〝地下軍〟も勢いづいた。〝白餅〟牛助までが太刀をとって戦っている。権六も負けるわけにはいかなかった。相撲と槍を巧みに使うことでは、あたりの村の誰にも負けない。落ちていた槍を拾って、権六は夢中で戦った。

相手は、略奪目当ての雑兵である。首を取っても手柄にならぬ村人や小姓相手に、命懸けで戦う気などない。利無しと見ると、さっさと諦め、退きはじめた。四方の丘や草むらに、三々五々と散っていく。それを織田の兵が追いかけていった。

権六たちは、追わなかった。追撃などは、兵の仕事だ。地下人は、村から敵を追い出せば、それでいい。権六は汗を拭う暇もなく、兵をまとめた。

「怪我人は」

「白丸と、沼田の六がやられた」

逃げ遅れた敵の怪我人は捕らえておいて、あとで身代金と交換する。死んだ敵の武器や鎧は、討ち取った者の戦利品だ。

「無事な者は怪我人を担げ、村に戻るぞ」

戦いながら、いつの間にか狐森の近くまで出張って来ていた。

権六は、ヤリが吠える声に気がついた。振り返ると、狐森の方角に火が見えた。森の方から小姓たちが駆けて来る。牛助が北の道を指さした。

「館が」

すぐに権六は駆けだした。権六が森の口にかかる前に、狐森から数人の足軽が飛び出してきた。先頭に騎馬の侍がいて、一団は、そのまま北に向かって逃げていく。

「待てッ」

殿《しんがり》を行くのは小柄な男だ。担いでいた葛籠《つづら》から、小袖や器が転がり落ちた。足軽は権六に振り向きざま、刀を抜いた。権六はそれを打刀《うちがたな》で受け、そのまま体当たりして、敵を仰向けに突き倒した。馬乗りになり、防ごうとする敵と鍔《つば》競《ぜ》り合った。力は五分五分とみて、権六は腕に全身の力を込めた。

その間にも、騎馬武者と足軽たちは北に向かって引き上げていく。足軽が掲げた松明に、鴇色の着物がちらりと光った。

「かおるか」

油断した一瞬に刀を払われ、腹に膝蹴りを受けた。転がったところを、飛び起きた足軽に大上段から斬りかかられた。

(やられる)

受けようと打刀を握った指が、血ですべった。

「この餓鬼《がき》がッ」

刃が光り、家のことが頭を過《よぎ》った。

敵がのしかかるように頭上に迫り、その額から、ばっと脳漿《のうしょう》が飛び散った。

背後から耳をつんざく轟音がした。落雷のような音だった。体を起こすと、久助が立っていた。その手に構えた鉄炮から、白い煙が上がっていた。

権六は〝鉄炮〟というものがあるのは聞いていたが、見たのはこれが初めてだった。

(――〝なるかみ〟久助)

鳴神《なるかみ》は、雷電の神だ。久助のあだ名の意味が、ようやく分かった。

「久助、ごっさまは」

「油断した。腹一杯で、目が開かなかった」

権六は再び駆けだした。

「待てや、相手は大勢だで。かなわんが」

久助はしかたなく追いかけた。

「せっかく助けてやったに、無茶な奴」

ぼんやり者の権六が、まるで別人のようだった。

＊＊＊

かおるは大男の足軽に担がれて、手足をめちゃくちゃに振り回して暴れていた。その腕が思い切り顔に当たって、大男の足が乱れた。

仲間から遅れた大男の足軽の背を、権六は槍で貫いた。腹当てしかつけていなかったので、体当たりするように突き込むと、胸から穂先が半分も飛び出した。

足軽が倒れ、かおるが地面に放り出された。権六たちが駆け寄ると、かおるは震える指で権六の腕にしがみついた。

「ごっさまが」

かおるが指さす彼方の道を、白いものを肩に担いだ敵将が馬で去っていく。闇の中にひるがえるのは、ごっさまの白い小袖に違いなかった。

権六は再び走った。息をするのも忘れて駆けたが、馬は見る見る遠ざかる。

(間に合わん)

つまづいて倒れた。その頭上を、一陣の風が抜けた。

敵の馬が、後ろ足を折るようにして倒れた。尻餅をつくように崩れた馬の鞍から、敵将はごっさまを抱えたまま斜めになって転がり落ちた。

権六が振り返ると、背後の道を一騎の武者が駆けてくるのが見えた。

見事な葦毛《あしげ》の馬だった。武者の手には、今しも矢を放ったばかりの弓が握られている。敵を射た騎馬武者は、甲冑ではなく、直垂《ひたたれ》に射籠手《いごて》、行縢《むかばき》の狩り装束を身につけていた。

その背後から、たくさんの松明を掲げた兵たちが追いついてくる。丘を登ってくる松明の火は、まるで夜明けのようだった。

駆けてくる葦毛馬の武者の背に、炎が燃えているようだった。すべての火、すべての光が、その人の全身から放たれている――権六には、そう見えた。

道端の泥の中に倒れたまま、権六は、その人が駆け抜けていくのを眺めていた。

精悍な顔、ぐっと手綱を握る腕。なによりも、傍らを駆け抜ける一瞬に見た、敵を見据える強い眼差し、ひどく明るい笑みをたたえた双眸《そうぼう》が、権六の目に焼きついた。

道の向こうで、落馬した敵将が太刀を抜いて立ち上がる。

葦毛の速度は緩まなかった。そのまま、風に乗ったように突き進み、さっと輪を描くように身をよじって、武者は敵将の錣《しころ》の下、わずかな隙間を斬り下げた。

弧を描いて血が飛んだ。

勢いづいた葦毛馬が棹立ちになり、それを巧みに御しながら、武者は朗々とした声を放った。

「織田弾正忠《だんじょうちゅう》——三郎信秀《のぶひで》、三河の賊将を討ち取ったりッ」

権六は、すぐにはその意味が分からなかった。

（那古野の殿）

目の前にいる凛々《りり》しい武者と、〝那古野の殿〟が、繋がらなかった。

今まで名も評判も聞いていたが、見たことはない。でっぷり太った大庄屋か、髯もじゃの侍大将か、そのようなものだと漠然と考えていた。

実際には、今までに見た、どんな侍、どんな人とも違っていた。誰とも、まるで似ていなかった。さらに、どんな立派な軍を率いているかと思ったら、織田三郎を追ってきたのは、雑色《ぞうしき》、鷹匠、犬飼い、勢子《せこ》のような者ばかりだった。

久助とかおるが駆けつけてきて、ようやく権六は我に返った。

「ごっさま」

かおるが勢子たちを押し分けて、倒れたままのごっさまに駆け寄った。

「良かった……気を失っているだけ」

ごっさまを抱き起こし、かおるは安堵したように座り込んだ。

村人たちも集まってきた。人々の掲げる松明が、あたりを赤々と照らし出す。

そこへ、さらに横手の丘から木瓜の旗を掲げた軍団が駆け降りてきた。こちらは本物の兵だった。五、六十騎の侍を、四十絡みの中年の将が率いていた。足軽が百人ほども従っている。

「殿、またもや一騎駆けとは、軽はずみな」

「北だ、平手《ひらて》。追い散らせ」

信秀が指さすまま、平手隊は馬蹄を轟かせて北へ向かった。

残ったのは、地下人ばかりだ。権六は平手隊について行きたかったが、馬がない。はぐれ馬はいないかと見回す間に、平手隊はどんどん遠ざかって行ってしまった。

権六の背に、信秀の声が響いた。

「よいか、東尾張の村々は、この織田三郎信秀が守る。今後も一切、三河、駿河衆に手出しはさせぬ！」

振り返った権六が見上げた信秀の顔は、取り囲む松明の炎を浴びて、燃えるように輝いていた。

＊＊＊

やがて、信秀は村々に散った兵を糾合すると、自分も平手隊を追って北へ去った。

夜目にも鮮やかな黄色い旗が見えなくなると、急に温度が下がったようだった。権六の横に、〝なるかみ〟久助が鉄炮を握って立っていた。

「オレの唐渡《から》りの〝鉄炮〟も、斬り合いの時には役に立たんな」

「ごっさまは」

「かおると、女たちが送っていった」

「館の火は」

「オレが寝ていた納屋だけだ、燃えたのは」

村のあちこちに炎が見えた。敵が田畑に火をつけたのだ。収穫するばかりの麦を焼き払い、織田の兵糧を減らす目的だ。

「わしは、家の様子を見ねば」

「狐森は、オレに任せろ」

「ヤリを連れて行け、番犬になる」

権六と久助は、目と目で頷《うなず》き合った。お互いが信頼できる相手であることも、二人には本能で分かっていた。

権六は家に向かった。

途中の村で、佐久間の〝久六兄上〟が馬で村々を駆け回り、消火の指揮をとっているのに出会った。狐森で〝白餅〟牛助を叱った若侍だ。

「村の衆は怪我人を手当てし、田畑の火を消せ。残党がいれば声をあげよ」

佐久間久六は配下を連れ、被害の状況を調べる一方、必要があれば村人に手を貸していた。権六は従者のひとりをつかまえた。

「下社は」

何箇所かやられたという。

急いで戻ろうとした権六は、道に落ちていたものを踏みかけて、慌てて足を引っ込めた。朱漆の月形櫛だった。館で見たごっさまの櫛に違いなかった。

ばっさの言うには、櫛は苦と死に通じるから、拾ってはいけないそうだ。拾うときは、踏んでから拾えと教わった。しかし、泥まみれの足で踏むには、櫛はあまりに綺麗だった。

権六は少し考えて、櫛を拾い、また駆けだした。走る権六の上に、火の粉が舞った。見上げると、舞い狂う火が星のようだった。村では、村人が総出で田畑の火を消し止めていた。権六の家は無事だったが、隣の家の麦畑と、草つむじの家が燃えていた。みなが桶や濡れ筵を持って火を消し、また燃える前にと慌ただしく麦を刈り取る。

権六を呼ぶ声がした。

寺から戻ったたいし姉さが、隣の麦畑で筵を振り回していた。権六も菰《こも》を手に、手近な畑へ飛び込んだ。

ようやく火を消し止めたころ、久六が馬で通りかかった。

「おまえの姉か」

馬上から権六に声をかけた。その目の先では、顔を煤《すす》で真っ黒にしたいし姉さが、嬉しげに権六に向かって手を振っていた。髪も着物も焼け焦げて、たいそうな有り様だった。

「鬼のような女子《おなご》だ」

そう呟いた久六の目が、おかしそうに笑っていた。

＊＊＊

火をつけられた田畑や家々の始末を終えても、権六の一日はまだ終わりにならなかった。

敵は織田軍が追い払ったが、残党がいないかどうか見回りするのだ。

権六も呼び子を持って受け持ちである村の北側を回ったが、その途中、首なし地蔵の前で彼を待っている者がいた。

「……権六」

ひたひたと裸足の音がして、痩せた人影が権六の方に向かって来た。

「誰ぞおる」

星明りにすかして見ると、〝なるかみ〟久助が立っていた。

「どうした」

「権六が家の茄子《なすび》、くすねたのは、オレだ」

権六は懐に手を突っ込んで、腹を掻いた。

「ほうか」

茄子のことなど、忘れていた。

梟《ふくろう》の声が聞こえた。

「三河衆に、狐森のことを教えたのも、オレだ」

「オレは、誰にでも、雇われるんだ」

鉄砲を肩に、久助は怒ったような顔をして、権六をにらんだ。

「ほうか」

権六は槍を担いで、星空の下を歩いていった。

「なすびが欲しきゃ、次から、いし姉さに言え」

忙しい一日だった。

忙しすぎた。これ以上は、もう何も起こらないだろう。

昼から胡瓜しか喰っていない。体は疲れ果てていた。早く家に帰りたかったが、権六には、もうひとつやることが残っていた。

懐の櫛だ。

こんな物を持っていると落ち着かない。ひと通り見回りを終え、村が寝静まったころ、権六はようやく狐森に足を向けた。

（もう寝ているだろうし、礼を言われるのもきまりが悪い。濡れ縁に置いて、帰ろう）

草むらで、蛙や虫が鳴いている。空のどこかで、ぼんやりと狐の声がした。

空は降るような星空である。今日の自分は、どれか小さな星のひとつのように思える。

そのとき、権六は、前の道を怪しい人影が行くのに気がついた。落ち着いた足取りで、しかし心持ち急いでいるようだ。

足音を忍ばせてついていくと、道をそれ、狐森に入っていった。足元もおぼつかぬ森の中を、素早く歩く。尋常の者ではなかった。

（もしや）

今日の夜走りは、実は、ごっさまを狙ったものではなかろうか。

あのように美しく、高貴な女人が狐森などに隠れているのは、なにか子細があるはずだ。

呼び子を吹こうか迷ったが、幸いに相手は一人だ。

権六は刀を握った。

（ごっさまを守らねば）

乱闘の中で人を突いたことは何度もあるが、こんな〝戦〟は初めてだった。

なぜだか、心臓がきりきりとした。

館が見えた。生け垣から、ヤリが飛び出してくるのが見えた。噛みつくだろう、その一瞬、ひるんだときに背後から打ちかかろうと、権六は刀を身構えた。

しかし、なぜかヤリは吠えなかった。吠えようとして、首をすくめ、尾を垂れた。

（あんの、たぁけ）

飛び出そうとした瞬間、戸が開いて、さっと一条の光が漏れた。

その光に浮かび上がった精悍な横顔は、那古野の殿——織田三郎信秀だった。

戸が開き、静かに閉まった。光が消えた。しばらくすると、裏の勝手口があいて、水桶を持ったかおるが出てきた。

「驚いた、どうしたの」

答えず、権六は黙って櫛を差し出した。

「あ、ごっさまの櫛」

「拾った」

「よかった」

かおるは神妙な顔で櫛をぬぐい、懐にしまった。

「殿様から頂いた、大切な櫛だから」

そして、権六の顔を覗き込んだ。

「蛙でも呑んだような顔」

かおるは笑って、権六に桶を渡した。

「おなかが減っているでしょう。水を汲むの、手伝って。そしたら、あとで湯漬けをあげる」

館の中は、もう暗くなっていた。権六は黙って桶を受け取り、井戸に向かった。かおるはヤリを撫でている。

権六は、何杯も、何杯も、水瓶がいっぱいになって溢れだし、かおるに怒られるまで、冷たい水を汲み続けた。

館から、ひそやかに、しかし、朗々と響く声が聞こえる。

八雲たつ　出雲八重垣
妻籠みに　八重垣作る
その八重垣を

見上げると、皓々《こうこう》と輝く月が出ていた。

二十三夜の、下弦の月。

天文九年、四月二十三日の月だった。

第二章　一僕ノ者

かおるはよく笑う。

前髪のないのが可笑しいと笑う。本当に、かおるが笑った。

毎月五日、明徳寺の下に市が立つ。市といっても、近在の者が畑のものや、我が家で作った草鞋《わらじ》や荒縄などを持ち寄って売る田舎の市だ。しかし、たまに那古野の方から小間物屋などがやってきて、小さな露店を出すこともある。

このあたりも大分、豊かになった証拠だろう。女たちは、ふるまいの湯を飲みながら、おしゃべりに余念がなかった。

「あのような殿の下につけば、東尾張の村々も安泰だがね」

権六は、聞くともなしに聞いている。

「ほんに頼りになる御方だが。戦もできるし、和歌や蹴鞠《けまり》も巧みになさると」

「それに、まぁ、あの男振り」

女たちが笑いさざめく。

権六は残った豆をかおるに渡し、銭を数えて、帰り支度をはじめた。

この正月にようやく前髪を落としたが、権六の毎日は、また同じように過ぎていた。田んぼ、畑、水汲み、たまに村戦。寅ばっさは口煩《うるさ》く、いしは嫁がず、おはなは泣き虫。変わったのは、いつも後をついてくるヤリがいなくなったことくらいだ。先年の夜走り以来、ヤリは狐森のごっさまに預けてあった。番犬くらいにはなるだろう。

その代わり、権六の後には〝烏〟弥平がついてくる。

「ごぶれいします」

自分の胸ほどの背丈のかおるに向かって、弥平は丁寧に頭を下げた。人取りにあった弥平が猿投《さなげ》山に売られたと消息があり、ようやく買い戻したのである。権六より二つばかり年上で、猫背で、無口で、陰気な男だ。人からは、〝烏弥平〟と呼ばれている。

権六は、この男が好きだった。無愛想だが、どんなときも頼りになる。飢饉のときも、喰えなくなったあとも、ほかの家人《けにん》のように逃げなかったし、自分のぶんの蕨《わらび》の粉を、こっそりおはなにやっていた。

弥平は、もともとおとなしい男だったが、輪をかけて無口な人間になっていた。

権六が背負って帰ってきたときは、痩せこけて、起きることもままならなかった。ひと月ばかりで体が戻ると、すぐに以前の倍も働きはじめた。

「そろそろ稲刈りの支度をせねばな」

声をかけると、弥平は俯《うつむ》いたまま頷いた。〝烏弥平〟は鳴かない烏だ。権六はひとりごちた。

「いし姉さの、嫁入り道具を揃えにゃあ」

言ってから、しまったと思った。烏弥平が、ますます猫背になり、額が地面につきそうになった。

弥平を買い戻した百文は、いしのへそくりだ。嫁に行くとき、せめて着物くらいは新調したいと、自分でこつこつと貯めていた。しかし、権六は知っている。本当は、いし姉さは弥平を買い戻すため、一文、二文とたくわえたのだ。

「道具などなくても、かまうまいが」

いし姉さは立派な女子だ。器量こそ、熱田の商家に嫁いだ一番上のもんい姉さや、可愛らしいはなには劣るが、権六の自慢の姉なのだ。嫁ぐならば、村の庄屋くらいの家へと思うが、寅ばっさは、なまなかな家にはやるつもりがないらしい。

しかし、猪のようないし姉さには、家柄よりも熊のような屈強な男を見つけなければ、相手が哀れだ。これは嫁入り道具を揃えるよりも骨が折れる。

（まぁ、ええわ）

祭も出来るようになったし、正月には餅も小豆粥も喰えるだろう。七夕には素麺を喰う。いし姉さも、今で満足のようだ。権六も、とりたてて不満はない。

毎日、権六は家の畑を世話してから、猪子石へ鍬を担いでいく。途中で、狐森に寄ることもある。かおるに頼まれ、薪割り、水汲み、柵の修理などを手伝う。

〝なるかみ〟久助は、もう館に居候してはいなかった。どこを塒《ねぐら》にしているのか、気がむいた時――それはたいていは腹が減ったときだったが、ふらりと現れ、団子など喰っていくという。月に何度も来ることもあれば、何ヵ月も姿を見せないときもある。

「大和や近江、遠江の方まで行くこともあるらしい」

かおるが、土産にもらったという袋物を手に、そんなことを言った。


夏のおわり。

間もなく、稲刈りの季節だ。村がいちばん忙しいときになる。特に今年は豊作だ。稲刈りが終われば、秋祭の支度もある。

ごっさまが狐森に住むようになってから、荒れ果てた村はだんだんと豊かになった。本当に、矢白の水神のようだ。

三ツ地蔵の田んぼから、〝天狗玄〟が声をかけてきた。

「今日も〝川打ち〟をするか」

「おお、昼からやろまい。杜村、猪子石村の者をみな集めて、香流川《かなれ》で打とう」

収穫の秋は、戦の季節でもあった。

夏空と、真っ白な雲を映して、香流川は東から西へ、ゆったりと流れていく。

権六は、この川の景色が好きだった。

白い鷺《さぎ》が飛んでいく。灰色鷺は無心に小魚をあさっていた。

その鳥が、ふいに飛び立った。村の若衆が褌《ふんどし》一本で川に飛び込み、さかんに波を立てたのだ。

ひと仕事終わった午後、川打ちが始まった。指揮をとるのは権六である。

「えい、えい」

一列に並んで川に入り、掛け声とともに槍で川面を打つのである。声を合わせ、息を揃えて槍を振り上げ、振り下ろす。これが権六たちの〝戦の稽古〟だ。

槍は突くより、近づいた敵を騎馬武者でも足軽でも叩いて使う。流れのある川で稽古をすれば、足腰も鍛えられ、少々、押されたくらいでは揺るがない。

権六は掛け声をかけながら、仲間の体力や技量を見極めていく。

「おちょけ、遅れとる」

ひょうきん者の〝おちょけ〟二郎太は手足が長い。

「人より紙一枚だけ早く動け、下ろすときに息を合わせろ」

ひとしきり川を打って、休憩にした。かおるが差し入れのお焼きをたくさん持ってやって来た。桶を担いでいるのは久助だ。二、三日前にふらりと村に戻ってきていた。

「久助、いっしょに川打ちをするか」

そう言うと、久助は断る代わりに、にやりと笑った。顔はいくらか大人びたが、なかなか背が伸びず、相変わらず痩せていた。

玄助たちはお焼きを喰うと、川で蟹を取り始めた。久助も河原へ下りていく。

空には入道雲が立ち上がり、蝉時雨がはじけるように響いている。

権六が土手に座って野菜入りのお焼きを齧《かじ》っていると、かおるが来て並んで座った。

「この川、なぜ香流川というか、知っている？」

あたりの者なら、みな知っている話である。

昔、川から不思議な香りが立ちのぼり、怪しんだ村人が水の中を探ってみた。すると、川底に美しい観音様が沈んでいた。それから、香流川と呼ぶようになったのだ。

かおるは膝小僧に顎を乗せ、じっと水の流れを見ている。

「あたしも、沈んでしまっていれば良かった」

ぽつりと言った。

「あたしは、赤ん坊のとき、この川を流れてきたの。桶に入って」

珍しい話ではない。旱《かん》ばつ、水害、台風や疫病、早春から初夏にかけての端境期《はざかいき》、数えきれぬ子が捨てられる。戦が続くこのころでは、尚更だ。喰わせられぬ子は間引かれ、捨てられ、四、五歳にもなっていれば人に売る。

「お前は、誰が養った。那古野の殿か」

かおるは首を振った。

「誰かが拾って、佐久間の牛助の家に売られた。殿様が、ごっさまの世話をする娘を探していたので、〝かなれ〟は狐森に連れてこられたの」

かおるは立ち上がり、土手に咲いている野の花を摘みはじめた。

「今日は二十三日だから、月待ちをするの。ごっさまは、何年も月待ちの願い事をして、それが叶ったのですって」

「かおるも願い事をするのか」

「この傷が、消えればいい」

かおるは、左手の甲を日にすかした。

「〝かなれ〟が流れてきたときは、大水で、何日も水が出たの。その水が引いたとき、猪子石に桶が引っかかって、赤ん坊が泣きながら石にしがみついていた」

香流川の両岸には、猪の形をした神石が一つずつある。つるりとした牡石《おいし》と、たくさんの小石を含んだ牝石《めいし》だ。どちらも霊験があるという。

「猪子石が助けてくれたか」

権六が慰めるつもりで言うと、かおるは花を摘みながら、さびしく笑った。

「しがみついていたのは、〝牡石〟だから」

牡石は、触ると必ず祟《たた》りがあると言われていた。

そんなのは噂だ、と励まそうとした権六のそばに、人影が差した。

「こんな所で油を売っていたのか。怠け者は、また牛の世話をさせるぞ」

見上げると、佐久間の牛助が手下を連れて立っていた。

「前山に行ったら、香流川で地下人が川打ちをすると聞いたので、宰領《さいりよう》しに来た」

前山とは狐森のことだ。牛助は気取っているので、わざと村では使わない正式の名で呼ぶのだろう。生意気な顔が、権六の癪《しやく》に障《さわ》った。

「川打ちは、村でやっていることだ。那古野の衆の口出しはいらん」

「そうはいくまい。三河、駿河との戦になれば、お前たちも足軽になって行く。しっかりと鍛えておけと、殿のご命令もある」

今度はかおるが言い返した。

「権六は足軽ではない。柴田の家は、侍だもの」

牛助は、ふんという目で権六を見下ろした。威張っているが、背丈は権六の胸ほどしかない。牛助は、精一杯胸を張った。

「今どきは、足軽とて首のひとつも取れば姓を名乗れる。〝柴田〟なぞ、畑の芋のように転がっている。鎌倉以来の名族である佐久間とは、雲泥《うんでい》のごとく身分が違うぞ」

「おい、〝白餅〟」

久助が手に盥をさげ、川からぶらぶらと上がってきた。

「お前、本当は、かおるを好いとるだろう」

牛助は真っ赤になった。

「わしは荒子《あらこ》城から、前田の娘をもらうと決まっている」

「前田の娘は、かおるほど可愛くなかろう。お前、牛の世話をさせると言ったが、その牛とは、お前のことか」

「かなれは下女だ。はしための、乞食だ」

「おい」

権六が立ち上がり、間に入った。

「よせ」

「どけ。柴田など、寄り親もないくせに、生意気だ」

それは本当のことだ。戦には寄り親について出陣するが、祖父の代からの寄り親だった一色城の柴田殿はもういない。

「もうすぐ、大きな戦があるぞ。柴田の権六よ、寄り親が欲しければ、父上に頼んで雇ってやる」

牛助は襟を直すと、悠然と帰っていった。

＊＊＊

蜩が鳴いている。

「戦があるというのは、本当だぞ」

久助は、各地の情勢に通じていた。かおるを狐森まで送り、権六と久助は並んで黄昏の道を歩いていた。

「戦の相手は、今川と松平。このあたりも戦場になる」

先年、信秀は三河との国境にある安祥《あんしょう》城を手に入れた。尾張三河の境目、知多半島にも勢力を伸ばし、周辺の土豪たちの懐柔も着々と進んでいる。

安祥を落とせば、松平の本拠地である岡崎城までは指呼《しこ》の距離だ。三河の〝葵〟松平の当主、広忠はまだ十代の若年で、実力がない。数年前、知多半島に勢力をはる水野の娘と結婚したが、その水野にも信秀は接触している。

落ちぶれる一方の松平を後援しているのが、駿河の〝赤鳥〟今川だ。松平を傀儡《かいらい》にして三河を手に入れ、尾張那古野で失った勢力を取り戻そうと虎視眈々と狙っている。

「また戦か」

権六はうんざりした。

戦になれば、敵に田畑を焼かれるし、手当たり次第に米も牛馬も人も取られる。どうにか逃げて家に帰れば、土に埋めていた鍋や碗まで取られている。田んぼに残った根を抜かれれば、田が痩せて、翌年はひどい不作になる。

「城を取ったり、取られたり、きりもない」

「奴らには、それが仕事だ」

「久助は家も畑も持たぬから、気楽に言う」

侍や足軽は戦をして、奪った米を食えばいい。しかし、奪われた村の方では、松の生皮を煮た粥や、彼岸花の根芋、蕨の根の粉を食って命をつなぐことになる。

一年丹精した米の収穫が目の前で、秋祭も控えているのに、戦になれば、そして負ければ、なにもかもお終いだ。

「悩むな、権六。それを守るが、主《あるじ》となった織田の役目だ」

久助の肩に、蜻蛉《とんぼ》が止まった。

「今川義元《よしもと》は、年も若くて公家風だが、なかなかの者だぞ。駿河、遠江、三河の大軍を持ち、太原雪斎《たいげんせっさい》というたいへんな智慧袋もついている」

「久助、お前、仕える主を決めたのか」

権六は、久助が主を求めて放浪しているのを知っている。当世《とうせい》の流行りでもあるらしい。身分がなくとも、よい主に仕え、手柄を立てれば、ひとかどの侍になれるのだ。

「今川を選んだので、別れに来たのか」

「たぁけ」

久助が肩先の蜻蛉を吹くと、虫は夕焼け空へ飛んで行った。

「駿河の今川、美濃の斎藤、近江の六角も浅井も見たが、どれも〝なるかみ〟久助の主ではあらせんわ」

「那古野の殿は」

「さて、なぁ」

それきり久六は言葉を濁した。

黄昏に、稲穂が踊る。

東尾張の平野は豊かだ。北を流れる於多井《おたい》川、その支流である矢田川と、香流川。大小の川が田畑を潤す。勝幡《しょばた》の織田家は津島の港の富で栄え、さらにこの穀倉地帯を手に入れて、年々豊かになっていく。

「米があれば、兵をたくさん養えるから、織田はますます強くなろう。織田に仕えたらどうだ」

久助は首をひねり、難しい顔をした。

「あの殿は、のう」

主を求めて全国を行脚していると言うだけあって、さすがに久助は権六の知らないことを知っていた。

一言でいえば〝器用〟な人だ。器用すぎると、久助は言う。

織田家発展の基礎を築いたのは、信秀の父親、信貞だ。それを木下城に隠居させ、家の実権を掌握したのは、信秀十七歳のときである。幽閉したとの噂もあった。

守山城へ三河の松平軍が攻め込んだときは、松平の当主が家臣に暗殺された。世間では、信秀が松平家内の内紛をあおり、刺客を送り込んだと噂している。

「那古野の城を、今川から取ったときなぞは」

信秀は平生より城主である竹王丸の歓心を買い、親しく付き合う仲であった。それを、連歌の会に呼ばれたのを好機として、城中に家臣を引き込み、乗っ取った。那古野城から追い出された竹王丸は、今川義元の弟で、このときはまだ十二歳の少年だった。

「腹が痛いと大騒ぎして、遺言するから家臣を呼べと泣いたそうだぞ。織田三郎は、わざとか、癖か、突拍子もない無茶をする」

戦と陰謀が好きで、そのくせ風流を愛し、京の公家衆とも親しい付き合いがある。商才があり、金儲けにも巧みだ。〝器用〟すぎて、次に何をするかが分からない。

「あの殿につくのは、博打だ」

権六は曖昧な顔をした。確かに、織田三郎信秀というのは不思議な人だ。

「俺より、権六はどうなのだ。今の世は、下人まで人の主になろうとする。大勢の家来を連れて歩くようになりたくないのか」

「わしが戦で死んだら、家の者が困る」

やかましい寅ばっさでも、飢え死にさせるのは哀れなことだ。母親はもっと働かなければならなくなるし、いし姉さは嫁に行けない。おはなは人買いに売られてしまうかもしれない。

「戦など、起こらぬのが一番よい」

しかし、そうはいかなかった。

翌日にも、権六は制札《せいさつ》をもらいに行くことになった。

戦に備え、あらかじめ大金を払って〝乱妨《らんぼう》免除〟の制札を買うのである。これがなければ、味方にまで好き勝手に乱取りされる。戦では、敵も味方も、村にとっては〝敵〟になるのだ。

明徳寺の〝狸和尚〟は、愛称通り小柄でずんぐりとした丸顔だ。白い髭がなお狸らしく見せていた。

「侍が戦をするのは、ひでり、大風、水害のようなものだ。我らは、堤を修繕し、風除けの木を植えるしかない」

狸和尚は、黙ってついてくる権六の日に焼けた顔に目をやった。いつの間にか背は追い越され、肩幅も山門の仁王のように逞しい。

「人の主《あるじ》になりたいとは思わぬか」

権六は困った顔をした。久助にも同じことを言われたが、そんなことを聞かれても、返事に困る。

「今年の祭は、村のみなが餅を喰えればいい」

「制札は二十貫文する」

銅銭二万枚である。領主にしてみれば、制札には戦費を集める意味もある。

「祭は無理になったな」

狸和尚が、念仏のように呟いた。

＊＊＊

昼前に、古渡城《ふるわたり》に着いた。

織田信秀は織田家本来の勝幡城でも、今川から奪った那古野城でもなく、自分が新しく建てた古渡城に住んでいた。

尾張の西端にある勝幡、ほぼ中心にある那古野、古渡はその南方にある。平城だが、軍事向けに縄張りされた堅固な城で、周囲には堀や土塁が巡り、大きな門や櫓《やぐら》を備えている。

東南方面の松平・今川に備え、三河進出の拠点となる城なのだ。戦の前で、大門からは慌ただしく人が出入りしている。和尚は顔見知りの門番に取り次ぎを頼み、やがて城の奥へ案内されて入っていった。

権六は門の所で待っていた。することもなく座っていると、奥から出てきた若い武者と目が合った。

同じ年頃くらいに見えたが、美しい顔立ちで、立派な甲冑《かっちゅう》を身につけていた。権六が見ているので、向こうも目を逸らさない。身分ある相手なら、挨拶をするものだろうか――

迷っていると、やっと狸和尚が戻ってきた。

「これは孫三郎様、守山からおいででしたか」

〝孫三郎様〟は、権六の方を見た。

「この者は、足軽か、夫丸《ぶまる》か。戦に出るのか」

孫三郎信光は、信秀の弟だ。元服したばかりだが、すでに守山城主の身分である。端正な顔は信秀に似ていたが、闊達《かったつ》さが目立つ信秀より、やや才気ばしった鋭さがあった。

「わしは、戦には行けせん」

「そうか。よい面構えなのに」

さっぱりとした人柄らしく、信光は和尚の方に向き直った。

「社村からは、何人出るのだ」

「刈り入れも近く、なんとか五人」

村の貫高によって、社村も五人以上を出すよう命じられていた。年配の小作の中から、くじで決めることになっている。信光は渋い顔をした。

「もっと出せぬか。兄上は、兵は一万は集めたいと申されている。老人や、乞食を雇ったような者ではなく、立派に戦える者が一万だ」

一万と聞いて、権六は驚いた。戦は、多くて千、二千でするものだと思っていた。

（とんでもないことを言う人だ）

挨拶をして帰りかけると、外から信秀が馬で帰ってきた。

「孫三郎、着いたか。兵はどうだ」

「なかなか良い兵が集まりませぬ」

「今度の戦は、弱い足軽十人より、強い地侍が一人ほしい」

信秀は狸和尚、そして、その傍らの権六に視線を向けた。

「大きくなったな、村で一番大きいか」

権六と信秀は、狐森で何度か顔を合わせている。信秀は馬から下りると、権六の肩に手をかけた。

「かおるがいつも話しているぞ。雪枝も、お前のことを褒めていた。社村からは、お前が出るのか」

雪枝とは、ごっさまのことだ。ごっさまを名前で呼べるのは、信秀だけだ。

「うちには、男はわし一人しかおらん。死ぬと、困る」

「この戦に負ければ、お前の村も、もっと困る目に遇《あ》うぞ」

信秀は、肩に置いた手にぐっと力をこめた。

「お前が出ろ。かわりに、制札をやる」

そう言うと、背後に従う家老の平手政秀へ振り向いた。

「平手、村々に触れを出せ。具足、武器、馬、従者を揃えた壮丁《そうてい》を十人出せば制札一枚、さらに壮丁二十人ごとに、今年の年貢を一割減らす」

平手は、やや眉を曇らせた。

「そうなると、軍資金が乏しゅうなりませぬか」

「織田家は、金だけは不自由しておらぬ」

信秀は、屈託のない顔で笑った。

＊＊＊

権六は、戦に出ねばならなくなった。

村戦には慣れていたが、村の外の戦は〝初陣〟だ。家は大騒ぎになった。

「権六の武者はじめだ」

寅ばっさが、一番はりきっていた。

「安祥まで行くならば、兵糧はぎょうさんいるがね」

母親といしが腕まくりして、焼き米、梅干し、芋柄を味噌で煮詰めて干したものなどを準備した。ばっさは更に口を出す。

「水が変わると腹をこわす、田螺《たにし》をもたせろ。田螺を入れて飲めば、水にあたらん」

はなが田んぼに行こうとするのを、権六は止めた。

「田螺などいらん、兵糧は三日分もあればよい」

それより、困ったことがあるのだ。

「具足《ぐそく》があらせん」

出陣するなら、具足、武器、旗、馬、従者が必要だ。武器は形見の打刀と槍がある。旗はどうにでもなるだろう。馬も老いぼれがいる。従者は弥平を連れていくしかない。

ただ一人の従者を連れた侍を、〝一僕ノ者〟という。笑い者にされるような小身だが、同時に一僕さえ持っていなければ、侍とは認められない。

（ならば、具足を持たない〝ずんぽう武者〟でもいいだろうか）

牛助の言うように、佐久間の寄り子になれば具足くらい借りられようが、それはいかにも業腹《ごうはら》だ。困り果てた権六に、いしが言った。

「熱田の、もん姉さに頼んでみては」

一番上の姉は熱田の桶屋に嫁ぎ、不作の年には姑の目を盗んで米などを送ってくれていた。しかし、なかなか子ができず、最近では肩身の狭い思いをしているという。

思案していると、囲炉裏端に鎮座していた寅ばっさが、むくりと立った。

「具足ならある」

寅ばっさは、いつも寄り掛かっている米櫃《こめびつ》を拝み、それから勿体つけて蓋を取るよう権六に命じた。

「我が家の、家宝ぞ」

＊＊＊

祖父は、戦場で取ってきた、沢山の具足を持っていた。ほとんど売ってしまったが、寅ばっさが米櫃に一領だけ残していた。

おそらく一番立派な具足を取り置いてくれたのだろう——権六の期待は、櫃の蓋を開けると同時に消えた。中から出てきたのは、古ぼけた、傷だらけの胴丸だった。

「じっさが、初めて戦に行きゃぁたときのものだ」

寅ばっさは、自慢げに言った。一色の柴田殿について初陣したときの、お借り具足なのだという。この戦で敵の首をとったじっさは、褒美としてこの具足を頂き、以来、初心忘るるべからず、と大切にした。

袖や草摺《くさずり》もあるにはあったが、縅糸《おどしいと》がほつれ、いくつも大きな傷がある。

「ばっさ、兜はどこぞ」

「足軽が、兜をするか」

権六は口をつぐんだ。

古道具のような具足だったが、胴は権六の体にぴたりと合った。頭には、鉢金だけ作って巻いた。

その姿で外に出ると、柴垣の陰で腹を抱えて笑っている者がいた。

「妙なかっこうをしとる、権六。何だ、それは」

「お前も妙だが」

久しぶりに会う久助は、こぼれ松葉の葛袴《くずばかま》に足半《あしなか》をはき、行商人のような姿をしていた。

「どうした、かおるに会いに来たのか」

「京の土産に、千鳥の干菓子を届けてやった」

「近いうちに戦がある」

「かおるに聞いた」

だから来たのだと、久助は真顔になった。

「俺が、一緒に行ってやる」

権六が意味が分からずにいると、久助はじれったそうに胸を小突いた。

「お前について、一緒に戦に行ってやる」

権六は弥平を連れていくつもりだったが、本当は家に残したかった。刈り入れもあるし、戦の勝敗次第では、村がまた戦場になるからだ。

「俺は役に立つぞ」

〝なるかみ〟久助は、背中の鉄砲をぽんと叩いた。権六は困った。

「だが、久助。おまえも侍の家の子だろう」

「それが何だ」

「わしは、お前の主にはなられん」

「勘違いすな、お前は主人ではのうて、友達じゃ」

久助は胸を張った。

「付き合うのは、此度《こたび》だけだ。俺とて、滝川という姓がある」

「ほう」

感心してから、二人は顔を見合わせて笑った。

柴田に滝川。いかにも、由緒のない姓だ。権六は平野の田んぼに生まれ、久助は山中の猫の額ほどの村で生まれた。佐久間のように鎌倉まで遡れる姓ではないが、そんなことは、構わなかった。

「だが、わしのせいでお前が死んだら、滝川の親兄弟に顔向けできん」

「案ずるな。俺は、人を殺して村を捨ててきた。親も、帰る家もない」

久助はさらりと言って、権六の背中を叩いた。

「支度をするぞ。権六の初陣だ」

あちこちで戦を見ている久助は、てきぱきと権六の世話を焼きはじめた。

「鎧はどこだ。よもや、その古道具で行くわけではあるまいな」

「他にはあらせん」

久助は無言になった。これでも、いし姉さやおはなが胴を磨き、母親がほつれを繕ってくれて、どうにか着られるまでにはなっているのだ。

「兜はあるのか」

「鍋でもかぶるか」

久助は溜め息をついた。

「せめて、指し物がいろう」

「織田の旗か」

「〝自分指し〟だ。背中に差す、家の紋だ」

「余分な布もあらせんが……下帯でええか」

「ふざけるな」

久助は怒ったが、すぐに何か思いついたように駆け出した。

「旗は俺が揃えてやる。お前は馬の支度をしておけ」

そう言い残して、あっという間に駆けていった。

「馬を見たら、また久助に怒られそうだ」

馬は、じっさまの形見の鹿毛がいる。とうに十四、五歳を越え、ひがな一日、厩《うまや》でのんびりと草を食《は》んでいる。馬具は寄せ集めである。守山から帰って来たとき、面懸《おもがい》と手綱《たづな》はつけていたので、それは大事に取ってある。鞍は、明徳寺の狸和尚が奉納された宝をつめた櫃をひっくりかえし、見つけてきてくれた物だった。いったい何時《いつ》の時代に奉納されたのか、鎌倉風の貫《つらぬき》の残骸、折れた弓、大鎧の栴檀板《せんだんのいた》などに混じっていた。

鞍爪《くらづめ》が欠け、前輪《まえわ》の塗りも剥げていたが、どうにか使える。鐙《あぶみ》もあったが、鞍に吊る革が腐っていたので、しかたなく縄でしばった。

馬具の様子を見ている間に、久助がかおるを連れて戻ってきた。かおるは籠をかかえていた。

「ごっさまが、旗にするようにと、新しい木綿をくだすった」

かおるは籠に布と矢立、竹皮に包んだ握り飯を入れていた。

「おなかがすいているでしょう」

かおるは、いつも人に食べさせることばかり考えている。牛助の家にいたころ、いつもひもじい思いをしていたのかもしれない。

「ほら、権六」

かおるが差し出した握り飯は、味噌をつけて焼いてあり、香ばしい匂いがした。

二人が握り飯を食べている間に、かおるは縁先に布を広げ、墨で二羽の雁を描いた。一色の柴田殿から頂戴した、〝二ツ雁金《かりがね》〟の紋である。

久助は、仲良く並んで飛ぶ雁の、上の一羽を指さした。

「この雁は、かおるか。嘴《くちばし》をあけて、ぺちゃくちゃと喋っとる」

「うそ」

かおるは自分の描いた雁を覗き込み、ぱっと頬を赤らめた。うっかり書き損じたらしかった。

「これは、久助鳥よ。いつもお腹をすかして、口をあけてる」

三人で笑った。久助が垣から小竿を抜いてきた。

「さしてみよう」

かおるは竿を差せるよう、端を袋に縫ってくれていた。

胴には旗をさす〝がったり〟がなかったので、荒縄で背中に旗をくくった。

「権六よ、あとは馬だ。馬さえあれば、立派な武者だ」

引き出された馬を見ても、久助は、もう何も言わなかった。黙って自分の道具箱から、鉄のついた鉢巻きと籠手《こて》を出し、紐で袖をくくりあげて従者らしい恰好になった。

奇妙な二人連れが出来上がった。

ちぐはぐな具足を着て、裸足に草鞋《わらじ》、へたくそな鳥の小旗を背負った主。〝でぇこ〟を背負い、しゃれた葛袴を着た、どう見てもまだ少年の従者。毛並みの褪《あ》せた、不揃いな馬具の老いぼれ鹿毛。

打飼《うちがい》袋に乾飯《ほしいい》を詰めて持って来たいしが、目を丸くして、笑った。おはな坊はきょとんとして、権六と分かると、やがて笑った。

かおるだけが、笑わなかった。

その日のうちに、権六は久助と連れ立って、古渡城へと出発した。

権六が行くと聞いて、〝天狗〟玄、おちょけの二郎太、豆虎、瓜坊らが見送りに来た。〝天狗〟玄は行きたがったが、権六は止めた。

「村に残れ。負けいくさになれば、村が乱暴される。村を守れるんは、地下者だけだ」

見送る家族には、行ってくる、とそれだけ言った。

権六は馬の手綱を牽いて、彼岸花の咲く畦道を西へ向かった。これが〝武者はじめ〟なのだと思っても、特に何も感じなかった。

『あの殿につくのは、〝博打〟だ』——久助は、そう言う。全国を回っても、自分は心にかなう主を探すのだという。

しかし、柴田権六は、流れ者の〝なるかみ〟久助とは違う。

尾張国社村に生まれ育ち、家も畑も家族もある。

織田三郎が土地の主であるのなら――権六は、その〝博打〟を打たぬわけにはいかぬのだ。

＊＊＊

古渡は平城なので、畑と草原、松林と侍の屋敷の向こうに、ふいに姿が現れる。

二重に巡らされた堀にかかった橋を渡り、見上げるほどの土塁に穿《うが》たれた門をくぐった。

城の門内は広場になり、土塁に沿った両隅には物見櫓が立っている。

早朝、すでに広場は市のように賑わっていた。戦とあって、ふだんは那古野にいる御歴々衆も集まってきているのだろう。張り詰めた活気があった。

行き来する武者、馬、足軽の間に、さまざまな紋をつけた旗が波のように揺れている。中に、見慣れた〝丸に三〟、三つ引両があった。佐久間の旗だ。

人間は大勢いるのに、まず特に会いたくもない相手に会うのは世の習いだ。

「社村の権六だぞ」

早速、牛助の取り巻き連中がからんできた。まだ前髪を垂らしているくせに、戦の気配に、一人前に殺気だっている。

「馬の口取りの甚助が、ぎっくり腰になって往生していた。雇ってやるぞ」

「草履取りでも、首のひとつも取れば中間にもなれるからな」

牛助も権六を見たが、何も言わなかった。取り巻きを叱りつけた顔が、いつもの〝白餅〟のようではなかった。

「無駄口はよせ」

牛助も初陣なのだ。金塗りの家紋をつけた立派な具足を着ていたが、去っていく背が強《こわ》張《ば》っていた。

権六は、あたりを見回した。初めてのことなので、着いたはいいが、この後のことが分からない。すると、馬廻りの佐久間の〝久六兄上〟が声を掛けてきた。

「来たな、権六」

夜走りのとき、村の消火を手伝い、いし姉さの〝雄姿〟を笑った若侍だ。その後、何度か村で会って、何くれとなく目をかけてくれていた。

「しっかり働け」

佐久間久六は権六を励ますと、広場の一角を指さした。幕屋《まくや》があり、人だかりができている。

「林殿のところで着到《ちゃくとう》を書いているから、行きなさい」

着到とは、出陣する者の名簿である。戦後の論功行賞のもとになり、武器や馬の有無、下人の数も記される。幕屋の中では、数人の右筆《ゆうひつ》や同朋が忙しげに帳面をつけていた。

着到を宰領《さいりょう》する〝林殿〟は、三十ばかりで、額が秀で、ひどく生真面目な顔をしていた。

「頑丈そうな者だ」

権六は、装備をいちいち点検された。おかしな恰好ではあるが、ひと通りの装備は揃っている。〝几帳面な〝林殿〟——林秀貞は、織田家中でも有名な堅物で、何にでも白黒つけねば気が済まない質だった。

「初陣か」

林殿の質問に、権六は頷いた。

「怖くはないか」

首を振った。

「じっさが言うには、戦に出るのは、畑に出るのと変わらんと」

「ほう」

「首でも馬でも、手当たり次第に〝取り入れ〟ろと」

林殿が、破顔した。笑うと、妙に温和な顔になった。

「けしからぬ奴だ、名を申せ」

「権六……柴田権六」

「文字は」

首を振ると、林殿は代わりに名前を書き込んで、袖印にする布切れをくれた。織田の兵だという目印である。いったい何で染めているのか、見たこともない鮮やかな黄だ。

林殿が次の者に列を譲るように促した。

「読み書きはできた方がよい」

親切な人らしかった。

とにかく、無事に権六の着到が書き込まれた。

着到を済ませれば、権六程度の身分では門内に留まることができない。権六は外の馬場に出て、土手に腰掛けて待った。

馬場はぎっしりと人馬で埋めつくされている。

だいぶ待たされ、腹が減ったので、久助と土手の躑躅《つつじ》を抜いては蜜を吸った。地上は砂ぼこりで苦しいほどだが、見上げると空が青かった。

足元が躑躅で一杯になったころ、道の方が騒がしくなり、人垣の向こうに信秀の際立った姿が現れた。甲冑に身をかため、大勢の供を引き連れていた。磨き上げた金の鍬形《くわがた》が、きらきらと輝いている。

大勢の侍や近習を引き連れた信秀は、狐森で会う信秀とは別人のようだ。ぼんやりと眺めていると、通りすぎざま、ふいに信秀が権六の腰へ腕を伸ばした。

「これは太刀ではないぞ、打刀だ。切ッ刃《きっぱ》に差せ」

権六の刀を摑み、鞘を握ってぐっと回した。驚いて顔を上げると、いつものひどく明るい目で、強く笑った。

「この刀が折れたときには、脇差しでも、小刀でも、ひっ掴んで首を取れよ」

そのまま小札を鳴らして通り過ぎた。権六は、自分の腰を見下ろした。信秀が掴んだ古刀が、ふいにずっしりと重く感じられた。

信秀は、古渡城の黒門を背にして立った。馬場を見渡し、胸を張った。

「わしはたった今、熱田神宮に我等の戦勝を祈願してきた」

その場にいる一番遠い者の腹にまで、ぐっと染み渡るような声だった。

「我等の勝利は間違いない。わしは熱田の神に誓った。境内に、特に秀でた七本の楠の神木があるのを、皆、知っておるだろう。あの楠にあやかり、此度《こたび》の戦、特に手柄の大きかった七人に、褒美として馬、屋敷、禄《ろく》をとらせる。一僕、足軽とて分け隔てはせぬ。みな、存分に励め」

信秀が、采配を挙げた。

響きわたる法螺貝の音に、全身が震えた。

＊＊＊

天文十一年、八月十日。

織田信秀は、安祥城援護のために出陣した。

信秀は豊かな財で国人を懐柔する一方で、商人や僧侶といった者たちを多く雇って、各地の情報を集めていた。その一人が、今川が松平と連携し、安祥城を取り返そうと動いていると伝えたのである。

安祥城を任されていたのは、長庶子である三郎五郎信広。安祥城は、尾張にとっては三河進出の足掛かりであり、今川・松平には尾張侵入の障壁である。

出陣は、信秀が動員できる限界の兵数をもって行われた。

弟の犬山城主与次郎信康、守山城主孫三郎信光、四郎二郎信実《のぶざね》、末弟虎千代信次《のぶつぐ》らの手勢を合わせて、尾張中から五千余りの兵を集めた。権六ら東尾張の村々からも、地侍、足軽、人足を合わせ、百人ほどが従軍していたが、信秀の望んだ一万という数は、とても不可能な数字だった。

権六は、佐久間久六の配下に入れられた。行軍は、強行軍だった。鳴海《なるみ》まで南下し、桶狭間山の麓を通り、東へ向かう。知立《ちりゅう》をへて、安祥まで半日を歩き通した。

ようやく安祥城下に着いたのは夕刻前で、そこで炊きたての飯を腹一杯喰った。

信秀と、平手殿や林殿たち老臣は、城内に入ったきり姿がなかった。やがて、飯を喰い終わると、また軍が動きはじめた。南東の方向へ向かっていた。

そのうちに、軍内に不穏な噂が流れはじめた。

〝今川勢が生田原に布陣、兵を七段にかまえ、その威容はあたりを払うがごとし〟

久助も、どこからか情報を摑んできた。

「今川義元自ら出陣したそうだ。数は、曳馬《ひくま》城、今橋城の兵を合わせて、総勢四万……はったりだろうが」

いかに〝東海一の弓取り〟と呼ばれる義元でも、四万とは多すぎる。虚報を流して、敵を混乱させるのはよくあることだ。実際、四万の敵という噂は、すぐに織田軍中に広まった。

「無理な戦だ。この戦、危ういぞ」

人々が低く語り合う声が耳に入った。最近、織田信秀についた地侍たちだ。彼らは強い者の味方につく。主は織田でも今川でも松平でもよい。

利のある方につくのが得というものだ。安祥を失えば、信秀が三河方面に築きつつある地盤が崩れ、また敵が東三河の村々に侵入してくる。明日、明後日にも、刈り入れ間近の田畑が荒らされることになる。

主人を値踏みすることは、卑怯ではなく、生きるための智恵だった。

久助も勝敗に敏感だった。

「権六、いざとなったら、逃げるぞ」

実際、四万は多いにしても、近くにいる敵だけでも万は下らないだろう。岡崎の兵を千余としても、付近にいる松平一族の兵を結集すれば、一万近くにはなる。岡崎は松平家の発祥の地だ。三河の地侍も農村の足軽たちも、必死で抵抗してくるだろう。

敵は、安祥城を奪われた松平軍、今川の連合軍である。駿河の狙いは、安祥城ではない。安祥を取り、尾張まで攻め込む気なのだ。

かつては那古野城を拠点に、北の春日井まで勢力を張っていた今川は、三河をほぼ手に入れて、次は尾張を取り返そうと意気込んでいる。義元は三十二の信秀より、さらに八歳も若い英傑である。

松平も守山崩れで先代を失って以来、跡継ぎの広忠はまだ十七歳の若年だが、今川の援助で領国を保ち、知多の土豪水野氏から嫁を取るなど、尾張進出の野心を隠さない。

権六は顔にまとわりつく羽虫を払った。

「この戦がきついことは、はなから分かっていたろう」

「逃げんのか」

「この殿につくは、まことに〝賭け〟だ。賽の出目は、神にも分からん」

「お前は、時々、その顔とは違ったことを言う」

権六はそばに生えていた虎杖《いたどり》の枝を折りとって、噛んだ。すっぱい味がして、疲れが取れる。

「こんな遠くまで、はじめて来たが、虎杖はどこも同じ味がする」

軍が止まった。矢作川《やはぎ》の河原だった。

信秀のよく通る声が、黄昏の始まった河原に響いた。

「足の遅い駿河の赤鳥どもが着く前に、岡崎の兵を蹴散らし、三河の猿どもに一泡吹かせる」

風が、黄地に木瓜《もっこう》を染めた旗を波のように揺らしている。

信秀は、采配を振った。

「駆けよ」

岡崎城の北側は、矢作川と村積《むらつみ》山ら天然の要害に守られている。安祥城から南に迂回し、矢作川を渡って、北上する路を取った。

とにかく急いだ。しかし、敵の動きも早かった。

「北から岡崎の松平、南からは深溝《ふこうず》の松平が松明を連ねて急行」

斥候が伝えてきたとき、織田軍は岡崎城と、深溝城のほぼ中間にいた。東からは今川軍が迫っている。撤退するにも、すでに矢作川を渡っていた。

「追撃されれば、背水の陣になる」

佐久間久六は教養があった。権六にはない。しかし、必死で考えた。勝てずとも、村を守るには、どうする。

侍は負けても、死ぬか、逃げればよい。しかし、村に住む者は、食い物を奪われ、畑を焼かれ、生きようにも生きていくことかできない。

眼前の風景が、下社の風景と重なった。虎杖のすっぱい味が口一杯に広がった。

ふいに権六は駆けだした。深い森、入り組んだ起伏の多い複雑な地形は、社村によく似ていた。坂道を、藪を分けて探っていった。ついて来た久助が、路傍のあけびを取ろうとして、足を踏み外し、あっと叫んだ。

足元がほぼ垂直に落ち、藪に覆われた崖になっていた。あけびが生えているのは、ずっと下の地面から生えた木の梢だったのだ。

「――ほう、絶景だ」

振り向くと、信秀が立っていた。

崖はちょうど坂の頂上と重なっていて、四方がよく見通せた。権六は礼儀も忘れて口を開いた。

「わしなら、ここで戦う」

林殿が、権六の不作法を叱りつけた。

「口を慎め、敵は刈田の雑兵ではないぞ」

平手殿は怒らなかった。

「兵法にも、高所から攻めよとある。お前、兵法を知っているのか」

「猫だって、喧嘩のときは塀に登る」

林殿が睨み、平手殿は呆れたが、信秀は笑った。

「よい崖だ、確かに猫も登りたがろう」

崖の下は藪が縛り、奥が崖とは気づくまい。

「我らも、ここが宜しいと存じます」

鍬を担いだ農民風の男が、信秀の背後に控えていた。牛のような四角い顔の、目だけ鋭い男だった。男はやはり農民風の一団を引き連れている。真っ黒に日焼けした男たちが、それぞれ杭や縄、もっこなどを担いでいた。信秀が召し抱えたという、知多の〝黒鍬衆《くろくわ》〟――土塁や砦を築く戦場の職人たちに違いなかった。

「土地の者は、小豆坂と呼んでおるそうです」

信秀はあたりを見回した。

「どこに小豆が生えている」

「崩崖を〝あず〟と呼ぶのです」

黒鍬の頭領が教えると、信秀は頷いた。暮れゆく東の空に向かって、大きく風を吸い込んだ。

「決戦の地は、小豆坂とぞ決したり」

布陣せよ――の一声に、軍が一斉に動き出した。

信秀は部隊を三つに分散させた。小豆坂の頂上からは、花が咲くように坂道が伸びている。布陣はその三方に対してなされた。

敵は三方から来るはずだ。北の岡崎衆、南の深溝衆、そして東の今川軍。西は矢作川に向かって湿地となるので、ここからは敵が来る恐れはない。

権六は、北側に面した坂の中腹に配属された。岡崎城の敵を迎え撃つ、一番の激戦が予想される場所である。孫三郎信光をはじめ織田の一門、そして、最近になって織田についた東尾張の土豪、地侍が多かった。

信秀は坂の上の本陣にいる。

「今川の隊は駿府から長駆して来て疲弊している。曳馬、今橋の兵とて、この地に通暁しているものではない。松平は幼君をいただき、今川の圧力を面白くなく思う者も多い。たとえ敵が数万といえど、決して一枚岩ではない」

権六は、信秀の声が好きだった。勇ましく、どこか柔らかく、迷いがない。

「我等は心をひとつに、力を合わせ、敵を斬り伏せ、追い落とす」

朗々と空に響き、胸が熱くなる声だった。

「勝てぬ戦ではないぞ」

権六は信じた。

「日のあるうちに、勝つ！」

森に黄昏が迫る。

槍足軽を前面に並べ、権六はそのすぐ後で敵の到達を待った。隣には久助がいる。

「誇らしくなぞ、思うな」

久助が釘をさすようにいった。主人のそば近くに配置され、権六は確かに自慢に思うところがあった。

「捨て駒だ、死んでも困らん者ばかりだ」

権六は槍についた泥を指でぬぐった。父親の形見の槍だ。柄には傷が幾つもついていた。

「ほうか」

それきり黙って、敵が来るのを待ち受けた。もうすぐそこに迫っているはずだ。僅かの時を長く感じた。背後でかさりと音がして、権六は思わず振り向いた。

風だった。

森が、夜風にざわざわと揺れている。

暗い藪や梢のどこかで、ごっさまが白い被布をなびかせ、哀しげに、舞っているような気がした。戦に負けて、三郎信秀が死んだら、ごっさまは泣くだろう。

（勝たねば）

かおるも泣く、おはなも泣く。村は松平、今川に焼き払われる。

「来たぞ」

松明が見えた。

高い杉の梢から、合図の鏑矢《かぶらや》が放たれた。

最初に現れたのは、北方――岡崎の軍だった。その先頭に坂から倒木と落石が襲いかかった。黒鍬衆が仕込んだ罠だ。彼らは逆茂木、落とし穴を瞬く間に作り上げていた。寡兵と見て勢いづいていた岡崎軍は動揺した。しかし、すぐに態勢を立て直し、坂に向かって押し上げてくる。

信秀は一番高い丘に布陣している。ところどころ木々や丘陵に遮《さえぎ》られはするが、四方を見渡すことができた。

空を覆うほどの織田木瓜の旗が、無数に、これでもかと翻る。敵は、そここそが織田信秀の本陣と知って、がむしゃらに坂道を登ってくる。矢がばらばらと射込まれたが、無骨で知られる岡崎軍は怯《ひる》まなかった。

本陣前面の備えは、権六ら尾張各地の地侍が中心である。寄り親のいない小身も寄せ集められている。足軽も、東尾張と北尾張の村の者が多かった。高針、一色、猪子石の者は見知っている者もいる。ほかにも春日井や長久手などの者もいるようだ。信秀が金にあかせて集めたもので、初陣の者も多かった。

その足軽連中が、坂道の中腹で槍衾《やりぶすま》を組んでいる。権六はそのすぐ後ろに配置されたので、槍の様子がよく見えた。槍足軽の頭は信秀の子飼いの兵だが、あとは地下者の寄せ集めだ。体格や槍の長さもばらばらだ。

権六は思わず隊列の中に入った。

「いかん、いかん」

すぐに髭もじゃの長柄頭がやってきた。槍足軽の大将である。

「小僧、なんだ」

「わしは、じっさの代から地下槍で村を守ってきた。こんなんでは、犬一匹防げん」

長柄頭は、権六をじろりと睨んだ。

「ならば、好きにしてみよ」

権六は体格を見て場所を入れ換え、一人一人の姿勢も直した。

「もっと穂先を下げて、高さを揃えろ。柄を握る位置を案配すれば、揃う」

足場も確かめ、つまずきそうな石があれば取り除かせた。坂だから、一人が倒れれば列を戻すことが難しい。そんなことをしているうちに、初陣の者も落ち着いてきた。

「これで、あとは精一杯、突くだけだ」

そこへ、わっと喚声があがった。

「来たぞッ」

矢や黒鍬衆の罠を突破した敵がすぐそこに迫り、槍合わせが始まった。

「叩け、叩け、敵を見るな」

権六は声をからした。全体の動きが鈍い。

（動きが揃わん）

〝天狗〟玄たちがいれば、と思った。社の村や猪子石の連中なら、もっと息が合い、無駄のない動きで敵を牽制できるはずだった。権六は思わず自分の槍を握り、押されている隊列に割り込もうとした。

「権六、あほう」

久助が権六を槍衾の奥へひっぱり込んだ。

「お前は足軽じゃあらせん、村戦でもあらせんがッ」

列は暫《しばら》く持ちこたえたが、やがて崩れた。〝重ね扇〟の旗を掲げた敵兵が坂道を駆け上ってくる。深溝松平家の当主、伊忠《これただ》は、豪勇で知られた男だ。主家の危機に全軍を率いて駆けつけた軍は士気が高かった。槍隊は押され、切り崩された。その背後に、信秀の声が響いた。

「かかれッ」

振り向くと、夕日に照らされた信秀の鍬形が炎のように輝いていた。北にいたはずの信秀がなぜここにいるのか、考えている余裕はなかった。

信秀は手勢を引き連れ、馬のまま突っ込んできた。諸手に槍を握りしめ、当たる敵から突いては倒す。馬廻りには、孫三郎信光、林秀貞らが従っている。信秀は笑っていた。発する気合は、すさまじい声だ。雷鳴のようだ。ここぞと久助が〝なるかみ〟を放つ。

敵が怯んだ。

「槍を開けっ」

権六は叫んだ。織田勢は一丸となり、一気に斜面を駆け降りた。権六は馬ごと真っ先に飛び出した。権六の勢いにつられ、他の足軽、地侍たちも飛ぶように行く。

気がつくと、権六は馬を捨て、徒《かち》で槍を振るっていた。

空が茜に燃えている。

権六は駆けた。肩口に槍が当たったが、袖の上をすべって逸《そ》れた。黄色の肩印がもげていた。敵の刃の感触に、顔がかっと熱くなった。心臓が高鳴っている。敵を探した。その前に、背後から死体が倒れてきた。馬上から槍で突いたのは、佐久間久六だった。

「背中が留守だぞ。逸《はや》るな、初陣で死ぬ者は少なくない」

近習の久六がいるということは、信秀の本隊が前進してきたということだ。権六は気をひきしめた。戦場の熱にあおられている。冷静にならねばならぬ。

権六は再び馬に乗り、一人を倒した。視界が血で真っ赤に染まった。相討ちだった。権六ではなく、馬が槍を受けて、落馬した。倒れた老馬は泡をふいて痙攣し、喘《あえ》ぐたび腹の傷から血が噴き上げた。

「権六、立てッ」

はっとして顔を上げると、敵の刃が眼前に迫っていた。槍を繰り出し、腹を突いた。呼んだのは久助だった。久助は刀を手に戦っている。〝なるかみ〟は、こういうときは役に立たない。

目の前に別の馬がいた。立派な葦毛で、人にも嚙みつこうとする悍馬《かんば》である。馬を捕まえようと突っ込むと、すぐそばで落馬した信光が組み打ちしていた。権六は馬乗りになった敵の背中を、力をこめ蹴り倒した。同時に、組み敷かれていた信光が小刀で袖の間から刃を付き入れた
「助かった」

「兄上は――」

信光は自分より兄を案じた。

そのころ、先鋒の隊は岡崎の先陣と戦っていた。岡崎の大将、由原《ゆはら》孫十郎と名乗る男は、雲をつくような巨漢であった。織田軍から清洲衆の那古野弥五郎が飛び出して、何合か槍を交えたが、たやすく制せられて首を取られた。由原が雷のような声で叫んだ。

「織田の若造、勝負せよ」

その前に、信秀は自ら馬で躍り出た。敵兵が大将と見て殺到する。信秀の周囲も近習の若者たちに囲まれている。両軍の主力がぶつかり、入り交じり、激しい戦いとなった。

織田造酒丞《みきのじようのぶふさ》信房は一門ではないが、祖父の代に織田姓を賜った譜代の家臣だ。槍傷を受けながら奮戦した。近習である馬廻りの若衆も怯まなかった。信秀を守るように、すさまじ

い形相で戦っている若侍がいた。棕櫚《しゅろ》の指し物をつけていた。権六も負けてはいられず、信秀の方へ我武者羅《がむしゃら》に進んでいった。

棕櫚の指し物の若武者は、恐れもなく敵の懐へ突っ込んでいく。刀使いが際立っていた。林秀貞は馬上で縦横に槍を振るっている。佐久間久六も槍をとり、ひどく落ち着いた顔で敵を一人、二人と突き伏せる。

雑兵たちは首より銭だ。敵の首は寄り親に任せ、奪った刀や打飼袋を首にも腰にもぶらさげていた。

久助も背後から敵の馬の尻に斬りつけては、落馬させて稼いでいた。棹《さお》立ちになった馬から相手が落ちると、その袖を摑んで押し倒し、具足の間から小刀を突っ込んで刺す。

「お前は名のある武士の首を取らねば駄目だぞ」

権六を見て言った。

「手柄を立てずに死んだら、死に損だ」

夏の日は長いとはいえ、戦場では時のたつのが早い。森や丘の陰では、斬り結ぶ相手の顔もだんだん見分けられなくなっていく。

そこに、法螺貝が鳴り渡った。

「駿河衆だ、矢を放て」

今川義元の本隊ではない。先鋒だ。本隊はまだ後方にいる。まっすぐに小豆坂の東の崖をめざしてくる。権六が見つけた崖だ。その上に隠れた弓隊が、接近してくる今川軍へ、頭上からおびただしく火矢を降らせた。東の森に火がついて、あたりがぱっと明るくなった。炎に照らされ、織田の旗が黄金の波のように輝いている。

三河衆が待っていたのは、駿河の今川の大軍である。東の森に火の手があがり、三河衆は動揺した。信秀はその機を逃さなかった。そのまま南の坂へ突っ込むと、岡崎勢がどっと崩れた。撤退する敵に、味方の弓足軽たちが滅多やたらと矢を射かける。その矢をくぐって、岡崎の大将、由原が信秀をめざして駆けた。

信秀は弓をとり、満月のごとく引き絞った。

「勝鬨《かちどき》を上げよ」

放った矢が、由原の喉を貫いた。

喚声が丘に反響し、ものすごい鯨波《げいは》となった。岡崎軍が後退していく。

「行くぞ」

間髪入れず、信秀は動いた。反転し、小豆坂から今度は南に向かった。陣屋の跡には、黒鍬衆が準備していた柴を積み上げ、油をまいて火をつけた。岡崎の追撃を阻むためである。

信秀は全軍を連れて小豆坂を南へ走った。南方には、深溝の松平軍が迫っていた。佐久間大学を中心に、丹羽、前田ら有力国人の部隊が防戦している。

佐久間大学は家中でも知られた剛の者だ。こめかみから鼻まで斬りつけられ、顔面を真っ赤に染めて戦っている。那古野の家老、内藤勝助も名のありそうな武将の首をとったところだ。そこに小豆坂を転がるように、北方にいた織田の主力が乱入した。

権六も戦いの渦中に飛び込んだ。いつの間にか槍は折れていた。柄を捨てて、刀を抜いた。刀にあたる者を片端から打ち据え、叩き伏せていく。

織田勢は何度も敵中に突撃しては、徐々に深溝軍を押し返した。坂から駆け下りる織田軍は勢いに乗っていた。

「岡崎勢は打ち破ったり、深溝勢を追い散らせ」

足軽たちが奪った敵の軍旗を打ち振っている。頼りの今川軍が来る方角は、森が赤々と燃えている。松平の両軍は南北に後退していく。織田からは追撃の太鼓がとどろく。

権六は退く敵をひたすら南へ追おうとした。遅れた兵を二、三突いた。雑兵だった。名のある者はあたりにいない。

佐久間久六は、ふだんは茫洋《ぼうよう》としている権六が、戦になると別人のようだと思った。

「もうよい」

権六は後ろから腕を摑まれた。顔はまだ、燃えるように熱かった。権六はさらに敵を追おうと暴れたが、久六は腕を離さなかった。

「鎮まれ、柴田」

佐久間久六が権六の頰を叩いた。見ると、兵が続々と集まり体勢を整えていた。久六は配下の者たちに命じた。

「大声で騒げ、騒ぎながら退く」

「なぜ」

「駿河衆の本隊が着く前に、帰るのだ。機先を制して松平は追い返したが、今川軍が着けば、撤退もできぬ」

織田の軍は、脇目もふらずに西に向かって進んでいた。

勝鬨を上げながら、深溝衆を追撃すると見せて進路を変え、そのまま矢作川を渡って撤退した。渡し場の浅瀬は、平手政秀ら老臣の部隊が確保していた。

勝ったのか、負けたのか。よく分からなかった。

馬を失っていたので、徒歩で渡った。浅瀬といっても、腿《もも》くらいまで水があった。疲れた体を引きずるように、びしょぬれになって川を渡った。戦場の熱が、瞬く間に冷めていった。

祖父は何でも取って帰ったが、六文の銭だけは残すことを決めていた。六文銭は、三途の川を渡る船賃だ。出陣する者は、みな体のどこかに付けていく。

権六は、自分が持ってきた六文を、死んだ馬のことを思って川面に投げた。

もう老いぼれだったのに、痛い思いをさせてしまった。穀潰しでも、厩《うまや》でのんびり草を喰いながら死なせてやれたらよかった。

渡り切ると、背後から快活な声がした。

「生き残ったか、運のいい奴」

掲げられた松明の光の中で、信秀が笑っていた。

「何を辛気くさい顔をしている。わずか五千で、一万の三河衆を追い散らし、四万の今川を追い返した。平手よ、多いに喧伝してやれ。三河、駿河、尾張国中にも、織田三郎には戦の神がついていると」

信秀は馬に乗ったまま、悠々と川を渡っていった。

もう夜だ。空には、星が恐ろしいほど輝いている。

流れ星がひとつ流れて、権六は、また少し馬のことを考えた。

＊＊＊

信秀は出陣前、この戦で〝七本槍〟を決め、特に褒美を出すと約束していた。

権六は、選ばれなかった。

選ばれたのは、織田信光、織田信房といった御一門衆、有力な国人領主、その若君たちだった。権六と同じ北方で戦った者が多かったが、権六のような〝一僕〟など一人もいなかった。選ばれた一人、佐々政次は、あの棕櫚の指し物をつけた若侍だが、比良《ひら》城の後継ぎだという。他にも手柄のある者が大勢いて、みな信秀より褒美をもらった。

「織田家中は勇者揃いだ。熱田の森に、もっと楠を奉納しなければならん」

信秀は気前よく、戦死した者の家にも惜しみなく褒美を与えた。褒美のほか、参戦した者全員に、身分に応じた額の銭と、干し鱈、酒、大きな餅が十ずつ配られた。

はじめ文句を言っていた各村の地侍たちも、満足して帰っていった。槍を担いだ高針村の足軽が、権六の背中を叩いていった。

「おみゃあにつられて、思いのほか気張ってまったわ」

権六が思わずどやした槍足軽だ。彼らは褒美こそ少なかったが、思うさま戦利品を調達していた。次の戦も、また信秀に味方するだろう。

なるほど、信秀は器用な人だ。それに比べて、自分の不器用なことといったらなかった。手柄もなく、それどころか、平手政秀から呼び出され、こっぴどく叱られた。足軽頭でもないものを、槍の指図をしたのがいけないという。

(わしは、戦には向いとらん)

それは仕方なかったが、同じ年頃の信光や佐々兄弟が手柄を褒められ、信秀から拝領した太刀を誇らしげに佩《は》いているのを見るのは、情けない思いがした。

権六は、罰として参陣の銭も貰えなかった。餅を半分、久助にやり、ため息をついた。

「どうした、権六」

「餅が足らん」

権六は、竹の皮に包んだ餅を眺めた。ばっさ、かかさ、いし姉さとおはな。弥平にも喰わせてやりたい。

「ごっさまと、かおるの分があらせん」

権六は、本当に情けなくなった。久助が呆れた顔をした。

「お前は、たぁけか」

久助はあの激戦の中で、抜かりなく敵の脇差しや銭袋などを取って来ていた。

「手当たり次第に首を取ればよいものを、存外、お前は気の弱い奴だ」

権六は頭を掻いた。

「ほうか」

「ええわ、かおるは、餅の方が喜ぶ」

久助は貰った餅を権六の懐に押し込んだ。向こうで佐久間久六が呼んでいた。

「下社の柴田権六はいるか」

信秀の前へ連れて行かれた。御歴々が並んでいて、やや緊張した。膝をついた権六の前に、一頭の馬が牽かれてきた。鞍には、米俵が左右にくくりつけられている。

「お前は強いばかりでなく、勇敢で、知恵もある。末頼もしいやつだ」

礼儀にうるさい平手殿が、馬拝領の作法について何か小言を言っていたが、権六は見事な葦毛しか見ていなかった。

＊＊＊

社の村で秋祭りがはじまった。

久しぶりの神楽もあった。おはなは生まれて初めての祭にはしゃぎ、前の日に熱をだしたほどだった。

祭の日は、昼から権六の家の庭に村の衆が集まった。いしら女たちが蒸した糯米《もちごめ》を運び、男たちが餅をつく。夜の神楽の練習をする笛や鉦《かね》太鼓が賑やかだ。

かおると、珍しくごっさまも村に降りてきた。狸和尚が、あわてて出迎えた。

「これは、津島の方様」

明るい太陽の下で見るごっさまは、いつにも増して美しかった。寅ばっさは、ごっさまが縁側に腰掛けるたび、手拭いで板を拭う。かおるは、村の女たちと器用に餅を丸めた。いしが丸めた餅は拳骨《げんこつ》のように大きく、はなのは碁石のように小さい。かおるが一番うまかった。

ごっさまが、軒先に指された権六の旗を見ていた。権六と目が合うと、微笑んだ。

「よい指物《さしもの》」

少し滲《にじ》んでしまった雁が、仲良く並んで飛んでいる。

「雁は、吉報を届けてくれる。そして、雁の夫婦は生涯添い遂げ、どちらかが死ねば、残った雁も、後を追うと聞いています」

ごっさまが、そんなふうに権六に語りかけてくれるのは、珍しいことだった。いたたまれず、権六は思い切り杵を振るった。

庭の筵《むしろ》に、次々とご馳走が並ぶ。小豆餅のほかにも、焼き魚、蒟蒻《こんにゃく》と里芋の煮物、夏に仕込んだ梅の漬物、栗や柿。権六は集まった村の者たちに、どんどん喰わせた。

「喰え、そら、玄、遠慮すな。白丸はもっと餅を喰え、大きくならぬぞ」

夕刻、篝火《かがりび》がたかれるころ、前触れもなく信秀がやってきた。供も連れずに、一人で遠駆けしてきたようだった。信秀が現れると、その場が十倍も二十倍も明るくなった。

信秀は、自然にごっさまの隣に座った。雛人形のように似合いだった。

狸和尚が、そっとため息をついた。

「雪を置いた一枝の紅梅……美貌とは、まことに罪なものだ」

その意味を問おうとしたが、信秀が権六を呼んでいた。

「こちらへ来い、柴田権六」

権六は喰いかけの芋を放り出し、信秀の前へ駆けつけた。

「お前に、もうひとつ褒美があるのを失念していた。和尚、紙と筆を借りよう」

和尚が道具を持って来ると、信秀は膳の上を取り払い、力強く二文字を書いた。

『勝家』

「此度の戦、負けはしなかったが、勝ちでもなかった。今度は、勝つ。お前も、〝勝って家の誉れとなれ〟」

信秀は権六に名を書いた紙を渡した。

「社の権六——柴田勝家。そう名乗れ」

信秀が笑い、雪枝が微笑み、賑やかに一番神楽がはじまった。面をつけた者たちが、ひょうきんな仕種で踊る。鉦や太鼓が賑やかに鳴る。

権六は名付けの紙を握りしめ、久助たちのところに戻った。みなご馳走を喰い、酒を飲み、踊っている。

「久助よ、困った」

火の粉が舞う。雪のようだ。

「わしは、あの殿を拝みたい気になった」

腕を引かれて振り向くと、かおると目が合った。

「〝かついえ〟」

小さく呟いて、かおるは、あの鶉《うずら》のような目で権六を見上げた。

「でも、あたしは、やっぱり権六と呼ぼう」

かおるの笑顔が、咲いたばかりの撫子《なでしこ》のようだった。

＊＊＊

七本槍には入れなかったが、権六は、その後も、戦《いくさ》があるたびに信秀について出陣した。時に手柄を立てることもあり、やがて古物ではあったが、自分用の具足を一式、手に入れた。

「戦に出るときのためを思って、ばっさまは、わしを毎日こき使い、鍛えてくれていたのだな」

床の間の櫃《ひつ》に祖父の形見の鎧を返し、権六は寅ばっさに感謝した。

「たぁけ」

寅ばっさは、いつものように背中をまるめ、権六をじろりと睨んだ。

「まっと働け。〝社の一番槍〟などと言われて、いい気になるな」

その年の暮れ、意外な人物から縁談があった。

権六のではなく、いし姉さの縁談だ。相手は熊ではなく、鶴のような男——御器所《ごきそ》の佐久間盛次——久六だった。

生真面目で聡明な人だったが、生来、体が弱かった。子ができず、両親は嫁を二度までも実家に返した。両親は丈夫な後継ぎを切望し、今度は〝石のように〟丈夫な嫁をほしがっていた。

丈夫なことなら、いしは東尾張の誰にも負けない。家格の違いを言う者もあったが、久六自身もこの縁組を望んだという。

「柴田権六の姉なら、よかろう」

そして、佐久間久六は、子ができずとも再び離縁はしないと誓った。いしは、すでに娘盛りも過ぎている。責任は重大であったが、本人は嬉し気だった。

翌正月、いしは御器所に嫁いだ。婚礼の馬は、弥平が牽いた。

佐久間の嫁となったいし姉さは、やがて、次々と丈夫な男の子を生んだ。

第三章　大うつけ

天文十三年、秋。

権六――柴田勝家は、久しぶりに社村の家に戻った。

稲刈りの監督をするためである。

織田信秀から、今年の刈り入れを急ぐように領内に指示があり、少し早めの収穫となった。

重く垂れた金の穂波に、蜻蛉《とんぼ》の澄んだ羽が戯れる。白鷺が低く飛んで行く。

今年は特に豊作だった。夜明けから日暮れまで、互いに人手を貸し合いながら、村人総出で刈り入れる。権六は忙しかった。

下社の収穫を終えると、香流《かなれ》川のほとりにある猪子石村の田を穫り入れた。今年は上社にも田を持ったので、こちらの刈り入れもせねばならない。

家人に混じって稲を刈る権六に、〝烏〟弥平が恐縮していた。

「おみゃあ様は、まぁ織田の家臣になりゃあたで……」

権六は正式に信秀の家臣となり、ふだんは古渡城に住んでいた。祿高《ろく》も増え、家中では槍の上手としてなかなか重んじられているのだ。

それが、片肌脱いで、袴の股立《ももだち》を取り、汗だくで稲穂を刈っている。手慣れたものだが、弥平には何とも面目がない。祿高が増えたので、新しい家人も何人も雇っているのだ。普段は畑を作り、戦になれば権六に従う足軽になる屈強な男ばかりである。

「稲刈りは弥平らがしてまうで、その鎌ぁ、どうぞ置いてちょうせ」

「構わん、おみゃあも、ちゃっと手を動かせ」

鎌を取り上げようとする弥平を追いやり、権六は調子よく稲を刈っていく。


「あいつは、たぁけか」

昼どき。香流川の土手では、かおると久助が弁当を持って待っていた。久しぶりに権六が帰って来たので、雪枝がかおるに休みをくれたのだ。

権六は自分の両脇に家人を一列に並べ、先頭きって鎌を動かす。誰かが遅れれば列が乱れる。自然とみなで調子を合わせ、仕事はどんどん捗《はかど》った。久助は感心した。

「権六は、兵を動かすのがうまい」

かおるが嬉しそうな顔をしたので、久助はすかさず続けた。

「鉄炮の腕前ならば、俺に勝るものはおらんが」

かおるは聞いているのかいないのか、機嫌よく握り飯を並べている。

「仕える主さえ決まれば、この腕ひとつで、城も持てるぞ」

「そう」

その言い方が権六に似てきたようで、久助には面白くない。流れ者の〝なるかみ〟も、もうすでに子供ではない。

「かおるよ、お前、権六のどこがええ」

すると、かおるは小さく首をかしげて、秘密めいた笑みを浮かべた。すっかり娘らしくなり、ごっさまお下がりの小袖がよく似合う。あまりにごっさまが美しいので隠れているが、かおるは野の花のように可憐だ。

「たぁけらし」

久助は草原に寝ころがった。かおるが、ちらりと久助の方を見た。

「どうしたの」

「なにが」

「元気がない」

「俺は病気だ」

久助は小茄子の漬物に手を伸ばした。その手を、かおるがぱちりと叩いた。

「食べたければ、久助も働きなさい」

「権六は、ええのう」

久助は大の字になり、空を見上げた。

いまだ主を決めかねている。名門、旧家、成り上がり、英雄、豪傑、さまざまな〝主〟を見たが、どうも一長一短がある。その中では、織田信秀が傑物だが、どうにもしっくりこない。〝なるかみ〟久助が仕えるべき主は、まだ世に出ていないのかもしれない。

「久助」

かおるに呼ばれて目を開けると、親鳥が雛にするように、茄子漬けが口に放り込まれた。

「権六は、裏表がないのがよい。顔を見れば、考えていることが、すぐ分かる」

「褒めとるのか」

かおるは真面目な顔で頷いた。

「そうだな」

ようやく権六が土手に上がってきた。

食べ物がよくなったので、権六はぐんと背丈が伸びた。村の男たちの中にいても一番に目立つ。無骨なくせに、妙に好かれる男だった。村でも、戦に出ても、男が集まる。家人にした者たちも、もとは流れの雑兵たちだ。戦場からついてきて、飯を食わせてやっているうち、いつの間にか家人になった。顔も体も疵《きず》だらけで、いかにも癖のありそうな者ばかりだが、権六の前では忠実な犬のようだった。

男たちに囲まれて握り飯を頬《ほお》張る権六に、かおるがかいがいしく世話を焼いている。

（権六は、阿呆なのか、利口なのか、分からん奴だ）

久助のそばで草が蠢《うごめ》き、蛇の体があやしく光った。落ちていた枝で追い払うと、鎌首を上げて牙を剥いたが、思い切り草を叩くと逃げていった。

香流川の向こうに、遠く山が見えている。尾張の北は、美濃の国だ。

（美濃の〝まむし〟……斎藤道三）

美濃の主は、信秀よりさらに低い身分から身を起こした〝梟雄《きょうゆう》〟だ。信秀が、なぜ今年の稲刈りを急がせたのか。久助には、その理由が分かっている。

日差しがまぶしい。

雀の声が、のんびりと響く。雀ではなく、かおるだろうか。

根なし草の久助には、信秀を主と決めて、戦でも、稲刈りでも、迷わず努める権六が、愚かなようにも、羨ましいようにも思える。

（しかし、わしはまだ決められん）

目を閉じて、久助はもう暫く居眠りすることにした。

香流川の対岸を、汚れた顔をした子供が小走りに駆けていくのには、気づかなかった。

＊＊＊

妙な顔の子供だった。

年頃は、十ばかり。手に山鳥を下げていた。整った顔をしていたが、その顔は泥や血、葉の汁、何かが入り交じったもので汚れていた。

狐森のごっさまの垣根の陰に突っ立って、声をかけた権六を、じろりと睨んだ。権六は飯《めし》櫃《びつ》を肩に担いで、かおるを送って来たところだった。

「どこの子だ」

迷子だと思って尋ねると、子供は痩せた肩をそびやかした。

「どこの子でもない」

日は落ちかけて、森の中はもう薄暗い。子供の足は真っ黒で、着物もぐちゃぐちゃになっていた。相当、迷ったらしいのに、腕組みをして、鼻唄などを歌っている。

妙な子供だ。どうしたものかと思っていると、人声を聞きつけて、提灯をさげたごっさまが庭へ出てきた。梅紋の提灯に、美しい顔が浮かびあがった。

「吉法師さま」

子供は、やはり平然とごっさまの顔を見返した。

「津島の、雪枝か。じじいの葬式では、会わなかったな」

そう聞いて、はじめて、子供が信秀の嫡男、吉法師だと合点がいった。

何度か見かけたことはあったが、ここまで汚れた恰好では、とても若君とは気づかない。

古渡の同輩たちが、〝うつけの若君〟と噂していたのも頷ける。

吉法師は勝幡城《しょばた》で生まれ、今は津島で学問をしていると聞いていた。津島生まれの雪枝とも面識があるのだろう。手の山鳥をぶらぶら揺すり、吉法師は垣根の向こうに目をやった。

「父上は、ここか」

「いいえ、今日は」

すると、吉法師はいきなり踵《きびす》を返した。ごっさまが、静かに声をかけた。

「若さまは、鳥をお射《う》ちになりましたの」

振り返り、吉法師は自慢気に獲物を上げた。

「初めて射た。母上に差し上げようと、お部屋に行った」

目に、子供らしくない険があった。

「母上は庭で花を見ていて、鳥を出したら、きたならしいと、そっぽを向いた」

母上とは、信秀の正妻、土田《どた》夫人のことである。吉法師は血まみれの鳥を雪枝の足元に投げつけた。

「だからわしは、弟を蹴っつらかって、花をわやくちゃ踏み散らかして、竹垣に火をつけてやったのだ」

「まぁ」

かおるが驚いて声をあげた。

「おそぎゃあ子」

吉法師は甲高い声で笑った。そこへ、平手政秀が馬で駆けつけてきた。平手は吉法師の守り役である。あちこち探し歩いたらしく、汗だくだった。

「若殿、ご無事でしたか」

「うるさい、帰れ」

吉法師は平手に石を投げつけた。その肩に、雪枝がそっと手を添えた。

「若さまは、のちほど、権六に那古野まで送らせましょう」

平手は何か言いたそうな顔をしたが、吉法師が摑んでいる大きな石に目をやって、肩を落とした。守り役になってから、白髪がめっきり増えたようだった。

「〝津島の方〟が、そう申されるならば……」

平手が帰ると、雪枝は吉法師を館の縁先に座らせた。ヤリが汚れた足を嗅ぎに寄ってきたが、吉法師に蹴られそうになり慌てて逃げた。

雪枝は手拭いを濡らしてくると、吉法師の汚れた顔を拭いてやった。吉法師はなすがままにされていたが、急に手拭いをひったくり、自分でごしごしと拭いた。

「自分でできる」

「お偉いこと」

「わしは、那古野の城に一人で住んでいるのだ。〝かんす〟とは違う」

「〝かんす《蚊》〟」

「弟だ、勘十郎。母上と一緒に暮らして、飯まで喰わせてもらっている」

雪枝は笑って、吉法師が投げた手拭いを拾った。

「冷し飴をさしあげましょう」

吉法師の腹が鳴っていた。雪枝にもらった冷し飴を一気に飲み干し、かおるが七輪であぶる味噌団子を、焼き上がるはしから喰った。

「わしは、こんなものは喰ったことがない」

信秀は、今川から奪った那古野の城を堅牢に普請しなおし、平手と林らを家臣につけて吉法師に与えていた。本拠にしている古渡には、土田夫人と次男の勘十郎を置いている。病弱な勘十郎は母親に溺愛され、嫡男の吉法師は、大人に囲まれ、厳しく養育されている――と、そう権六は聞いていた。

まだ幼さの残る横顔に、飢えたような翳《かげ》がある。かおるは団子がなくなると、果物や饅頭、干菓子などを次から次に出してきた。吉法師は残らず口に詰め込んだ。

「これはなんだ。砂糖餅か」

「干し柿もどうぞ」

「もう腹いっぱいだ、お前は、たわけか」

吉法師はかおるに怒った。かおるは干し柿を懐紙に包み、少年の懐に押し込んだ。

「それでは、あとでお上がりください」

吉法師は自分の懐を見て、かおるを見上げた。陰気な険がやわらぐと、好奇心の強い、利発な目が現われた。

「お前は誰か」

「かおると申します」

「佐久間の牛助が言っていた、香流川のかっぱの子か。本当に川を流れてきたのか」

「はい」

頷くと、神妙な目つきでかおるの顔を覗き込んだ。

「かっぱの子も、人と変わらぬな」

ちょうど権六が井戸端で山鳥をさばき、ぶら下げて戻って来た所だった。

「その鳥は、本当は、勘十郎に食わせてやろうと思った。病というから」

辺りはすっかり暗くなり、鈴虫が鳴き始めていた。かおるが燈籠に火を入れた。

縁先に置いた七輪には、赤く炭火が燃えている。権六は山鳥を炭火に乗せた。


英雄である織田信秀は、女に関しても〝器用の仁〟だ。

土田夫人、雪枝のほかにも、池田の未亡人、熱田の方など側室が何人もいる。土田夫人は、不在がちな夫への不満を埋めるように、勘十郎を溺愛していると言われていた。

一方の吉法師は跡取りとして、厳しく教育されている。

権六は、信秀が言うのを聞いたことがある。

「わしは、三郎に嫌われておるらしい」

幼名は吉法師。通名は、父と同じ〝三郎〟である。同じ名を持つ父子だが、目の前の小さな方の三郎も、さかんに父親の悪口を並べ立てていた。

「滅多に那古野には来んくせに、来れば、雨でも雪でも、暗いうちから弓や馬や槍の稽古をさせる。勘十郎には、何もさせん。わしには糞眠い論語を読ませて、〝かんす〟とは釣りに行ったそうだ」

だから、槍の稽古も論語も投げ出し、鳥を射ちに行ったのだ。その鳥が、七輪の上で香ばしく焼けていた。

「雪枝も喰え、かおるも」

吉法師は小刀を抜いて鳥を切り分け、一番いいのを雪枝の前に突き出した。かおるが小皿を差し出す前に、雪枝は掌《てのひら》で肉を受け取った。

「どうだ。わしが獲った鳥は、うまいか」

ごっさまは微笑み、頷いた。吉法師は権六とかおる、ヤリにも喰わせた。腹いっぱいと言ったのに、自分でも食べた。

「わしは、喰いたいときに自分で鳥を獲って、喰う。喰いたい者だけに喰わせてやる」

口元をぐっと拭って、吉法師は笑った。

＊＊＊

その後も、吉法師はたびたび狐森に顔を出しているようだった。

しかし、権六は古渡に詰めており、会うことはなかった。戦の準備が忙しくなっていたからだ。

信秀は、戦にあけくれた。

美濃へ、三河へ、周囲に敵はいくらでもいた。なかでも、特に美濃衆との衝突が多かった。美濃と尾張は、勢力が複雑に入り組んでいる。上尾張に地盤を持つ岩倉城の織田家は、さほどの武力を持っていない。国境を守るのは、織田信秀が頼りであった。

〝立波《たつなみ》〟の旗を掲げた美濃衆の侵入を聞いては、権六も手勢を率いて迎撃に出る。美濃兵は狡猾だった。その主が、狡猾だからであろう。

美濃の主は――長井規秀《のりひで》、改めて斎藤利政。入道して、道三。人呼んで、〝まむし〟と云われる男である。

美濃守護の土岐《とき》氏が一族の内紛で勢力を失い、家臣の中から抜きんでてきた。京の油売りのせがれで、父親の代に土岐氏に取り入り、御家騒動に乗じて成り上がり、ついには美濃一国を奪い取った。才覚のほか、その冷徹な性格が道三の武器であった。

織田信秀を、〝金にまかせて成り上がった〟と嘲《あざけ》る者もいる。しかし、三代前の名も知れない道三に比すれば、信秀とて〝名門〟である。

しかし、家柄も名誉もなくとも、道三は強かった。美濃衆もそれを頼りに、夏の刈り入れ前から、連日、尾張の国境地帯を荒し回った。業を煮やした信秀は、収穫を急がせ、美濃を攻めると決めたのである。

〝美濃の蝮〟対〝尾張の虎〟――戦には、権六も行く。

出陣前、かおるが、足袋を届けてよこした。柔らかい鹿皮の足袋だった。届けてきたのは久助で、社の家の縁先で権六はさっそく足袋を試した。

騎馬には足袋が欠かせない。しかし、いしが縫う足袋はいつも小さく、はなが縫う足袋は大きすぎる。

かおるの足袋は、あつらえたように、ぴったりだった。権六は感心した。

「かおるは、何をやっても巧い」

久助は縁先に腰掛けて、すすきの茎を噛んでいる。

「それに美しくなった」

「ごっさまには、かなわんが」

「たぁけ。ごっさまは、月や、星が美しいのと同じだ」

久助はすすきを吐きだし、権六の顔を見て、しみじみと言った。

「権六よ、ええか。お前は生涯、女にはもてまい。かおる一人を大切にしろ」

権六は返事に困った。久助は、ぐっと口をへの字に結んだ。

「でなければ、俺に譲ってから、行け」

空を、雁が飛んでいくのが見えた。

かおるが自分で足袋を届けてこなかったのも、久助がそんなことを言ったのも、理由はうすうす分かっていた。

こんどの戦は、帰れぬかもしれぬ。

みなが、そう感じていたのだ。


領内の刈り入れがほぼ終わった九月三日。織田信秀は、美濃へ侵攻した。

尾張中から兵を集め、また国外からも流れ者の傭兵を雇い、小豆坂では適《かな》わなかった一万の兵を動員できるまでになっていた。

織田軍は尾張と美濃を隔てる木曽川を渡り、稲葉山の西四里にある大垣城を落として、道三の待つ稲葉山城下へ迫った。

道三は金華山の山頂に堅牢な稲葉山城を築き、館はその麓の井ノ口にある。

三河小豆坂も遠征だったが、今回の戦は、その二倍以上の距離がある。無人の山間部を抜けた小豆坂の進軍路に比べれば、途上には敵城も多く点在する。距離以上に、時間を要した。

　敵対する村を焼き、小城を落として、進軍すること十余日。尾張軍はようやく稲葉山の西南一里、立政寺《りゅうしょうじ》に本陣を置いた。長良川の河畔に沿って進めば、稲葉山は目前である。

　ここで、北方から呼応するはずの、越前の朝倉孝景《たかかげ》を待った。

　越前の名族である朝倉氏は、道三に追放された美濃守護、土岐氏の嫡流を保護している。道三を攻める大義名分を持つ彼らを、信秀が誘ったのである。

　信秀が南から麓の井ノ口館を攻め、朝倉軍は混乱に乗じて北の長良川を渡り、搦手《からめて》から稲葉山城を攻める手筈と取り決めていた。

「朝倉はまだか」

　朝倉と織田は、同じ木瓜紋である。しかし、二十日の期日を過ぎても、朝倉軍の〝三盛り木瓜〟は一向に現れなかった。

　朝倉の越前衆は、たびたび美濃の内紛に介入しているから、土地勘はある。しかし、尾張に比べれば道のりは遠い。待つうち、先に道三が動いた。

　稲葉山の頂きに、出陣の法螺貝が鳴り響く。山々にこだまして、空を揺るがす。立波の旗が、山頂から麓にかけて雲のごとく湧いていた。

　信秀は長良川の北を睨んだ。

「朝倉軍は」

「いまだ」

平手政秀が続けて何か言おうとするのを、信秀は無言で制した。この初老の男の言いたいことは、顔を見ればすぐに分かる。

「いかにも、道三は、攻めるより、守るに堅い」

そして、采配を取った。

「ゆえに、こちらから、攻める」

進軍の貝が響いた。

信秀はすぐさま全軍で立政寺を発ち、井ノ口の町へ攻め寄せた。進むほど、眼前に金華山の険しい峯がのしかかる。権六は思わず槍を握る手に力がこもった。

「あの山を攻めるのか」

絶壁がほぼ垂直にそそり立ち、木々の間に節くれだった赤い岩肌が見えている。こんな険しい山は尾張にはない。

「登り口を探せ」

井ノ口の城下に攻め込むと、意外に防備が甘かった。南北に兵を割いているせいだろう。朝倉軍も遅れたりとはいえ、すぐそこまで迫っているはずだ。

町に入り、稲葉山の麓へ向かった。住民の姿はない。逃げたのだろう。さらに進んだ。すぐ目前に稲葉山が見えたとき、誰かが叫んだ。

「火が」

いつの間にか町が燃えていた。味方が放火したかと思ったが、火は尾張軍を包むように燃え広がった。退路を絶たれ、左右を焼かれ、前に進むしかなくなった。とにかく進むと、前面から矢が雨のごとく襲いかかった。ばたばたと兵が倒れた。権六の兜にも矢があたって弾けた。

「罠か！」

予感は当たった。

麓に迫ろうとする織田軍に、斎藤軍は猛然と矢を射かけてくる。それを避け、倒れた仲間を踏んで進むと、狭い裾野だ。そこへ間髪入れず美濃の大軍が山上より突っ込んできた。正面の登り口、左右の斜面、織田軍は三面に敵を受け、背後の町は火の海だ。

太陽も西に傾きはじめた、申の刻ごろのことであった。

「蝮《まむし》め」

信秀は太刀を引き抜いた。なぜか笑っているように見えた。

「進めッ」

先鋒はすでに敵とぶつかって、斬り合いが始まっている。進もうとする信秀の馬を、平手政秀と林秀貞が左右から遮った。彼らは初めから美濃遠征には消極的で、信秀を無事に尾張に帰すことが役目であると信じていた。

「なりませぬ。ひとたび大垣城まで軍を退き……」

「進めというのだ」

「軍を立て直し、改めて」

信秀は太刀を平手の顔に向けた。

「次など、ないわ」

「なりませぬ、なりませぬ」

信秀は頂きを睨んだ。すでに夥《おびただ》しい死傷者が稲葉山の裾野を埋めていた。山肌には、立波の旗が嘲笑うようにたなびいている。

信秀が、権六に振り向いた。

「ついて来い、柴田ッ」

平手の腕をふりほどき、信秀は猛攻の矢面に飛び出した。権六は追った。信秀に続いて敵に飛び込み、槍をふるった。草摺《くさずり》の間に矢が突き立ち、脇に槍を受けていた。しかし、痛みは感じなかった。

「殿を討たすなッ」

信秀は左右に敵を斬り散らし、倒れる敵を蹄《ひづめ》にかけて走り続ける。権六も必死で駆けた。信秀を守らねばならない。信秀の馬に並んだ。信秀は、やはり笑っていた。

「蝮の罠か、それがどうした」

馬上の信秀は、頬に血を浴び、笑っていた。目が眩《まばゆ》いほどに輝いていた。

「織田三郎信秀推参、斎藤道三、挨拶せよッ」

権六は、信秀が狂ったのではないかと思った。

正面の山腹から新たな鯨波《げいは》が上がった。稜線に一斉に旗が立ち、連なる立波の旗が、まさに怒濤のようであった。

権六は、信秀の前へ出ようとした。

金華山への登り口が、彼方の木々の間に見えた。山を埋めつくす立波紋の旗の間に、ついに道三がその姿を現した。

僧兵のような行人《ぎようにん》包み、五十がらみの、巨大な男だ。真っ黒な大長刀《おおなぎなた》を手に、炯々《けいけい》と光る眼光は、千年を経た大蛇の目だ。その双眸《そうぼう》が、かっと燃えるように笑った。

「織田の若造を追い落とせッ」

道三は若き日、槍の名手として知られた男である。入道してからは、長刀を獲物として、槍以上に手練であった。

信秀に殺到する雑兵を、追いついてきた佐久間大学が馬から乗り出すように突き伏せる。

信秀の弟、信康、佐々兄弟、平手、林らも続々と合流してきた。

権六はさらに前に出て、槍を振るった。馬も人も手あたり次第に、突いて、払った。兜の目庇《まびさし》に矢があたり、衝撃で一瞬、目の前が暗くなった。気がつくと、落馬していた。

みなが信秀を狙っていた。信秀の袖に矢が立ち、槍がかすり、鍬形が折れた。馬が鞅《むながい》を斬られて倒れた。信秀は槍を手に、起きて、叫んだ。

「道三、勝負せい！」

権六は空馬の手綱を摑むと、佐久間大学とともに信秀を鞍に押し上げた。佐々兄弟ら馬廻り衆が身を挺して信秀を取り囲む。平手政秀は半白の髪を振り乱し、幽鬼のような形相で叫んでいた。

「退け、退けッ」

信秀の弟、織田与二郎信康が後に残った。太刀を抜き、追撃する道三軍の矢面に立ちふさがった。

「与二郎ッ」

叫ぶ信秀の眼前で、信康が矢を受けて倒れた。千秋季光、織田因幡守、老臣の青山与三左衛門、次々と討たれていった。

尾張勢は撤退に転じたが、背後の井ノ口は火の海だ。東の大垣へ撤退したいが、長良川方面にも火の手が見えた。追撃され、押されるままに南へ向かって撤退した。焼け落ちた村、踏みにじられた田畑を抜けて駆けると、やがて木曽川の急流が見えてきた。

夕陽に染まり、流れが金色に輝いている。向こうも見えぬ三途の川だ。佐久間大学が叫んでいた。

「渡れ、渡れッ」

権六は信秀を馬ごと川に突き落とし、自分も川に飛び込んだ。馬廻りの近習や老臣が流されるなか、権六は信秀の手綱を離さなかった。

どうにか対岸に辿りつくと、稲葉山の向こうに煙が見えた。ようやく朝倉の前軍が到着し、火を放ったのだとあとで知った。

そのため、それ以上の追撃はなく、織田の撤退を知った朝倉軍も、間もなく稲葉山から去った。


木曽川を、おびただしい死体が流れていく。力尽き、溺れた兵たちだ。

半数近くの兵を失い、何の益もない戦であった。沈む太陽に照らされて、信秀は河原に膝をつき、刀を杖に、あがくように身を起こした。

「権六、笑え」

権六は、今度こそ、信秀が狂ったと思った。立ち上がり、信秀は稲葉山の方角に刀をつきつけた。

「見ろ、蝮ッ。織田信秀は、生きておる！」

信秀は、笑った。

権六は水を吐き、泥の上に大の字になって転がった。二十三夜の半月が、闇の彼方に薄ぼんやりと輝いていた。

＊＊＊

権六は、馬も兜も失って、折れた槍をついて尾張に帰った。

古渡まで駆けつけて来た、かおるの泣き顔を見たら、ようやく自分が生きていることを実感した。

「また、傷が増えた」

そう言って、かおるは泣いた。哀しいのか、安堵したのか、どちらとも分からない涙だった。

大勢の兵が死に、大勢の女たちが泣いた。

数日後、津島の先の木曽川土手に、たくさんの死体が流れ着いたと報せがあり、権六が検分に行った。

土手につくと、人だかりがあり、その中に吉法師の姿が見えた。また汚い格好をして、腕組みしながら腐臭を放つ死骸を見ていた。

権六が声をかけると、つまらなそうな顔で振り向いた。

「親父の死骸でもあるかと思って、見物に来た」

「殿は、ご無事に戻られたはず」

「知らん。会っておらんわ」

吉法師は枝を振るって、あたりの者をどやしつけた。

「火をかけろ。臭くてたまらん」

死体は水ぶくれして、腐りはじめ、身内でも誰が誰か分からない。浮いているものは竿でついて、川に流した。岸に打ち上げられた者は、油をかけて焼いた。

「人は、わしを〝うつけ〟と呼んでおるそうだが」

焼けていく死骸を見ながら、吉法師があざけるように言った。

「わしが〝うつけ〟なら、親父はとんだ〝大うつけ〟だ」

津島から来たらしい僧が、河原で念仏を始めていた。荼毘《だび》の煙が、もうもうと川面を流れていく。

「知っているか、柴田権六。母は、〝かんす〟が親父に似ているから、可愛いそうだ。どこが似ている。哀れな〝かんす〟……わしは、まっぴら御免だ」

群がる蝿を手にした枝で追いながら、吉法師はぶらぶらと鼻唄まじりに帰っていった。

吉法師のいうことも、一理あるかもしれなかった。

木曽川の敗戦にもくじけず、信秀は、その後も戦を繰り返した。

さらに、その暮らしぶりは前にも増して豪奢《ごうしゃ》になり、朝廷には御所の修理費として四千貫という大金を献上した。周辺の土豪、国人にも財貨をばらまき、兵を集め、味方を募った。

「金さえあれば、兵は集まる」

それを可能にするのが、信秀の商才であった。津島、熱田の港からあがる利益を惜しみなく使い、信秀は四方に我が健在を喧伝し、出兵を繰り返し、敵を作り、味方を作った。負けても笑い、勝てば、さらに兵を進めた。

身分はいまだ、尾張下四郡を管轄する清洲守護代の奉行の一人——である。それが、国内の掌握もまだなのに、国外に戦を繰り返す。

確かに、〝大うつけ〟かもしれなかった。

ただ、権六は知っていた。人前では闊達にしている信秀が、雪枝のもとでは、その膝に頭を乗せ、ぼんやりと夕日を見ていることがあった。

「憶えておけ、権六」

信秀は、狐森に行くときは、必ず権六を供にした。

「犬の喧嘩は、負ければ尻尾を丸めて逃げればよい。人の戦は、そうはいかぬ」

晩秋。狐森は紅葉に真っ赤に燃えていた。

「どんなに備え、考え、満を持しても、なぜか負けるときがある。しかし、ひとたび敵を作れば、決して、弱みを見せることはならん。負けても、勝ったふりをする。できぬなら、さらに負けることになる。負ければ——死ぬほかはない」

＊＊＊

美濃、三河との緊張状態は続き、国内でも幾つかの小競り合いはあったが、数年は比較的、穏やかにすぎた。

権六は古渡城に住み込んで、信秀の部将としてますます重用されるようになっていた。城内の一角に、独り者の家臣が寄宿する館があり、そこに起居した。

古渡城には、信秀の正室である土田夫人と、次男の勘十郎も住んでいた。兄から〝かん䰜《・》す〟と、悪口を言われていた勘十郎は、信秀によく似た、顔だちの美しい少年だった。今年で十二歳になり、小鳥を飼うのが好きで、権六を見ると、いつも虫を取ってくれとせがんでくる。利発で無邪気な、大人好きのする子供で、両親から愛され、家臣にも大切にされていた。

「それに対して……」

家臣たちが、眉をしかめるのは、信秀の嫡子、三郎〝うつけ〟信長のことである。

その頻度が、年ごとに多くなっていた。

天文十六年。冬霜月《しもつき》。那古野城下。

霜柱の立つ道をさくさくと踏み、その朝、権六は林殿と連れ立って歩いていた。温和だが几帳面な人柄で、歩く歩幅が均一である。大股で歩くと、つい行き過ぎてしまうので、権六は追い抜かぬよう、気をつけた。

林秀貞は、那古野で信長に会うのが、ひどく気が重いようだった。

「吉法師様は、平手殿の言うことなど、まるで聞かないということだ」

平手政秀は、織田家中筆頭の重臣である。今は信長の家老として、ともに那古野に住んでいる。家中随一の教養人で、手紙には必ず権六には意味の分からぬ和歌を添えてくる。いつも返事を書くのに難儀した。

「昨年の初陣の時も、三河衆の反撃を畏《おそ》れた平手殿が日のあるうちに戻ろうとすると、吉法師様は臆病者と罵ったとか」

「平手殿は、慎重だが、臆病ではない」

「いや、権六。わしが言いたいのは、そういうことではない」

道の真ん中に火を焚いて、派手に騒ぐ一団がいた。

「何だ、あれは」

権六は、腰の刀に手をかけた。

夜は明けたばかりで、あたりは暗い。そのなかに、橙《だいだい》色の火が輝いていた。

今は〝有事〟のときである。

信秀が、斎藤道三の軍に襲われた大垣城の後巻きに出て留守なのだ。

十一月初旬、大垣城を奪い返そうと、出城を築いて攻め寄せていると報せがあり、信秀自らが主力を率いて出陣した。五年前の戦で、織田は半数の兵を失ったが、美濃の損害も少なくなかった。両軍ともに、ようやくその傷が癒《い》えたのである。

大垣からの急報を受けた信秀は、即刻、敏捷な兵を招集し、美濃へと発った。権六は出陣を望んだが、今回は残るように命じられた。

「留守は、三郎にまかせる。みなで輔佐せよ」

そう言い残し、信秀は疾風《はやて》のような素早さで出陣していった。

嫡子の吉法師は、十四歳になっていた。すでに昨年、元服して信長と名乗り、知多半島の吉良大浜に〝武者はじめ〟も済ませている。三河の田畑を焼き払い、一晩を野陣までして帰ってきた。

信長は元服以来、古渡城に父母を訪ねることもなくなった。正月や節句にさえ顔を見せずに平手を困らせ、土田夫人を嘆かせている。いつごろからか、狐森にも姿を見せなくなった。

権六もずいぶん会っていなかったが、今、薄明の中で焚き火を囲んでいる連中が、信長の取り巻きであることは、近づいて見るとすぐに分かった。

小袖の左右の色を変えて仕立てた片身替わりならば若年の小姓などが着るし、最近は髷《まげ》の形も色々と流行がある。

それにも、それなりの決まりがあるものだ。しかし、色合わせも柄も奇天烈《きてれつ》で、白地にしゃれこうべを染め抜いた者などもいる。着方も帯をずらして巻くなどだらしなく、袖も大きい。髷は茶筅《ちゃせん》か箒《ほうき》のように高々と結び、女のように飾り物をつけている者もいる。

みな十代の若者たちだ。焚き火で餅を焼いては食い散らかし、互いの肩に臂《ひじ》をかけ、何か声高に話しては、どっと笑う。

林秀貞は眉をひそめた。

近年、このようななりの若者を〝かぶき者〟と呼ぶ。彼にとっては、自分の子供ほどの年頃だが、折り目正しい林家の息子たちとは、まるで別の生き物のように思われた。

そのなかに、荒子《あらこ》城の前田犬千代がいた。まだ十歳だというのに、一人前によそおって、背丈の倍もある槍を担いでいる。

兄の前田利久は穏やかな人柄で、権六とも親しくしていた。

「犬千代、兄が探しておったぞ」

権六が声をかけると、少年は口をとがらせ、そっぽを向いた。権六は少年たちをひとわたり見渡して、気になったことを尋ねた。

「そんな恰好で、戦ができるのか」

もちろん裸同然でも、鍋をかぶり、竹槍を持っても戦える。しかし、裾を引きずるような袴や、前髪を長くたらしていては、どうにも具合が悪く思われた。

「姿など如何様でも構わぬが、若のお供をするならば、武技も疎《おろそ》かにはできまいぞ」

すると犬千代がいきなり槍を使いはじめた。ぶんぶんと振り回す動きはなかなか派手だが、つなぎの動きの滑らかさ、腰の強さや粘りが足りない。

「まずは身の丈にあった槍を遣い、背が伸びるとともに長くせよ」

型の注意をしてやろうとすると、背中に何かあたった。振り返ると、足元に喰いかけの茹でた里芋が落ちていて、道の真ん中に信長が突っ立っていた。

少年たちがばらばらと駆け寄って、取り囲む。大勢の仲間に囲まれても、信長はどことなく孤独に見えた。

「うざこい、おやじだ」

大欠伸《あくび》した。

「城に帰って、寝る」

その様子では、一晩中、遊び騒いでいたらしい。仲間の肩にぶらさがり、ぶらぶらと行きかけた信長が、足を止めた。

明け方の空に、急を告げる太鼓が響いていた。

敵襲を告げる、合図であった。急いで那古野城に駆けつけると、すでに平手政秀が兵を集めていた。

「清洲衆が、攻め寄せた」

斥候《せっこう》の馬が駆け戻ってきた。

「敵は於多井《おたい》川、中村を焼き払いながら、東に向かっております」

侵入した清洲衆とは、清洲守護の老臣、坂井大膳、坂井甚介、河尻与一らの軍勢である。彼らは、実権を失った守護を傀儡《かいらい》として、清洲に権勢をふるっている。普段は信秀の武力を恐れて首を縮めているが、隙あらば取り除こうと狙っているのだ。

権六たちは、その押さえとして残された。すぐさま兵を率いて、那古野周辺の守りを固めた。しかし、一向に敵影が現れない。間もなく権六のもとへ、平手政秀が血相を変えてやってきた。

「三郎様がおらぬ」

「まさか」

「あの、大うつけ。このようなときに」

続いて東から斥候が帰り、清洲軍が那古野を素通りし、さらに東、古渡へ向かったと報せてきた。古渡には、信秀の妻子がいる。人質にとられれば、信秀の動きは大きく制せられることになる。

権六はすぐさま部隊を率い、夜明けの道を古渡へ急行した。古渡は平城だ。城下の西に黒煙が上がっていた。

権六は南から城に向かった。畑の向こうに、城下の西側の口が遠望できた。道の真ん中に派手ないでたちの小姓たちが陣取っている。信長の小姓たちだった。小姓たちは一列に槍《やり》衾《ぶすま》を構え、その前に清洲の先手が迫っていた。

（無謀な）

権六は馬腹を蹴った。道を飛び出し、畑を突っ切って西ノ口に向かった。小姓の槍は瞬く間に突き崩されていく。相手は大人の騎馬武者ばかり、二、三十人である。権六は馬を飛ばした。

すでに各所に火が放たれ、朝焼けの空に煙が幾筋も立っている。

槍を崩された小姓たちが後退する。それを追った清洲の武者が、矢を受けて馬上から落ちた。

敵の正面に立ちふさがり、矢を放ったのは信長だった。

「織田三郎、信長ッ」

太刀を引き抜き、信長は一直線に騎馬武者へ突っ込んでいく。小姓たちも刀を抜いた。信長が最初の一太刀を受け止めたとき、権六も漸《ようや》く清洲衆の側面へ突入した。

「死ぬ気か、さがれ」

権六は小姓たちに怒鳴った。その権六を、信長が怒鳴りつけた。

を馬に引き上げて逃げ散っていった。

「遅いぞ、柴田ッ」

権六らの兵が突入し、清洲衆を五、六人も突き倒すと、敵はたちまち乱れ、負傷した仲間を馬に引き上げて逃げ散っていった。

権六が駆け寄ると、信長は刀を下げて、肩で大きく息をしていた。腕がぶるぶると震えていた。鞘《さや》に収めようとして、何度も失敗し、指を切った。

「若殿……」

「のっそいッ、この、うすのろがッ」

信長は権六の鼻先に刀をつきつけた。権六が遅参を詫びると、信長は、やっと刀を収めた。

かぶき者の若者たちは、みなひどい格好だった。お互いの顔を見合わせて、肩を叩き、大笑いした。

清洲衆が、なぜ、嫡子である信長のいる那古野城ではなく、古渡を狙ったのか。嫡男の信長より、正室の土田夫人と、次男の信行の方が人質として価値があると判断したのか。

〝うつけ〟の噂は、敵にも大いに広まっているようだった。

しかし、権六は〝うつけ〟を大いに見直した。

信長は、その後も信秀の軍が戻るまで、古渡で防備にあたった。

美濃へ出陣した信秀は、木曽川を渡るや、大垣の西南にある竹ケ鼻から、井ノ口南方の茜部にかけて火をかけた。大垣城を包囲していた道三は、大垣に来ると思っていた信秀が、稲葉山を攻めると驚き、急ぎ軍をとって返したが、そのとき、すでに信秀の軍は撤退していた。信秀は包囲の解かれた大垣に援護の兵を増員し、自分は再び木曽川を渡って、今度は悠々と帰国してきたのである。

信秀が帰ってきたときも、信長は城下の口に仲間を引き連れ布陣していた。夜で、路傍には篝火《かがりび》が明るく燃えていた。

信秀は馬を下り、息子の前に立った。報告は、すでに平手政秀から聞いていた。

「勝ったか、三郎」

「勝った」

父親の問いに、信長は胸をそらして答え、尋ね返した。

「勝ったか、親父」

「勝った」

そして、父と子は、無言で笑った。

その後、於多井川や天目川《てんもく》で、信長と取り巻きの小姓たちが、槍を握って川打ちをする姿が見られるようになった。

良家の子弟である彼らは、はじめは面白くなさそうだったが、信長が下帯一本で川に飛び込んだので、それに倣《なら》わないわけにはいかなかったのだ。

権六も暇のあるときは指南してやる。

その日も、川べりを通り掛かると、小姓たちが一心不乱に水面を打っていた。河原では、槍合わせをする者たちもいる。前田犬千代も、身の丈にあった槍に持ち替え、さかんに突きを練習していた。

犬千代は権六を見ると、土手をあがって駆け寄ってきた。そして、無言で槍を突いて見せた。

「どうだ」

「うむ、ようなった」

「そうだろう」

犬千代はぱっと笑うと、小さな肩をそびやかし、仲間の方へ戻っていった。

蓮華の咲く土手のひだまりには、川打ちに飽きたらしい信長が大の字になり、のどかに鼾《いびき》をかいていた。

＊＊＊

信秀は、敵が多かった。

三河と駿河、美濃。尾張国内にも油断ならない。特に厄介なのが清洲だった。傀儡とはいえ守護を擁しているから、うかつに攻めれば謀叛《むほん》者として信秀打倒の大義名分を与えることになる。

信秀は、平手政秀に命じ各方面と講和しつつ、油断なく次の手当てを講じていった。

「東山の末森に、新しき城を建てよ」

末森は、那古野、古渡よりさらに東方にある。平地にある小高い山で、那古野、清洲まで見渡せる。三河に備えるにも、清洲に備えるにも便がいい。信秀は、廻りには斜面を利用した深い空堀をめぐらせ、古渡以上に戦向きの城にする計画だった。

社村からも、末森はぐっと近くなる。

城の縄張りが始まると、監督に出た信秀は、狐森に泊まることが多くなった。すると、城の完成を待たず、慶事があった。ごっさまが、はじめて懐妊したのだ。

そして、末森城の普請も佳境にさしかかったころ、権六は信秀に呼ばれた。退出した権六は、まっすぐに狐森へ馬を飛ばし、かおるを呼んだ。

「末森城下に、屋敷を貰った。いや、これから建てる」

かおるは濡れた手を湯巻きで拭きながら、きょとんとした顔で立っている。

「かおるの家だ」

屋敷を持ったら、かおるを妻として迎える。いつからか、そう決めていたが、口に出したことはなかった。

「いかんか」

「急にそんなことを言われても……」

「久助と約束したのか」

「そんなこと」

かおるは困ったように眉をくもらせた。

「ごっさまや、殿のお許しだっているのに」

権六は言葉に詰まった。それも、そうだ。かおるは自由な身分ではない。

「困った。いかんか。だが、殿は……」

かおるは、庭の梅の木に手を添えて、俯《うつむ》いている。

「尾張の男は、〝うつけ〟ばかり」

かおるは、くすくすと笑っていた。先程、かおるも雪枝に呼ばれ、権六が信秀に言われたのと同じことを、告げられたのだ。

権六よ、末森に屋敷を持て。面倒をみる女房が必要だ。

かおるが、よかろう――。

「うちの庭にも、赤い梅の木がほしい」

権六を見上げたかおるの頰が、薄紅色に染まっていた。

権六とかおるは、ごっさまの赤子が生まれたら、祝言をあげることに決まった。

ごっさまが産気づいたのは、年も押し詰まった雪がちらつく夜だった。難産で、陣痛がきて半日たっても、子供はなかなか産まれなかった。

那古野から産婆が呼ばれ、いしやはなも手伝いに来た。権六は末森城の普請に忙しく、狐森には行けなかった。

かおるは、厨《くりや》で湯を沸かしていた。手伝いの村の女たちの声が聞こえた。

「はよ産まれんと、ごっさまはお体が弱らっしゃるで……」

「殿様は」

「知らせんでええて、ごっさまが」

厨には、真っ白な湯気が満ちている。

信秀が古渡城にいるのは分かっていたが、古渡には正室の土田夫人もいる。土田夫人は悋《りん》気《き》が強く、使いを出すのが憚《はばか》られる雰囲気があった。

厨では湯がぐらぐらと煮えて、冬なのに厨は暑いほどだった。

奥座敷から、雪枝の押し殺したような声が聞こえた。女たちがばたばたと駆けていく。

かおるは、そっと裏口から外へ出た。

夕方になり、どんどん日が暮れていく。氷のような風が、頬を刺した。

雪枝が、土田夫人から疎まれていることを、かおるは知っていた。ほかの側室方には、季節の届け物があるし、古渡で能や舞などが催されるときは、御子たちと招かれていく。しかし、雪枝だけは、そんなことは一度もなかった。

初めて、狐森に連れてこられたとき、信秀が言った。

〝雪枝を頼むぞ〟

かおるは襟元をかき寄せると、真っ暗な森の中へ駆けだした。雪あかりを頼りに北に向かって走った。どこかで山犬の声が聞こえた。道には猪の足跡が点々とついている。

何かが追いかけてくるようで、かおるは必死に足を動かした。雪に足をとられて滑り、見上げると、雲が切れ、梢の彼方にうっすらと月が見えた。

今夜は、二十三夜。月待ちの夜だ。

(たすけてください)

かおるは歯を食いしばり、立ち上がった。草履がぬげて、裸足だった。

(ごっさまと、御子を、たすけて)

冷えきった夜の森をかおるは進んだ。

ずっと、嬉しいことなど何もなかった。楽しいことも、何もなかった。ごっさまの所へ来て、はじめて人に優しくされた。かおるの仕事をほめてくれた。名前をくれた。

（あたしの願いは、もういいです。あたしは、いいから……）

勇気をふるって、なお歩こうとした。背後から何かが追いかけてくる。逃げようとして、木の根につまずいてまた転んだ。

「かおるか」

後ろから腕を摑まれた。

「……権六」

「狐森に行ったら、いし姉さが、お前がいないと言うから」

信秀に命じられて雪枝の様子を見に行って、かおるがいないと告げられた。こんなときに、かおるが館を離れるはずがない。胸騒ぎがして、裏口から足跡を追ってきた。

「ごっさまは」

「まだだ」

かおるは権六の腕にすがった。

「猪子石の、牝石に行く」

権六は、すぐにかおるの気持ちが分かった。権六は濡れそぼったかおるの体を毛皮に包むと、前鞍に乗せて香流《かなれ》川のほとりへ向った。

村の名の由来となった〝猪子石〟には、北岸の牡石と、南岸の牝石があり、牡石にさわれば呪われ、牝石には安産の利益があると言われていた。

牝石は、体を丸めた猪ほどの大きさの石で、その中にたくさんの小石が埋まっている。それが母猪と乳を吸うたくさんのうり坊のように見えるのだ。

かおるは雪の中に膝《ひざ》をつき、牝石に手を合わせた。

いつの間にか雲が切れて、空には皓々《こうこう》と月が輝いていた。


夜明けに戻ると、赤子は無事に産まれていた。

こんな綺麗な赤ん坊は見たことがないと、女たちが口々に褒めそやした。

昼過ぎに信秀がやって来て、やはり同じことを言った。

＊＊＊

間もなく、信秀は末森城に移った。

権六とかおるの祝言は、延期になった。ごっさまの具合が悪く、かおるが狐森を離れられなかったからだ。信秀も、雪枝も、嫁ぐように勧めたが、かおるが承知しなかった。

今度は、権六が待つ番になった。

そして、翌年、信長に先を越された。

信秀は平手を介して美濃との和睦を進めていたが、その証として信長と道三の娘が婚約したのだ。信長は十五歳になっていた。

「〝奥方〟など、座敷に据えておく壺と同じじゃ。誰でもよいわ」

そんなことを嘯《うそぶ》いて、婚礼の当日まで、取り巻き連中と遠駆けにいき、夕刻になって、やっと戻った。

末森で行われた婚礼には、権六も出た。

汚い顔をしていた〝おそぎゃあ〟吉法師様が、顔をきれいに洗い、青々と月代《さかやき》を剃り、神妙な顔をして座っている。珍しく、土田夫人と弟の信行も同席した。土田夫人も美しい人で、信長の端正な細面は、信秀より母親によく似ていた。

道三の愛娘という姫は、正妻の小見の方が産んだ一人娘だ。帰蝶の名にふさわしく、なかなか美しい姿をしていた。梟雄《きょうゆう》といわれる道三が、文字通り掌中の珠としていた娘であるから、それだけ織田との関係を重視しているということだ。

信秀も、最高の格式をもって姫を迎えたが、肝心の信長は、たいして興味を示さなかった。

一方の美濃姫も眼差しが強く、しっかりと唇を結んで、座敷を睥睨《へいげい》するようである。話し方も、気の強さが表に出ていた。

信長は杯こそ交わしたものの、いつの間にか姿を消してしまった。

かおるは狐森から宴席の手伝いに来ていた。水を汲みに裏にまわると、薪置き場の上に人影があった。驚いて声をあげると、足元に瓜の皮が落ちてきた。

「若様、こんなところに」

信長の姿に驚き、かおるはあたりを見回した。

「花婿様が、おひとりですか」

「お前は、いつ嫁に行くのだ」

かおるは笑った。

「美濃の女、戦でもしに来たような顔だ」

信長は薪の上に体を起こし、胡座《あぐら》をかいた。

「わしは、男は強いのが好きだ。しかし、女は、心の優しい方がよかろう」

「つい先だってまで、戦をしていたお家にいらしたのですもの。お心細いのですわ」

「ならば、この瓜でも持っていってやれ」

信長はかおるに喰いかけの瓜を放った。

しばらくして、かおるが戻ってきた。

「お返しとのことでございます」

かおるは真面目な顔で、信長の前に三方を捧げた。蝶の透かしのある懐紙の上に、食べかけの花びら餅がのっていた。

一口だけ齧《かじ》ったところに、鮮やかに紅がついていた。

「あの女からか」

信長は大笑いして、餅を口をほうりこんだ。

「強いやつ」

「はい」

＊＊＊

それからの数年は、珍しく穏やかな日々が続いた。

美濃とは和睦し、清洲も暫《しばら》くおとなしい。松平の勢力はますます衰え、今川にも目立った動きはなかった。

信秀は尾張への外敵の侵入を防いでいたし、国は年ごとに目に見えて豊かになっていた。地侍や地下人の支持を受け、守護代、奉行衆の凋落も進み、彼らは信秀を尊重する態度を示していた。

尾張国内での信秀の地位は固まりつつあり、権六の周囲もすべてうまくいっていた。

末森の屋敷は、表向きには中村〝おちょけ〟二郎太を置き、奥向きは〝鳥〟弥平に取り仕切らせた。口達者の二郎太は、大身の家との付き合いもそつなくこなし、文字の不得手な権六に代わり、書簡のやりとり、台所方の事務を取り仕切る。

弥平は相変わらず実直者で、戦でも権六配下の足軽頭としても手柄があった。権六は上社に土地を与え、今では上村の姓を名乗らせている。弥平は嫁もとらずに家を取り仕切り、戦になれば権六について出陣する。

〝天狗〟玄たち社村の馴染みの悪童たちも、権六に従軍し、いまでは堂々たる武者になっていた。〝天狗玄〟は足軽大将、のっぽの瓜助は長柄大将、ちびの白丸は弓足軽を率いている。もっとも、今は柴田勝家の郎党として、猪子九蔵、柴崎孫三、山田七郎五郎という堂々たる名前があった。

いし姉さも御器所《ごきそ》からちょくちょくやって来て、何かと世話を焼いてくれる。ただ、庭だけはまだ手入れをしていない。かおるが、自分の手で梅を植えると決めていたからだ。

そのかおるは、今のところ梅よりも、姫に夢中だ。

ごっさまが生んだ狐森の〝ちぃ〟は、人形のように愛らしい姫だった。名は〝いち〟とつけられたのだが、舌足らずに自分を〝ちぃ〟と呼ぶ。その様子が、また愛らしかった。

兄の信長も、また狐森に来るようになっていた。艶福家の信秀には、二十人あまりの子がいたが、信長は誰ともあまり親しんでいなかった。

「妹とは、かわいいものだな」

信長は妹を肩車して、庭をぐるぐると舞い廻る。かおるはいつもひやひやしていた。

雪枝は病がちだったが、ちぃ姫はすこやかに育っていた。

そのころ、熱田に嫁いだ姉のもんにも待望の跡取りが生まれていた。行き違うように、寅ばっさは、八十で逝った。弥平が釣ったうなぎを焼いてぺろりと喰い、翌朝には眠ったまま大往生を遂げていた。いし姉さと佐久間久六の仲は円満で、はなも村の庄屋の三男を婿養子にして、母親と社村の田畑を世話してくれている。

そうしているうちに、ようやく、権六が〝片づく〟番がやってきた。

権六の歳ならば、まだ独り者は大勢いる。しかし、かおるはそうはいかない。すでに二十も越えたかおるを、独り身のままおいておくわけにはいかない。

ごっさまは自分のせいだと心を痛め、信秀に相談をしたのだろう。

ちい姫も、次の正月には五つになる。ごっさまは、ついに狐森を出る決心をした。

かおるは渋ったが、権六の屋敷も末森にあるのだから、いつでも城に上がって会える――と、ごっさまに諭された。

話が決まると、早速、いしが御器所から飛んできて、婚礼の準備をはじめた。

「かおるは、誰か佐久間の家臣の養女として嫁ぐのがよい」

久六が、かおるの実家がないのを心配して、そう提案してくれた。〝牛助〟佐久間信盛が、佐久間氏の総領である父親に口添えをしてくれたという。

信長は、たまたま城下で会ったとき、妙なものでも見るような目で、権六の髭面《ひげ》を覗き込んだ。

「柴田、やっと嫁をもらうそうだな。覚悟しろ。嫁とは、目の中の砂のようなものだ」

その信長からも、かおるにと上等の絹が届いた。

その年の秋は、戦もなく、収穫もよかった。

狐森の最後の秋は、とりわけ紅葉が美しかった。夕暮れ時、太陽が斜めに差し込むと、森全体が燃え上がるように輝いた。

信秀が珍しく信長を連れてきたときも、夕焼けが鮮やかだった。信秀は月を待ちながら、ささやかな酒宴をはり、珍しく、酔った。

「尾張の地盤を固めたら、わしは美濃、三河へ出るぞ」

金色の夕日が、信秀の顔に正面から照り映えていた。

「尾張を統一し、美濃、三河を手に入れ、駿河、近江、越前まで進む。天下はさらに乱れる。伊賀、伊勢、大和——進む場所はいくらでもある」

雪枝が、無言で微笑んだ。

「たぁけ、か」

信秀も笑った。

「そうかもしれぬ」

夕方の風が吹いて、木の葉が雨のように舞う。

「昔、そう、三郎よりも若いころ、嵐があった。恐ろしいほどの風が吹いて、大雨が降った。翌日は川が荒れて、大木すら流れるほどだった。子供らで見に行くと、於多井川の岸に、どこからか小舟が流れついていて、誰か、この舟で川に漕ぎだせる者がいるか、という話になった」

信秀が、こんなふうに昔話をするのも、珍しかった。

「ほかの奉行の家の子も、守護の一族の子らも、誰も乗り出す勇気はなかった。だから、わしは一人で小舟に乗り込み、川に出た。小舟は木っ葉のように揺れ、波にもまれ、水をかぶり、あっという間に川を流れていった。わしは、恐ろしくて、誰からも見えなくなると、船縁にしがみついてた。舟が大きく傾いて、死ぬかもしれぬと思ったとき、急に波が静かになり、顔を上げると、目の前に、海が開けていた」

見渡すかぎりの海原、遮るものひとつない空――その風景が、権六にも見える気がした。きっと、雪枝も、かおるも、信長も、その風景を見たに違いない。

「わしは、大声で叫んだ。このままどこまでも行きたいと思った。あの空と海を、わしは、今でも忘れることができぬ」

秋空から、ひときわ眩しく日が差した。

光を浴びた信秀が、いつにも増して大きく見えた。ごっさまは静かに微笑み、ちい姫を抱いたかおるがいる。信長は濡れ縁に寝ころがり、庭でヤリが尾をふっていた。

「祝いだ、これをやろう」

信秀は、傍らに置いていた自分の太刀を、権六に差し出した。

小豆坂で〝七本槍〟に選ばれず、太刀をもらった佐々兄弟をうらやましく思った。あれから、十二年が経っていた。

夕焼けが美しい。昔、夕焼けが嫌いだったことなど、権六はすっかり忘れていた。

信秀がいれば、怖いものもなく、悪いことなど起こらない。

自分は、ただ信秀について走っていけばいいのだ——どこまでも。

権六とかおるの婚礼の準備もほぼ整い、ちい姫が五つになった年。

その信秀が、ふいに死んだ。

第四章　空より花の

梅の名残の花びらが散り、桃が盛りと咲いていた。

花の下で、かおるが泣いていた。

権六は、ぼんやりと花を見ていた。

花が降る。

信秀がいないのに、花が、同じように咲くのが妙に思われた。

三月三日。桃の節句に、信秀は死んだ。

年末から、尾張によくない風邪が流行った。城下でも、村でも大勢の者が死んだ。毛なしの豆虎、のっぽの瓜坊、むかし〝天狗〟玄が殴った地主の息子も死んだ。いし姉さの子も、次々と死んだ。

信秀は、村々の様子を視察に行き、その夜、倒れた。家中をあげて医師、薬石を求めたが、かいなく、重篤となった。

そして、天文二十一年三月三日。末森城にて、土田御前、信行、重臣たちに見守られ、静かに息を引き取った。

時は桃花の盛り——信秀もまた、四十二歳の若さであった。

戒名は、桃厳道見。

花が散り、信秀が去り、権六は、道を見失った。

(あのような御方は、二度とない)

暇を盗んで狐森に訃報を届けたのは、明けて四日。すでに夜中近かった。ごっさまは、黙って仏像を収めた厨子《ずし》の前に座り、ちい姫は何も知らずに眠っていた。

かおるが、権六を送って出た。森が、ざわざわと風に揺れていた。

「……権六」

かおるが、手を強く握ってきた。

「ごっさまと、ちい姫様は、これからどうなるんだろう……」

その手が、ひどく冷たかった。

＊＊＊

権六は、末森城に戻った。

葬儀の準備が待っていた。本来ならば、葬儀は信長が喪主として行うのが筋だろう。しかし、信長は信秀の遺体のある末森には、姿を見せなかった。

信秀がまだ病床にあるときも、

「親父が、死ぬものか」

そう言って、いつもの仲間たちと遊び歩いた。そして、ついに危篤となったとき、ふらりとやって来て、居並ぶ兄弟たちを乱暴におしのけ、父親の枕元にあぐらをかいた。

「死ぬのか」

そして、信秀の息が止まるまで、じっと睨みつけるように、座っていた。信秀は、一度だけ薄目をあけて信長を見たようだったが、話す力は、もうなかった。

灯明《とうみよう》が消えるように信秀の息が絶えると、信長は立ち上がり、そのまま末森の城を出て行った。その後、信長付きの家老である平手政秀と林秀貞が探したが、信長の姿はどこにもなく、結局、正妻の土田御前と、次男の信行が葬儀を取り仕切ることになった。


信秀の生前、権六は義兄の佐久間盛次とともに、信行付きの家老を命じられていた。しかし、何をする気にもならない。昼でも目の前が夕方のように暗く感じ、すべてが、ぼんやりとして、頼りなかった。腑抜けたような権六を、久六が諫めた。

「末森の家老を命じられたのだから、気を強くもたねばならん」

半羽介と名を改めた〝牛助〟佐久間信盛は、代わりになって動いてくれた。

「柴田権六は、まこと戦のほかは、役に立たぬ」

権六が信行付きの家老となるよう命じられたのは、信秀の死の直前だった。

「お前は、戦しかできぬ男だが、嘘のないところがよい。末森を頼む。くれぐれも、信行を助けてくれ」

信長不在のまま葬儀の準備は進み、土田御前には、信行がいつも付き添っていた。〝かんす〟勘十郎信行は、いかにも折り目正しい貴公子である。母に掌中の珠の如く育てられた少年は、容貌は信秀によく似ていたが、もっと繊細な、少女のような優しげな顔をしていた。母を慰め、必要とあれば家臣に指示を与え、弔問客への応対もそつなくこなした。

葬儀は、信秀が菩提寺としていた那古野城近くの万松寺で行われることになっていた。寺に運ぶため、信秀の遺体を柩《ひつぎ》に収めようとして、権六は、その手の冷たさ、白さにぎょっとした。

信秀はもういないのだ。

本当に、死んでしまった。

もう二度と、あの声を聞くことも、笑顔を見ることも、ともに戦うことも出来ない――堰を切ったように涙が零《こぼ》れた。

さまざまな思い出が込み上げて、人目もはばからず、権六は泣いた。その場には、土田御前、信行、信光、平手政秀、林秀貞ら多くの重臣たちがいた。

しかし、奇妙なことに、泣いたのは権六だけだった。

那古野城の南にある万松寺は、信秀が生前に自分の菩提寺として建立していた寺である。ここに尾張国中はもちろん、諸国からも三百人の僧侶を集め、壮大な葬儀を行った。土田御前、信行はじめ、信秀の遺児とその母たち、織田一族も一堂に会し、僧侶や家臣、各地からの弔問客で、境内は祭のように賑やかだった。しかし、この場に、権六にとっては必ずいなければならない人々がいなかった。

権六は人の行き交う寺から出て、隣の天神の社に向かった。信秀が太宰府から勧進した小さな社で、菅原道真を祀っている。風雅を愛する学問の神であり、零落して無念の死を遂げ、荒ぶる雷の神となった人である。

境内の梅も桃も、花は、もう散っていた。かわりに、桜が咲き始めていた。

その舞い散る花びらの下に、幼子が立っていた。両手を伸ばして、降り注ぐ花びらを小さな掌にうけている。

狐森のちい姫――市姫だった。

かおるが姫を見守っていた。姫は狐森から出るのは初めてで、那古野の町の賑わいや、大勢の厳《いか》めしい大人たち、読経や息苦しいほどの線香に、すっかり怯えて泣きだした。母を求めて泣き止まぬ姫を、かおるが、花を見ましょう――と言って連れ出したのだ。

間もなく葬儀が始まろうとしているが、妾腹の幼い姫を気にする者などいなかった。しかし、権六は、信秀が自分に託した〝末森〟に、雪枝とちい姫が含まれていることを疑ってもいなかった。

かおるが権六に振り向いて、微笑んだ。権六とかおるの祝言も、取りやめとなっていた。かおるの、少女のころから変わらぬ澄んだ瞳が、花陰のせいか、翳《かげ》って見えた。

権六はちい姫を抱き上げた。

「やっと、泣き止まれたか」

「ごんろくも、ないた」

小さな手が、権六の頬をなでた。そして、桜の梢を指さした。

「あにさま、あにさまがいりゃあす」

見上げると、桜の枝に信長が座っていた。珍しく肩衣に袴という格好だったが、どちらも着崩れ、皺だらけになっていた。

信長は梢から飛び降りると、権六に抱かれた妹の顔を覗き込んだ。

「ええもんをやろ」

信長が懐に手をつっこんだので、かおるは慌てた。うつけの殿は、腰の袋に石や馬糞をつめこんで、喧嘩となれば投げ合うという噂だった。

しかし、信長が開いた掌に載っていたのは、懐紙に包んだ砂糖豆だった。自分も砂糖豆を喰いながら、信長は、かおるに向かって一粒投げた。

「わしはまだ、〝おそぎゃあ子〟か」

かおるは砂糖豆を受け止め、赤くなって頭を下げた。

「柴田」

風が吹いて、桜が散った。門に向かい、信長が言った。

「心せよ。尾張は、荒れるぞ」

＊＊＊

権六が戻っても、まだ葬儀は始まっていなかった。

土田御前は、信秀の遺児、側室たちを、年齢と身分によって座らせていた。自身は祭壇に一番ちかい喪主の座につき、信行は、庶兄の信広よりも上座、土田御前の隣に座った。ちい姫はかおるに付き添われてその末席につき、権六は、信行の背後に控えた。

すべての人が座についても、信長は、やはり来なかった。

「――織田の家も、長くはあるまい」

ひそひそと囁《ささや》く声が聞こえた。参列する清洲衆たちは、冷やかな、しかし、どこか愉悦を含んだ顔で座っている。国人衆は、抜け目のない眼差しで、互いの顔色を窺《うかが》っている。

美濃から斎藤道三の名代で来た安藤守就《もりなり》は、そんな様子を見逃すまいと目を光らせている。

信秀は戦い続け、志なかばで病に負けた。いまだ尾張の国中を完全に掌握したわけではない。信秀の才覚により、不安定な均衡を保っていただけだ。駿河、三河は手を打って信秀の死を喜んでいるだろう。美濃は、このまま同盟を維持するかどうか値踏みしてくる。

織田家の者も、家臣たちも、誰も泣くものはない。その理由が、今は権六にも分かった。

張りつめた、冷やかな空気のなかで、土田御前は気丈に振る舞っていた。

「もう三郎を待たずともよい、葬儀を始めよ」

できることなら、権六も逃げ出したかった。信秀の柩など見たくなかったし、野辺送りなどしたくない。どうしても、信秀の死が信じられない。

まだ、どこかにいるのではないかと思う。末森城に、狐森に、どこかの戦場に――。

土田御前が葬儀を始めさせようとするのを、信長の守役である平手が止めた。葬儀は、信秀の後継者である信長を世に披露する場でもあるのだ。

「いま暫く、お待ちを」

「ならぬ、読経を始めよ」

土田御前が命じたとき、庭の方から騒々しい音曲《おんぎょく》が聞こえてきた。念仏ではない。鉦《かね》や太鼓が賑やかに打ち鳴らされている。大勢で歌う声が響きわたった。

下天のうちを
比ぶれば　比ぶれば
夢　まぼろしの
如くなり　如くなり

囃子《はやし》、歌声は門をくぐり、庭を横切り、廊下を本堂へ近づいてくる。廊下を踏みならす足音、歓声、ただならぬ気配に林秀貞が立った。

「見てまいれ、誰か」

権六が立つより早く、本堂に甲高い声が響いた。

「織田三郎信長である‼」

権六は、はっとして顔を上げた。

目の前に、信長が立っていた。

本堂の入り口に仁王立ちした信長は、いつもの湯帷子《ゆかたびら》に茶筅髷、荒縄の帯に、虎の行縢《むかばき》という出で立ちだった。背後には、笛や太鼓を持った取り巻きの悪童が、二、三十人も従っている。

それが一斉に鼓《つづみ》や鉦を打ち鳴らし、大声で歌い、狂ったように舞い始めた。

人間　五十年

下天のうちを
　比ぶれば　比ぶれば
　夢　まぼろしの
　如くなり　如くなり

歌い踊る少年たちのただなかで、信長は祭壇に据えられた信秀の位牌を睨んだ。

平手が、ぐっと膝を進めた。

「父上に、ご焼香を」

信長はずかずかと祭壇に歩みより、抹香を握ると、勢いよく祭壇に撒いた。そして、踏みつけるように踵を返すと、異形の者共を引き連れて、大股で本堂を出て行った。

権六には、人々の凝視のなかを去っていく信長の背が、なぜだか、ひどく哀しく見えた。

＊＊＊

桜が散り、葉桜となり、新緑の季節となった。

ようやく信秀の四十九日が終わり、夏の盛りになったころ、土田御前が狐森を訪れた。かつてなかったことである。

信秀の側室や、庶出の子女は、正妻の土田御前が管理している。子のない者は実家に戻され、母のない子は末森で養育することとなっていた。狐森の雪枝と姫も、今後のことを決めねばならない。

土田御前が座敷で雪枝と会っている間、権六は裏の厨《くりや》で待っていた。勝手知った家であるが、久しぶりに訪ねてみると、やけに閑散としていた。かおるは瓜など出してくれたが、心労でやつれたようだった。足元にうずくまったヤリは、老いて毛がすっかり白くなっている。信秀の死が分かるのか、しょんぼりと尾を垂れていた。

狭い家なので、厨からも座敷の声がよく聞こえる。土田御前が、ちい姫に話しかけていた。

「こちらへおいで」

「あい」

「目のあたりが、殿に、よう似て……」

土田御前の声音が和んだようで、かおるはほっとした。信秀が死んだ今、雪枝も今のままではいられない。すべては土田御前の心ひとつで決まるのだ。

「よろしい。殿の血を引く姫ならば、末森に引き取りましょう。しかし、そなたはならぬ。そなたは尼となり、古《いにしえ》の殿の供養をするがよい」

かおるの顔色が変わった。土田御前の声に、権六も聞いたことのない険が含まれていた。

「そなたは先代の殿、月厳院《げつがん》様の側女《そばめ》であった者。殉死せよとのご遺言であったのに、殿を惑わし、よくも今日まで生きのびた。これ以上の生き恥は、そなた自身が望むまい」

権六の腕を、かおるが摑んだ。月厳院とは、織田信定——信秀の父である。間もなく、座敷から雪枝がかおるを呼ぶ声が聞こえた。

「姫は、末森に行くことになりました。お前は、姫と一緒に行っておくれ」

かおるが戸惑っているうちに、土田御前は館を出ていった。かおるは権六の方へすがるような目を向けた。

「権六、どうしよう」

館の外で、侍女に抱かれた姫が泣いている。雪枝は手早く姫の荷物を取りまとめると、かおるに渡した。

「ちい姫を頼みます。ここへは、落ち着いたら、戻って来てくれればよいから」

雪枝は静かに微笑んで、懐から小さな包みを差し出した。

「かおるに、これをあげましょう」

外から随身の者たちが呼ぶ声が聞こえていた。雪枝はかおるの手のなかに、そっと紙包みを握らせた。

「お前も、いつの間にか大人になって……ちい姫も、かおるのような優しい娘に育ってほしい」

「ごっさま」

「ちい姫を、頼みます」

権六は姫の荷物を持ち、かおるを連れて館を出た。

暗い森を、蛍がふわふわと飛び交っていた。

振り返ると、燈籠を下げた梅の木の下で、雪枝が見送っていた。唇に、薄く紅を引いていた。青白いほどの顔に紅が映え、土田御前よりも誰よりも、美しく見えた。

それが、雪枝を見た最後だった。


その夜、だいぶ遅くなってから、権六はかおるを狐森まで送って行った。

末森城に連れて行かれた姫は、土田御前も呆れるほどぐずり続けた。ようやく泣きつかれて眠ったときは、すでに夜中になっていたが、かおるは狐森に帰ると言って譲らなかった。

夜道を提灯をともし、末森と社村を結ぶ一本道を行くと、彼方に赤い光が見えた。狐森が燃えていた。雪枝の館が赤々と燃えて、近隣の村人が集まっていた。

「ごっさま」

飛び込もうとするかおるを、権六は背後から抱き留めた。

「権六、ごっさまをお助けして」

かおるが叫んだ。館は、すでに火に包まれている。権六の足元を、さっと駆け抜けたものがあった。

「ヤリッ」

居眠りばかりしていた老犬とは思えぬ速さであった。真っ白な犬が、燃えさかる炎に飛び込むと同時に——館が、崩れた。

火の粉が雪のように散った。


焼け跡からは、ごっさまの骨も、ヤリの骨も、見つからなかった。

かおるは、権六の末森の屋敷に引き取られた。熱を出して、何日もうなされた。いしが心配して来てくれたが、かおるは食べることも飲むこともできず、眠っては悪い夢を見て飛び起きた。

何日かして、ようやくかおるは床を離れた。

夕方、権六とかおるは、小さな庭に面した縁側に並んで座った。

かおるの手には、最後に雪枝から渡された紙包みが握られていた。そっと開くと、中には、信秀が雪枝に送った、あの朱漆の櫛が包まれていた。

「かおる、紙に、なんぞ書いてある」

権六は、縁先に落ちた紙を拾った。

櫛を包んだ奉書紙に、歌が一首、記してあった。かおるは仮名文字しか読めない。権六は平手政秀のおかげで、少しは和歌を知っていた。

冬ながら　空より花の散りくるは
雲のあなたは　春にはあるらむ

雪枝が好んでいた『古今』の一首だと、かおるが言った。

冬なのに、空から花が降り注ぐ
雲の彼方には、きっと春が来ているのでしょう

冬の空から降る花は、花ではなく、冷たい雪だ。掌に受けても、はかなく溶けて、消えてしまう。

それなのに——雪枝はいつも冬空を仰ぎ見て、幻の春を待っていたのか。

紙には、まだ数文字が書いてあった。〝雪枝〟と署名し、宛名があった。

〝香流どの〟

権六は、かおるに尋ねた。

「おまえの名は、漢字で、どう書く」

「知らない」

香流川を流れてきた捨て子の〝かなれ〟に、ごっさまは〝かおる〟と名をつけた。

〝香流〟の二文字は、〝かなれ〟とも〝かおる〟とも読めた。

権六は、末森城に連れていかれた、ちい姫のことを思った。

まだ五つになったばかりの幼い姫は、これからは市姫と呼ばれ、狐森のことも、両親のことも、きっと忘れてしまうだろう。自分がどのように生まれ、どのように愛され、そこにいるのか、分からなくなる日もあるかもしれない。

それでも、〝かなれ〟も〝かおる〟も、どちらも〝香流〟だ――。

香流《かおる》が、権六の手を握った。権六も握りかえした。

冬ながら　空より花の散りくるは
雲のあなたは　春にはあるらむ

香流の声が、しずかに夕空に染みていった。

＊＊＊

しばらく、香流は権六の屋敷で暮らした。

香流は、すでに信秀により自由の身となっている。佐久間一族の重鎮、佐久間大学も、養女にしてよいと言ってくれていた。しかし、とても祝言をあげる気にはならなかった。

「せめて、一年の喪があけるまでは」

それまで屋敷に置いては外聞が悪かろうと、いしが香流を御器所に引き取っていった。

権六は、前のように末森城に出仕したが、まるで生きているという張りがなかった。

佐久間大学は、権六より十ばかり年長である。織田家きっての豪傑で、こめかみから鼻まで大きな刀傷がある。小豆坂でこの傷を受けたとき、医者が曲がって鼻をつけたので、自分で再び傷を切り開き、まっすぐに付けなおしたという武勇伝の持ち主だった。

勇気を愛する大学は、武辺者の権六に目をかけている。その権六が、いつまでも信秀の死の痛手から立ち直れずにいるのを惜しんだ。

「このようなときに、そのような有り様では往生するぞ」


荒れる――と信長が言った通り、尾張にきな臭い風が吹き始めていた。

信秀に恭順を示していた者たちが、一斉に反旗を翻しはじめていたのだ。

天文二十一年四月。

口火を切ったのは、鳴海《なるみ》城主、山口教継《のりつぐ》であった。

山口教継は笠寺の土豪で、尾張の東南の守備を任されていた。小豆坂合戦にも従軍して手柄をたてた武士であり、その息子の九郎二郎教吉《のりよし》は二十歳になったばかりの俊英で、若いながら勇敢な武者として知られていた。

山口教継は領内に駿河今川の将を引き入れ、笠寺、中村砦の防備を固めて、合戦に備えているという。那古野から二里たらずの要害である。

好感を抱いていた山口父子の離反に、権六は衝撃を受けた。

「大殿の四十九日が済んだばかりというのに」

義兄の佐久間〝久六〟盛次は冷静だった。

「いや、それ故にであろう」

死者の魂は、四十九日までこの世とあの世の境を彷徨《さまよ》い、やがて彼岸に渡って成仏する。信秀に特に目をかけられていた山口父子は、信秀の霊魂がこの世にある間は、織田家に弓を引くのを控えていたのだ。

権六は、山口教継の無骨な顔を思った。教継も万松寺の葬儀に来ていた。〝うつけ〟には、従えぬ——と思ったのか。

鳴海城がある一帯は、尾張と三河の接する地帯で、戦が絶えない。三河の松平は、続けざまに当主を失い、弱体化しているとはいえ、背後には駿河の今川が控えている。〝うつけ〟の若殿をいただく織田より、頼れると踏んだのだろう。

織田家に従ってきた東尾張の国人たちが、みな同じ不安を抱いているはずだった。

重臣たちが、すぐに那古野に集まった。平手政秀の意見は、和議である。

「いかようにも慰撫して、翻意させたい」

平手は外交には実績と自信がある。代替わりしたばかりでは、戦をするのは得策ではないと考えていた。権六は、信長の意見を聞きたかったが、姿がなかった。

「早朝から小姓や足軽、小者などを集めて出ていった。狩りにでも行ったのであろう」

そこへ、佐久間〝牛助〟信盛が駆けつけてきた。

「若殿が、山口を討ちに行かれた」

牛助らしくなく、慌てていた。狩場に探しに行ったが見つからず、小者に聞いたら戦に行かれたのだと答えたという。平手は蒼白になった。

「手勢は」

「宿老の内藤殿、青山殿らが三百の兵を連れて追ったが……それでも、八百」

対する山口教継側は、駿河衆を含めて在所に数千の兵を持っている。

すぐに佐久間大学と権六が、末森の兵をかき集め、一千の兵を率いて出陣した。権六は〝烏〟弥平を斥候に先行させた。寡黙な弥平は、偵察に適性がある。配下に足の早い小者を何人も養っており、次々に情報をもたらした。

「中根村から小鳴海……防備の堅固な中村を避けて、鳴海城に向かうご様子」

佐久間大学が、面白そうな表情を見せて唸った。

「小僧め、鳴海を討つか」

山口家の本拠地である。鳴海城を失えば、確かに山口は足場を失う。笠寺、中村の砦に人数を割いているから、兵も少ないはずだ。昼前、続報があった。

「三郎殿、三ノ山に御布陣。鳴海城から山口が嫡男、九郎二郎が赤塚へ兵を出し、数はおよそ千五百」

「急げ」

権六と大学は、争うように馬鞭を振るった。


四月初夏、巳の刻。正午前の太陽が眩くはじけ、夏らしい青空だった。

赤塚は、鳴海城の十五、六町北の丘である。その裾野で、若き大将に率いられた二つの軍がぶつかった。

「敵は〝うつけ〟だ」

山口九郎二郎は二十歳。大兵の若者だ。織田信長は十八歳。率いる者も、みな若い。

互いの顔がはっきり見える五、六間に迫って、まず矢合わせが始まった。続いて両軍がぶつかり合戦となった。互いに槍で激しく打ち合う。数にまさる山口勢が優勢で、織田方の槍隊が崩れ、兵がぶつかり斬り合いになった。

白昼の決戦である。権六らが駆けつけて来たときには、青空の下、両軍は激しく入り乱れていた。

「もう始まっておる」

権六は槍を手に戦場のまんなかに乗り込んだ。しかし、妙な戦いだった。信秀は山口の郎党にも目をかけており、兵も互いに顔見知りである。本気で殺し合いたい者はおらず、槍を捨て、馬を捨て、取っ組み合って殴り合っていた。落馬した者がいれば、敵味方が手足をひっぱり合う。疲れて、あちこちで転がっている者がいた。刃を交える者がいる一方で、久しぶりに会う旧知と声をかけあう者がいた。

信長と九郎二郎は、声を枯らして罵《ののし》り合っている。

もともと、信長と九郎二郎は仲が悪かった。信秀の小姓として那古野に出仕していた九郎二郎と信長は、どちらも負けん気が強く、一度は殴り合いの喧嘩になり、九郎二郎が国元に帰ってしまったこともある。

今日こそ決着をつけると、九郎二郎は意気込んでいた。

しかし、勝敗は、今回も決しなかった。夕刻を待たず、両軍は疲れ果て、どちらからともなく兵を退いた。互いの捕虜や、馬を返し、負傷者を助けて東西に別れた。九郎二郎が拳を振り上げた。

「三郎、次こそ、そのもっさい面《つら》をどうずくぞ」

去っていく山口九郎二郎に、信長は石を投げつけた。

「くらえッ」

大学が兵をまとめている。権六は、ぼんやりとそこに立っていた。なぜか、懐かしい夏の匂いがした。

「権六ッ」

信長は、権六にも石を投げた。

「のっそい奴!!」

石をよけた権六の目に、夕日がやけに眩しく見えた。

＊＊＊

赤塚の戦の後、平手政秀は山口教継と和議交渉をしようとしたが、信長は許さなかった。

山口父子だけでなく、信長は、和議、懐柔、誘降——一切の〝外交〟をしなかった。

そうしている間に、秋八月には、清洲が背いた。

清洲城代、坂井大膳を筆頭に坂井甚介、河尻与一、織田三位ら。かつて信秀が大垣城の後巻きに行った留守に、古渡城を攻めた連中である。

坂井兄弟は清洲城の実力者であり、野心家である。

尾張下四郡を統べる尾張守護の〝武衛《ぶえい》様〟斯波義統《しばよしむね》を擁しているが、坂井にとっては、守護も、その守護代の織田信友も神輿にすぎない。

生前の信秀には一目置くところがあったが、この代替わりのときこそ、好機であった。

清洲軍は、清洲の南方にある松葉城、深田城を急襲し、打倒信長の旗を掲げた。清洲の南わずか一里。信長の居城である那古野城からも西へ一里の距離である。

「目障りな奴らだわ!!」

信長は、両城を攻めることを決めた。

末森にも出陣の要請があった。土田御前は末森の防備が手薄になることを案じて渋ったが、今回は信長に思わぬ協力者が現れた。信秀の弟、孫三郎信光である。

「織田家の大事。兄上が切り取った大切な地を、失うわけにはまいりますまい」

権六の初陣となった小豆坂の戦いで、七本槍の栄誉を受けた人である。武勇に優れ、英邁《えいまい》で、土田御前もこの義弟を信頼していた。

信光まで行くとなれば、末森も兵を出さぬわけにはいかない。しかし、土田御前は信行の出陣は許さず、権六が名代となって信長のもとに赴いた。

「〝かんす〟など、足手まといだわ」

信長は却って喜び、権六も、今度は赤塚のような遅れはとるまいと肝に銘じた。

十六日払暁。信長は那古野を発し、於多井川東岸の稲葉地へ向かい、ここで叔父の信光の守山軍と合流した。

於多井川を西へ渡れば、松葉城と深田城が南北に隣り合ってある。

二つの城の西から南にかけては、その名のとおり、〝深田〟が広がっていた。深田とは、深い泥沼のようになっている田だ。刈り入れが済んだ後も水を抜かずにおき、天然の濠のようになっていて、敵は容易に近づけない。

松葉、深田の両城は、東方は於多井川に面し、西から南は深田に守られた天然の要害なのだ。ただ北側の清洲口だけが開《ひら》けている。もとは清洲に属する城だったのだから、問題はなかったのだが、今回はそこを清洲衆に攻められた。今は、その北口を厳重に防備していると思われた。

権六は於多井川の川べりへ、弥平を連れて偵察に出た。岸辺から、すでに泥沼のような湿地である。いくつか人家も見えていたが、みな戦を避けて逃げたようだった。

馬の通れる道を探っていると、どこからか調子っぱずれの小唄が聞こえてきた。

えび　つぼ　どっち　いかきにいこみゃあ
きゃある　へんびは　じべたにいりゃあせ
ねっちもこっちも　ひいくりはらへり

声のする方へ辿っていくと、薄汚い小僧がひとり、魚籠《びく》を腰に泥田の中をはいずっていた。権六は馬上から声をかけた。

「なんぞ取れる」

顔をあげたのは、十三、四と見える小僧である。薄汚れた下帯ひとつで、顔は泥と日焼けで真っ黒だった。痩せて、小柄で、どこか小猿を思わせた。

「在所の者か」

権六が聞くと、笊《ざる》の芥《あくた》をよりながら、近くの中村の者だと答えた。中村は、於多井川のすぐ西岸だ。

「ならば、この辺は、よう知っとろう」

「そうだげな。こんきと来てあすぶもんだで、なんでか知っとる」

権六は小僧を連れて、信長の本陣へ戻った。居並ぶ武士を見ても、中村の小僧は怯えもせず、聞かれるままにひどい訛りで喋りまくった。

「わしゃ朝っぱらから、おたい川でしじみをとっとる。ようけとれる。えびもちょぼっとはとれる。町で売りゃあ、えりゃあ儲かる。びたびたになって、のたくっても、損こくこたぁあらせん」

信長が小僧に尋ねた。

「松葉城のあたりは何が取れる」

「深田ばっかだ、でっきゃあ田螺《たにし》が、ようけとれる」

「しじみは、どうして喰う」

「おつけだがね」

「田螺もか」

「たにしは、干して兵糧にもするだが、春なら味噌でぬた。今なら、つくだ煮。うんみゃあごっつぉおだわさ」

「馬で行けるか。新しい貫《つらぬき》を汚したくない」

「ほんなら、まっと西へ回っていりゃあせ」

信長は、立ち上がった。

「深田の田螺を取りに行こまい！」

＊＊＊

城は、三手から攻めることに決まった。

南の松葉口は信長が、於多井川を渡った先の三本木口は信光が攻める。もっとも敵の防備が堅く、激戦が予想される北側の清洲口は、柴田権六が承った。

早朝。まだ暗い中、権六は千余の手勢を率いて北側から松葉城を目指した。辰の刻近く、清洲より援軍の知らせがあり、急遽、進路を北に転じたところで、萱津《かやつ》の原にて遭遇戦となった。

その名の通り、萱津は水辺に広がる一面のすすきの原だ。清洲衆は、家老の一人、坂井甚介が率いている。呼応して後方の松葉城からも出兵があり、権六の軍は苦戦した。

清洲軍が尾張守護である斯波氏の紋、〝二つ引両〟の旗を掲げているのも鋭鋒を鈍らせた。

権六はとにかく耐えた。前後から挟撃され、槍を二列に連ねてもちこたえていた。

次々と士卒が討ち取られ、権六も槍を振るって敵中に入り、身に数創を受け、敵の首を五六も獲った。そうして耐えているうち、松葉城の方から乱打する太鼓が聞こえた。

午の刻にもなろうとするときであった。権六の軍は疲弊し、全滅は目前であった。そこへ、新たな軍勢が殺到した。かやの彼方にたなびくのは、黄地に木瓜――織田の旗である。

信長、信光の軍であった。信長は中村の小僧の案内で深田を避け、西側の海津口まで迂回した。そして、海津口から東に向かって、清洲軍の援軍で留守となった松葉城に襲いかかった。援護しようとした深田城には、時を同じく信光の軍が攻め寄せていた。

権六の軍は、初めから松葉城から敵を誘い出す囮《おとり》だったのだ。信長の声が響いた。

「柴田、よく耐えた。褒めてやる」

信長は戦場へ颯爽と馬を乗り付けた。

「城は」

「あの煙が見えんか」

権六は、このときを待っていた。すぐさま防御から、攻めに転じた。

「坂井を討ち取れ」

権六は槍を手に猛然と駆け、敵の主将、坂井甚介に迫った。織田方の中条小一郎家忠が坂井の護衛を斬り散らし、ともに坂井を討ち取った。

清洲軍の名のある武士が、次々と討ち取られていく。間もなく退き太鼓が響き、清洲軍は北へ向かって敗走した。

前田犬千代も今や立派な近習《きんじゅう》になり、この戦いに槍を担いで従軍していた。

「中村の小僧は」

権六が尋ねると、戦場の方を指さした。

泥沼の戦場に死体が累々と転がっている。そのなかを、あの小僧が脛の下まで泥につかって、ひょこひょこと飛び回っているのが見えた。

死体を見つけては、懐を探っている。その〝死体〟の腕が、かすかに動いた。死体と思った足軽は、まだわずかに息があった。

「乱取りには、乱取りの作法があろう」

権六の声に、小僧はぱっと振り向いた。すでに、背負った籠は満杯になっている。

「息のある者から取るのは、よしておけ」

「そうだげな」

小僧は素直に腕を離すと、虫の息の足軽に竹筒の水を呑ませてやった。すると、相手はほっと息をつき、息絶えた。すると、小僧はすぐさま打飼袋に手をつっこんで、六文銭を摑みだした。兵ならみな持って出陣する、三途の川の渡し賃だ。

権六と目が合うと、小僧は困ったような顔をした。

「してかんか」

「殿から褒美を頂戴してやる、ついて来い」

「ほうび」

「お前の案内、役に立った」

「ほんとかや」

「本当だ」

そう言うと、小僧は童子のようにぱっと笑った。

「ほんなら、この銭は戻してやろまい」

小僧は銭を返してやると、手を合わせて南無南無と唱えた。

「小僧、名は」

小僧は、頬についた泥を肘《ひじ》で拭った。

「中村の、とうきちろうだわ！」

黄昏が、戦場を紅に染めていた。

＊＊＊

権六は、信長を頼もしく思うようになっていた。

しかし、家中にはそうは思わない者の方が多かった。その中心が、信長を最も支持しなければならぬ立場の平手政秀である。

「武衛様に刃を向けることはできませぬ。清洲と、和睦を」

しかし、今回も信長は許さなかった。

「和議は一切、まかりならぬ」

信長は清洲を挑発するよう、たびたび権六に命じて清洲城下に火を放たせた。

「稲の根まで掘り返せ。馬に喰わせれば、よく肥える」

地下人は、村を守れない〝主〟は見捨てる。国人衆、地侍にも、次第に織田信長に味方する者が増えてきていた。それでもなお、平手は案じた。

平手政秀はすでに六十の老人である。織田家の筆頭の老臣であり、信貞、信秀、信長と三代に仕えてきた。諸国の領主、京の公家衆との交流もある。強いばかりの織田家でなく、名誉ある家になることを切望していた。

平手は信長が生まれたときから仕え、吉法師がいなくなれば尾張中を探して駆け回り、誰かが〝うつけ〟と悪口を言えば我がことのように腹を立て、必ず庇《かば》った。

いつか、立派な織田家の当主になると、信じていた。

「この織田家を、謀反人にしてはなりませぬ」

平身する平手政秀を、信長は甲高い声で怒鳴りつけた。

「講釈すな!!」

同時に投げつけられた扇子が、音を立てて平手のこめかみを打った。

静まり返った軍議の席から、やがて平手は無言で退席した。権六が後を追うと、老人は立ち止まり、深い溜め息をついた。

「……そうだけな」

暗い廊下に供された燈籠の光が、二人の足元に寂寥とした影を落としていた。

「講釈こくまい。吉法師様は、何よりも講釈がすかたらんで」

天井の闇の方を見て、かすかに笑った。

万松寺の信秀の墓前で、腹を切った老臣の遺骸が見つかったのは、翌日、早朝のことだった。

平手政秀、享年六十二。その朝は、凍るように寒かった。

理由については様々に憶測が流れた。

権六は、この口うるさい、風雅な老人が好きだった。織田家の最年長の宿老として、頼りにもしていた。それがこのときに逝ってしまうとは、見捨てられたような思いがした。

信長は、報せを受けても何も言わなかった。葬儀にも行かなかったし、誰かが平手の名を口にするのも許さなかった。しかし、平手の遺族には、そのまま領地を安堵した。

そして、みなが老臣のことを話題にしなくなったころ、信長は自ら平手家の在所に赴き、私財を投じて政秀のために寺を建てて菩提寺とした。

そのことについても、信長は、何も説明しなかった。

ただひとり真新しい寺を訪ねて、信長は長いこと墓の前に立っていた。その背が、子供のように、寂しげだった。


この冬、もうひとつ別れがあった。

御器所に預けられていた香流が、権六の屋敷を訪ねてきた。

「末森城で、市姫様にお仕えすることになった」

末森の市姫は泣いてばかりで、すっかり食も細っているという。このままでは病気になってしまうと、心配した土田御前に香流が呼ばれたのである。

久しぶりに会った香流は、小梅を散らした新しい小袖を着ていた。婚礼のためにと、香流が自分で縫っていた小袖だった。

「……ほうか」

権六は俯く香流の小さな肩を、ぼんやりと見つめていた。

奥務めになれば、会うことも難しい。香流を貰うには、市姫や土田御前の許可も必要になるだろう。

香流は目を合わせぬまま、権六に小さな風呂敷包みを渡し、帰りかけた。権六が何気なく包みを開くと、丁寧に縫われた足袋が何足も入っていた。

「香流」

権六は、思わず香流の袖を摑んだ。

「待っとれ。いつか、必ず」

香流が、権六の顔を見上げた。

権六は、もっと何か言おうとした。しかし、言葉が見つからなかった。ただ小袖の袖を握りしめている権六に、香流もまた何も語らず、澄んだ目をして微笑んだ。そして、深く頭を下げて、香流はひとり末森城へと去っていった。

以来、同じ末森城に仕えていても、権六と香流は、滅多に会うことはなくなった。戦が始まり、権六も忙しくなっていた。

七月十二日。

尾張を震撼させる事件があった。尾張守護、斯波義統が、坂井大膳に殺されたのだ。暦は秋になっていたが、まだまだ暑い夕方だった。

清洲城内において、小守護代坂井大膳と、河尻左馬丞、織田三位は斯波義統を急襲した。激しい戦闘となり、老臣から僧形の同朋衆まで、ことごとく討ち死に、守護は城に火を放って一門とともに自害した。

唯一、生き残ったのは、嫡子である子の岩龍丸と、供回りのわずかな若侍たちのみであった。運よく川遊びに出かけていた十四歳の若君は、那古野の信長のもとへ湯帷子《ゆかたびら》姿のまま逃げ込んできた。

信長は小姓の丹羽万千代や佐々《さっさ》内蔵助らに命じ、家中から着物や草履、布団、食器などを集めて与えさせ、若君と若侍たちを城内の屋敷に分散して住まわせた。

権六も屋敷の開いた部屋に何人かを引き取った。守護には会ったこともないが、突然に主を失う悲しみは、身に沁みて知っている。


信長に命じられた権六が出陣したのは、五日後のことであった。

清洲勢は城の北、山王口で応戦の構えを見せた。清洲の鎮守、山王宮日吉神社のある地である。泥田で拾った中村の藤吉郎が、道案内を買って出た。

「こんお宮に参って、かかさはわしを授かったぎゃ。こん神様のお使いが、猿だわさ」

ひどい訛りがだいぶ抜け、いっそう舌が回るようになっていた。容貌こそ冴えないが、天性の愛嬌と、智恵があり、小者として信長に重宝されていた。

「あ、ほれ、敵だぎゃ」

藤吉郎が指さす先に、清洲勢が迫ってきていた。

山王口に陣を張っていた清洲勢は、敵襲とみて城に戻ろうとしたが間に合わなかった。ひと当たりして、東に向かって逃げ出した。織田勢はそれを追撃し、安食《あじき》村をへて成願寺前で再び戦闘となった。

斯波岩龍丸も甲冑に身を包み、二つ引両の旗を掲げて出陣している。若君に迫ろうとする坂井の兵を、成願寺の塀から射た者があった。見ると、一群の武装した僧たちが駆けつけて若君の前に膝をついた。

「武衛様のご恩をこうむった者。仇討ちのため、参上仕《つかまつ》りました」

権六は、頭らしい大弓を脇にした僧に声をかけた。まだ若い。

「成願寺の者か、長老は殺生を許したか」

「許されず、還俗《げんぞく》したばかりにございます。俗名を、太田牛一と申します」

大堀端は道も二、三間の幅しかない。狭い道を来る敵に向け、まず太田らが矢を浴びせた。矢が尽きると、槍合わせとなった。織田方は三間半の長槍、清洲勢は時代遅れの短槍である。

「叩け、叩け」

権六も精一杯、槍をふるった。

やがて敵の槍衾を突き崩し、槍や太刀が入り乱れて斬り合った。名のある大将と見て、権六に敵が群がる。左右に二人突き倒したが、背後から肘に槍が刺さった。その槍をぐっと掴んで、へし折った。傷は一、二寸の薄手である。権六は振り返りざま、奪い取った槍で敵の喉を貫いた。噴き上げる血の感触が懐かしかった。

権六は叫び、敵の一番厚い所へめがけて突っ込んだ。痛みと疲れ、息が上がる。五、六人も突くと、槍が折れた。折れた槍でまた二人ほど突き倒し、さらに信秀の太刀を抜いて、斬りまくった。生き返ったようだ。沈み込んでいたのが、馬鹿馬鹿しくなった。

守護の近習であった由宇喜一《ゆうきいち》という武者は、権六の屋敷に寄宿していた十七の若者である。清洲を逃げた日の湯帷子のまま乱れ入り、奮戦して仇のひとり織田三位の首を討ち取った。続けて川尻左馬丞も討たれると、たちまち清洲の兵は浮き足だった。織田勢は一斉に追い打ちをかけ、清洲勢は散り散りになって逃げていった。

守護の遺臣たちが快哉を叫び、岩龍丸は涙を浮かべて信長に拝礼をした。信長はみなを労い、手柄を褒めて、遥かに清洲の城を眺めた。

「見たか、爺!!」

信長は、思い切り夕方の風を吸い込んだ。

権六はやっと兜の締め緒を切って、額から流れる血の混じった汗を拭った。

信長がやってきて、小姓の丹羽万千代に手当てをするように命じた。万千代は慣れた手つきで権六の袖をはずし、槍傷に布を巻いてくれた。藤吉郎が権六の傷を覗いた。

「膿むかもしらん。膿んだら、ちゃっと膿を出すとええ。早けりゃ、早いほどええげな」

信長は、もう首実検を始めさせていた。

「化粧などよい。並べろ。首は織田三位、川尻だけか。坂井は」

坂井大膳は清洲から出てこなかった。信長は、不機嫌だった。

「柴田、槍の腕が鈍ったのではないか」

そう言って、権六の傷を叩いた。

＊＊＊

坂井大膳の〝謀叛〟は、信長の策略であった。

清洲に仕える若衆の簗田《やなだ》弥次右衛門が、信長の密命を受けて、「守護が坂井らの粛清を画策している」と流言を流させたのである。

「あとは坂井……そして、守護代の織田信友か」

敵対するものは、徹底的に滅ぼさねばならぬ。ほんの僅かな隙でもあれば、こちらがやられる。信秀は、そういう修羅道に信長を放り込んで、逝ったのだ。

那古野城の庭先で、若年の小姓たちが何か輪になって騒いでいた。信長が覗き込むと、木の枝の上で二匹の蜘蛛が戦っていた。

「ほう、蜘蛛相撲か」

色鮮やかな縞模様の黄金蜘蛛を、木の枝の上で戦わせる遊びである。前田犬千代が、悔しげに下を向いていた。

「どうした、犬千代」

犬千代は荒子あたりの藪という藪を探し回って、一番大きな黄金蜘蛛を捕まえた。虫もたっぷりと喰わせ、元気いっぱいのはずだった。しかし、丹羽万千代や、佐々内蔵助の蜘蛛に勝てない。

悔し涙を浮かべる犬千代から、信長は蜘蛛を取り上げた。

「役立たずな奴、踏みつぶしてしまえ!!」

信長に従っていた藤吉郎が、慌てて蜘蛛を摑み取った。

「こん蜘蛛ぁ、虫をぎょうさん喰ってはらぎりだで、よういごかん。腹がへりゃあ、まっと働く」

佐々内蔵助は、裸足の脛までむき出しにした藤吉郎を睨みつけた。

「下人ごときが、殿の前で差しで口をきくでない」

しかし、信長は面白そうに髭をねじった。

「腹が減れば、まっと戦うか」

そう言いながら、犬千代の頭に蜘蛛を乗せ、通りすぎて行った。

翌日、犬千代が藤吉郎に家からくすねた柿や栗を持ってきた。

「勝ったぞ」

犬千代はにっと笑った。

「一緒に、あすぶか」

荒子城主の息子と、信長の草鞋取り。年齢以外は、外見も生い立ちも性格も、まるで違う二人だったが、その後、那古野では二人が一緒に遊ぶ姿がたびたび見られた。

信長が、笑って言った。

「猿と犬が仲がよいとは、奇妙!!」

＊＊＊

信長は、次第に織田家の中心として家臣の心を集めていった。

国外にも、信長を認める者もいた。舅の斎藤道三もそのひとりである。

〝我が子孫は、うつけが門前に馬を止めることとなろう〟

「――と、そう言ったそうだ」

末森城の権六のもとに、珍しく久助が訪ねて来た。新式の鉄砲を担いでいた。

「お前、勘十郎などにつけられて、貧乏籤《くじ》をひかされたな」

久助は、いまだ主を求め、放浪を続けていた。何人かの〝主〟に仕えもしたが、長くなかった。暫くは尾張にいて、ぶらぶらとしていたという。

「信長、あれはなかなか面白い」

「うちに来ればよいものを、なぜ来なかった」

「お前の嫁になった香流なぞ、見たくないわ」

「いや」

まだ独りだと言うと、久助はあきれ果てた顔をした。

間もなく、権六は久助を信長に引き合わせた。すると、信長は〝なるかみ〟久助のことを覚えていて、すぐに鉄砲の頭に任じた。

「よいところに来た、使いせよ」

久助は信長の密命を受け、またどこかへ消えていった。


天文二十三年は、正月から村木城攻めで幕を開けた。

今川義元が、知多半島に勢力を張る水野信元の緒川城攻略をもくろみ、その救援に出たのである。この一帯は、知多半島の重要な押さえであり、失うわけにはいかない。

出陣の準備が進むなか、また姿を消していた久助が戻ってきた。見慣れぬ男たちを二十人ばかり連れていた。みな屈強な体をしているのに、ひどく身軽な者たちだった。

「俺は、甲賀の里の生まれだ。こいつらは、仲間だ」

久助がはじめて明かした。

久助とその男たちも、村木攻めに従軍することになった。

一月二十一日。出陣の日は、嵐だった。

敵対する山口氏の鳴海、大高を避けて、熱田から海路で知多西岸に渡る予定だったが、強風と雷、叩きつけるような雨で、船頭が船を出さぬという。

久助は、信長の廻りをちょろちょろと駆け回っている小男が気になっていた。

「何者だ」

「中村の百姓の小倅で、殿の草履を預っている」

「こすそうな奴だ」

権六は中村の藤吉郎を自分の足軽にしようと思ったのだが、〝戦は嫌い〟らしく、信長の草履取りになっていた。しじみと田螺の佃煮を手土産に、自分で信長に頼んだという。確かに、槍働きより細々とした気働きに才があった。今も酒の入った瓢簞《ひょうたん》を手に、焚き火をかこむ水手《かこ》や舵取りの間を忙しく飛び回っている。

やがて帰って来て、藤吉郎は信長に告げた。

「稼ぎが少にゃあて横着するぎゃあ、まっと酒手をやってみりゃぁせ」

信長がありったけの銭を運ばせると、船頭たちは二つ返事で船を出した。

横殴りの雨のなか、権六は港から見送った。信長に留守居を命じられたのだ。

「林などは、役にたたぬ。お前に任せる」

信長は、清洲衆が背後を襲うのを警戒し、舅の道三が寄越した安藤守就率いる美濃衆に那古野の守備を任せていた。しかし、林秀貞はその美濃衆に尾張を奪われることを案じ、出陣をとりやめてしまっていた。

権六こそ、信長と一緒に出陣したかった。自分のいない戦など、心配でたまらない。自分がいれば、何としても、信長を勝たせてやる。〝尾張一〟と言われた槍が鈍ったなど、そんなことはあるものか。そうであれば、信秀に顔向けできぬ。

じりじりとしながら、権六は待った。

翌日も風雨は続き、その翌日も、戦場からの便りはなかった。

初春の空に、わずかに東風が吹いたのは、およそ十日後のことである。その風に乗り、ようやく水平線に船影が見えた。

織田の黄地木瓜が、午後の陽に輝いた。桟橋に降りた信長を、権六は駆け寄るように出迎えた。

「祝着至極、戦の次第は」

「大勢、死んだぞ」

いつも信長に従っている小姓や若侍たちの、多くが姿を消していた。荒子の犬千代も肩に包帯を巻き、槍を杖に船から降りた。

海の方から、権六を呼ぶ声がした。久助が腰に胴乱を下げ、カルカを手に渡し板から飛び下りてきた。

「俺の目は確かだ。あの殿には、有り金を賭ける価値がある」

久助の顔には、火傷の跡が点々とついていた。えらい戦だった、と、久助はまだ興奮さめやらぬ様子だった。

村木攻めは、辰の刻から申の刻まで、実に半日にも及ぼうとする激闘だった。信長は自ら采配を取り、小姓、馬廻りの若衆にまじって狭間を攻めた。そして、村木砦を攻め落とすと、即日のうちに駿河衆を知多半島から撤退させた。

「俺の〝なるかみ〟も、大いに働いた」

久助は大坂で仕入れたばかりの、新式の火縄銃をぽんと叩いた。

信長は、船から小姓たちの死体が降ろされるのを、桟橋に立って見守っていた。

〝蛇丸〟〝とんび〟〝熊若〟〝夜叉虫〟〝ドッチ冠者〟〝鼠左衛門〟――幼いころから、ともに過ごした若者たちだ。信長にとっては、友であり家臣であり、仲間であった。彼らの遺骸を眺める信長の目は、むかし津島の土手で、流れ着いた死体を見ていた吉法師の目と似ているようで、どこか違った。

信長は、桟橋に並べられた死体の列から、真っ青な海の彼方へ目をやった。

「わしは、勝った!!」

誰かに言い聞かせるように言った。

藤吉郎が、馬の口を取ってやって来た。

「いやいや、えらい戦だったげな」

藤吉郎も出陣し、顔じゅう派手に包帯を巻いていた。

「まぁいかんと、なんべんも念仏を唱えたわさ」

「〝猿〟、熱田まで歩く。ついて来い!!」

えらい、えらいと呟《つぶや》きながら、藤吉郎は信長の後を追いかけていった。


次第に晴れていく空に、遠雷が轟《とどろ》く。冬の終わりを告げる春雷だ。

海に光がさしていた。

信長は信秀の後を継ぐだけでなく、信秀ができなかったことをするのではないか。信秀が行きたかった、遠い所まで、駆けて行くことができるのではないか。

遠雷を聞きながら、権六はそう思い、願った。

＊＊＊

天文二十三年も、戦いの年であった。

信長は逆らおうとする者の気配があれば、すぐさま自ら出陣した。そして、その処置は容赦がなかった。

権六は忙しかった。戦があっても、相変わらず土田御前は信行を出陣させない。常に権六が末森軍を率いて出陣し、社村の田畑を見に行く暇もなかった。しかし、領内には他国からの侵入も減り、信長の地歩も固まりつつあるのが実感できた。

信秀の死によってできた織田家の傷が、少しずつ癒えていく。

この夏には、信秀と同じ病で三人の子を失ったいし姉さに、また男子が生まれた。産婆が驚くほどの大きな赤子で、虎のような産声をあげ、〝虎夜叉〟と乳名がつけられた。

「この子は、権六の赤ん坊のときにそっくりだ」

いしは喜び、権六も虎夜叉を我が子のように可愛がった。

この姉夫婦が、権六に妻がないのを案じていた。

「香流は、市姫様にさしあげたのだ。諦めや」

柴田権六は、すでに末森城の家老であり、戦となれば信行の名代として出陣する大将である。家中での評判も悪くはなかった。

信長の信頼あつく、常に先手の大将を承り、戦巧者として知られている。〝槍の権六〟――槍をとっては、尾張一と褒める者もある。

荒子城の前田利久や、比良《ひら》城の佐々政次などが妹を勧めてきたし、同僚の林秀貞も姪をどうかと打診してきた。

望めば、亡き殿の脇腹の姫なども頂けるのではないかと、末森城の奥女中たちが噂にすることもある。そんな話は、当然、香流の耳にも届いた。わざと教えにくる者もいた。

しかし、香流はただ笑って聞き流し、すぐに自分の仕事に戻った。

このころは、滅多に会うこともなかった。香流はときたま、遠くから、権六が出陣していく様子を見送る。二羽の雁が並んだ旗が、出陣するたびに増えていくのが、ただ頼もしく、嬉しかった。


そんな折り、香流を訪ねた者があった。すっかり見違えた久助だった。香流に会うと、久助は子供のように素襖《すおう》姿の胸をそらした。

「どうだ、今では鉄砲隊を預る大将だ。今日は、お前に聞きたいことがあって来た。最後だぞ。よく考えて、返答しろ」

「おかしな久助」

「俺には、滝川一益《かずます》という立派な名があるのだぞ」

久助はさらに胸をそらしたが、香流の昔と変わらぬ澄んだ瞳に見つめられると、臍《へそ》のあたりがむずがゆくなって頭をかいた。

「ま、ええ。聞くことというのは、直截《ちょくさい》に言って、俺の嫁になるか、ならぬかだ」

「え」

「俺は、もっと出世して、ひとかどの城持ちになる。その城の、奥方になりたくないかと聞いているのだ」

香流は答えず、やがて、久助が見たことのないような笑みを浮かべた。

「ありがとう、久助」

なぜだか耐えきれず、せつなくなり、久助は声を荒らげた。

「権六を待っても、無駄だぞ」

「分かっている」

「市姫に、生涯つくす気か」

香流は無言で、どこか遠くの空を見た。

「先の殿も、ごっさまも、権六も、勝手なものだ」

久助は怒って帰りかけ、立ち止まった。

「権六は、これから、迷うぞ。誰よりも、ふらふらと迷う。お前、泣くことになるぞ」

背を向けたままそう言うと、久助はすたすたと帰っていった。

＊＊＊

天文二十三年、秋。

信長の叔父、織田信光が那古野で死んだ。

孫三郎信光は、信秀の弟の中でも傑物であり一族の重鎮であった。清洲の坂井大膳は、その信光に目をつけた。守護を殺し、共謀者であった腹心を次々失った坂井は、守護代の地位を餌にして、信光と信長の離間を謀ったのである。

しかし、信光は懐柔されたふりをして清洲に入ると、伏兵をもって坂井を襲い、駿河へと出奔させた。残された守護代、織田信友は切腹し、ここに、清洲織田家は滅亡した。

この陰謀は、はじめから信光と信長の間で密約ができていた。

清洲城には信長が入り、信光は那古野の城へ移った。この城には、織田の領地の東半分も含まれていた。那古野、守山、春日、熱田、古渡、末森を含む、織田家の軍事を支える一帯である。父の信秀が一代で手に入れた地を、信長は清洲の代償として、信光に譲り渡したのである。

しかし、信光は、長くその土地を領することはできなかった。

その年のうちに、家臣の坂井孫八郎により暗殺されてしまったからだ。信光の継室はたは、まだ若く、美貌であり、それが孫八郎と密通していたという噂であった。

信長は戦わずして清洲を手に入れ、東尾張を取り戻した。

さらに、翌年の夏、信長の弟、秀孝が殺される事件が起こった。

美少年の誉れ高い、十五歳の若者である。それが、信長の叔父にあたる織田信次の家臣に

〝誤って〟射殺されたのである。守山城の信次も罰を畏れて逐電し、守山も信長の支配に戻った。

間もなく、信長の庶長兄である、信広も幽閉された。信長が美濃へ義父・道三の援軍に行っている留守を狙って、謀叛をたくらんだというのが罪状であった。

信長が急ぎ帰国したため大事には至らなかったが、信広の背後には、上尾張の岩倉がいた。下尾張を掌握した信長を快く思わない、上尾張の守護代である。

一族のなかの有力者、才覚ある者たちが、次々と消えた。

信行は、信長を疑った。

「叔父上や秀孝を殺させたのは、兄ではないのか」

秀孝は末森で育てられた庶子のひとりで、信行とも仲がよかった。その疑いが募るなか、今度は守山城に入っていた異母弟の信時が、宿老の角田新五郎によって殺害された。〝利口なる人〟と言われて、兄弟のなかでは出色の若者である。世間では、家臣の間の寵愛争いが原因であると噂されたが、信行も土田御前も信じなかった。

「このように、次々と兄弟が死ぬなど、ありえぬ」

信行が、母の不安をあおっていた。

「きっと、三郎兄上のたくらみです」

事実、信長は密通の噂のあった信光の未亡人、は
ヽ
た
ヽ
の所領を安堵し、秀孝の殺害事件で出

奔していた叔父、孫十郎信次を赦免して守山城を返してやった。信時を殺した角田の罪も不問に付した。

信行は兵を集め、周辺に砦を築いて末森の守りを固めた。尾張の国人や土豪たちも、やがて西の清洲と西の末森、二手に分かれて反目を始めるようになっていた。

清洲の信長からは、再三、清洲に釈明に来るよう使者が来たが、そのころには、土田御前も、続く一族の不幸は信長の陰謀であると信じるようになっていた。

「行ってはならぬ。次は、きっと勘十郎が殺される」

＊＊＊

土田御前は毎月の信秀の月命日のほか、毎月の三のつく日には、万松寺への墓参を欠かさなかった。

この日も、権六らに警護され、市姫と香流ら侍女たちを連れて赴いた。市姫は十歳になり、たぐいまれな美しい少女に育っていた。

「ほんとうに綺麗な子だこと」

土田御前は娘を持ったことがなく、このように愛らしい娘を得たことが自慢であった。はじめは憎むかと思ったが、今は姿が見えねば寂しくてたまらない。

「市のように可愛い娘は、尾張にも、京にもいない」

「御方様にそっくりですわ」

事情を知らない新顔の侍女が追従を言った。香流はぎくりとしたが、土田御前は嬉しそうに微笑んでいる。

信秀の墓前には、あふれるように花が咲いていた。信秀が京や大坂から取り寄せた花を、土田御前は今も丹精して育てている。その庭から株を分けた花々だった。

土田御前に命じられ、香流は花を切って墓前に供えた。

（本当は、愛情深い方なのだ）

雪枝が死んで、末森に仕えることになったときも、特に言葉はかけられなかったが、その後も何かと香流を気遣ってくれているのが分かった。

墓石を洗い、香華を手向けて、信光の死以来、不安に取りつかれている土田御前は、信行の無事を亡き夫に祈るため、いつもより長く墓前で過ごした。

信秀が生きているときは、ゆっくり語り合う時間もなかった夫婦である。

「親子四人で過ごしたことなど、思い返しても、一度もなかったように思われる」

土田御前は深い溜め息をついた。

「三郎は難産で、産声を聞いて気を失い、正気づいたときには、もう乳母のもとにやられていた。殿が、わたくしの身を案じてのこととは分かっていたが、帯ひとつ結んでやることもなかった。あの子も懐《なつ》かず……。それゆえ、勘十郎は我が手で育てると決めたのです。本当に我が子とは、これほど可愛いものかと思った。早く大きくならないかと、立って歩き、話しはじめないかと、待ち遠しかった」

そのころ、すでに信秀は多くの側室を抱え、あちこちの城や里に女たちを住まわせていた。

「三郎も、わたくしの手で育てていれば、こんなことにはならなんだものを」

「――のっそいわ」

いつからいたのか、寺の口から、信長が供も連れずに歩いてくるところだった。

土田御前は、きっと唇をひきしめた。

「さもあろう。そなたは、正室である美濃姫を蔑《ないがし》ろにして、侍女や馬喰の家の寡婦などを寵愛していると聞いておる。そのようなところばかり、亡き殿に似て……」

「老いても、悋気《りんき》は衰えぬものですな」

一瞬、母子の間に殺気のようなものが走った。信長は母親には構わず、妹を腕に抱き上げた。土田御前が顔色を変えた。

「なにをする、三郎」

「清洲の城は、寂しくてならん。市を清洲に引き取ろう。母上は、勘十郎さえおればよかろう」

有無を言わさず、信長は墓前を離れた。香流が後を追いかけた。

「あとで、市と香流の荷物を届けよ。柴田、お前が自分で届けてよこせ」

翌日、権六は市姫の着物や道具、香流の荷物をまとめて清洲に向かった。於多井川を渡り、清洲の堀割を渡って城に入ると、奥の座敷に通された。信長が寝起きしている館である。待っていると、信長が市姫と香流を伴ってやってきた。

「ご苦労」

香流は権六の顔をみて、ほっとしたような表情を浮かべた。奥女中風に装い、唇には紅をさして、昨日とは見違えるように艶やかだった。

信長が切り出した。

「柴田と香流は、約束をしていると聞いた。お前たちが望むのならば、香流の身分を整えて、柴田の嫁にくれてやろう」

権六は信長の顔を見返した。信長は笑っている。

その顔を見たとき、いかに鈍い権六でも、これは〝誘い〟なのだと気がついた。末森の信行を捨て、清洲の信長に味方せよということだ。

権六が口を開く前に、香流が深々と頭を下げた。

「お心遣いかたじけのうございます。けれど、香流は、市姫様がお輿入れされるまでは、お世話いたしたいと存じます」

香流は、それきり権六とは目を合わせなかった。

権六が独りで清洲を出ると、堀端の松の根元に久助が座っていた。

権六は馬で通りすぎながら、ずっと尋ねてみたかったことを口にした。

「久助。お前は、なぜ、前の殿を主に選ばなかった」

「あの殿は……」

久助は松の梢を見上げた。

「まっすぐすぎたわ」

＊＊＊

おどけた声が、清洲城の庭にひびいていた。

「や、お美しい姫様。天女のよう。目がくらみまするぞ、それそれ」

清洲の庭は、末森と違って花は少ない。松と玉砂利、築山と池——さっぱりと清潔な庭だった。その清雅な風景の中で、藤吉郎がおどけて舞っている。

市姫はいやがって、侍女の香流の後ろに隠れた。香流も叱った。

「おさがり、無礼な」

信長が面白がるので、藤吉郎はいつの間にか奥の庭まで出入りするようになっていた。しかし、尻はしょりなどして、とても主家の姫の前に出る格好ではない。

藤吉郎は香流に叱られても、かえって喜んでいる素振りである。

「これは失敬、香流殿をお褒めするのを失念いたしした。香流殿のお目も、流れ星のようにお綺麗じゃ」

市姫が縁先から犬の張り子をほうり投げた。

「いやらしい猿、むこうへお行き」

藤吉郎は犬を受け止め、頭に乗せた。そこへ床を鳴らして信長がやって来た。

「どうした」

「あにさま、あの猿めを、奥に入れないでくださいませ」

「猿が嫌いか」

「市は、きらい。大きらい」

藤吉郎は頭をかきながら、犬張り子を香流に渡して言った。

「市姫様は、猿よりも、犬のほうがお好みですかな」

「もうよい、〝猿〟!!　佐久間を呼べ」

信長に命じられた藤吉郎が行ってしまうと、市姫は気にかかっていたことを兄に尋ねた。

「勘十郎あにさまと、喧嘩をなさるの」

信長は濡れ縁にごろりと横になった。

雪枝の家にいたときの信秀の姿が重なった。このごろ、香流は昔のことばかり思い出すようになっていた。

信長が、顔をあげた。

「牛助、来たか」

久しぶりに聞く名に、香流も庭の方に目をやった。山崎の牛助――佐久間信盛が立っていた。昔の面影はなく、すっかり落ち着いた重臣である。信長の苦手な折衝事に才覚があり、戦だけでなく内向きでも重宝されていると聞いていた。

「兵はどうだ。乞食でも、お尋ね者でも、何でも雇え。手柄をたてれば、望むままに褒美をとらす」

信盛は募兵の詳細を打ち合わせ、一礼して帰りかけたが、ちらりと香流に憐れむような目を向けた。

「殿――柴田権六は、断りましたか」

「断った」

「まこと、まれに見る馬鹿者だ」

そう言い捨てて、信盛は去っていった。膝に置いた香流の手を、小さく温かい指が握った。

「かおる」

兄が相手にしてくれないもので、市姫は香流の膝にあまえた。幼いながらに、家の中に漂う殺気を感じて、不安なのだ。

「今日は二十三日……香流は、また月待ちをするの」

「いいえ、姫様。もう雨になりそうです、きっと、月も見えません」

「でも、するのでしょ」

怜悧《れいり》な少女の澄んだ瞳が、何もかも見通すように、香流の涙を見上げていた。

＊＊＊

花の咲き乱れる末森の庭に、小鳥の声が賑やかだった。

権六は、那古野から来た林秀貞を出迎えた。林は、小鳥を入れた籠を携えていた。

「勘十郎様に頼まれた百舌《もず》だ」

このころ、信行は百舌狩りに興じ、百発百中の腕前を自慢にしていた。〝狩り〟とはいえ、小鳥の百舌を飼い馴らし、雀を取らせる遊びである。

「此度《こたび》の戦も、百発百中と願いたいものだ」

林秀貞は、清洲のすぐ北の沖村に地所を持つ土豪である。与力には、荒子城の前田、米野城の中川、大脇城の梶川らがおり、その兵で清洲を包囲し、孤立させた。港である熱田と清洲の間を分断して、清洲への物資の運搬も阻止している。

対する信長は、佐久間大学に命じて、於多井川の南岸、名塚に砦を築き始めていた。

兄弟の確執は、周囲の思惑を呑み込んで、衝突が避けられぬところまで来た。降伏か、対決か。末森は決断しなければならなかった。

土田御前は、息子の信長に対して恐怖に近い疑心を抱いている。いまさら、信長に詫びを入れても、信行が助かる保証はないと恐れているのだ。林も同じ考えだった。

「戦は、もう避けられぬ」

そして、勝てると考えていた。すでに信長は孤立し、於多井川東岸、織田家のもとの勢力範囲のみを保っているにすぎない。兵も少ない。有力な国人は、子弟が信長に重用されている春日井児玉の丹羽家、中村比良の佐々家くらいだ。あとは新興の家か、出世を狙う筋目なき者たちである。

尾張の名族、佐久間一門は二つに割れた。前田家から嫁をもらっている佐久間信盛、武辺者の大学は信長についた。権六の義兄、佐久間盛次は、あくまでも末森のために尽くすと表明している。しかし、内紛は望んでいなかった。

「我々は勘十郎様を守り立て、三郎様をお助けするようにと、先の殿から遺言されたのではなかったか」

「その三郎様が、勘十郎様を害そうとしているのではないか」

戦は避けられぬ――と、林秀貞は苦悶の中に決然たる表情をみせた。

「権六の意見は」

「意見はない」

不満気な林に、重ねて言った。

「わしは、大殿より末森城を任された」

戦と決まったのなら、戦うだけだ。

月を隠し、雨が降り始めていた。

雨は何日も降り続き、於多井川が増水して、名塚砦の工事が遅れているという報せがあった。於多井川が増水すれば、対岸の清洲にいる信長は川を越えられない。

好機であると、権六は思った。

「この機に、先んじて名塚砦を攻め落とす」

いずれ戦うことになるならば、勝たねばならない。そのためには、機先を制することだ。

権六は信行の出馬を請うた。

名塚を攻めれば、信長との対立の構図は内外に明らかになる。信行は、尾張の主になるのならば、その戦の矢面に立たねばならない。

「その御覚悟を、将兵に示さなければ」

権六の要請に、土田御前は頷かなかった。

「それはならぬ。勘十郎の身に、万一のことがあればいかがする」

「この戦は、名塚砦を攻めるにすぎず、敵は寡兵。万に一つも、勘十郎様の身に害が及ぶようなことはございませぬ」

「ならば、なおさら勘十郎が行くことはあるまい。このような雨の中を行かせるなど……」

林秀貞が説いても、佐久間盛次が願っても、無駄であった。

(これでよいのか)

考えている時間はもうなかった。

信秀は言った。お前は、戦うしか能のない、不器用者だ。

戦いだけが〝答〟を出してくれることを、権六は身に沁みて知っていた。

二十三日、月待ちの夜。

しかし、空はあつい雲に覆われて、月の光は一片として見えなかった。

＊＊＊

弘治《こうじ》二年八月二十四日。

早朝、権六は主君信行の名代として、名塚砦に向けて出陣した。秀貞の弟、林美作も別部隊を率いている。

空は、一転して晴天であった。昨日の雨が、嘘のように晴れている。激しい雨に洗われた中秋の蒼天が、高く、澄み渡って輝いていた。

「清洲から軍が出ました」

弥平の使っている斥候が駆けつけてきた。末森の出陣を察知した佐久間大学が、泳ぎの手練を選んで嵐の川を泳ぎ渡らせ、急を知らせたのだという。

「しかし、清洲軍は於多井川を渡れまい」

於多井川は、なお荒れ狂っている。しかし、見ると、水かさが急速に減っていた。どこかの堤防が崩れ、水が低地に流れだしたのだ。これならば徒《かち》の兵も渡河できる。

（やはり、三郎様には運がある）

末森軍は速度をあげた。信長が到達する前に、名塚砦を落とすのだ。

しかし、信長はさらに早かった。船が揃うのを待たず、馬で於多井川を泳ぎ渡ったと報せがあった。権六は決断を迫られた。

「清洲に向かう」

名塚を攻めては、挟撃される。清洲に向かって稲生街道をひた駆けた。ほどなく、敵影が見えた。先頭を来るのは信長、まだずぶ濡れで、わずか七百の兵しか率いていなかった。殆《ほとん》どが小姓、馬廻り、下人の若者たちである。

対する末森方は千七百。権六を筆頭に、歴戦の強者を揃えていた。

正午。清洲の東、稲生村の村外れ、稲生之原にて戦いが始まった。

権六は街道を西方から攻めかかり、林の軍は南方の田から信長へ迫った。信長には軍を分ける余裕はない。全軍で、柴田の兵に打ち寄せた。

権六は奮戦した。尾張一の槍の使い手と言われている権六である。たちまち前線を突き崩し、後退する兵を圧倒しつつ、信長に迫った。

信長のまわりには織田勝左衛門、織田造酒丞信房、織田家庶流の者たちが守っている。ほかには森可成《よしなり》と、槍足軽が三、四十人。

近習の丹羽万千代、佐々内蔵助が駆けつけてくる。その槍先を飛び越えて、権六は進んだ。

前髪を落としたばかりの犬千代がいた。荒子の前田は林家の与力で、犬千代はひとり、家に逆らって信長についた。藤吉郎の姿もあった。

兵力に劣る信長は、小姓、近習のほか、下人や小者まで〝筋目なき者ども〟を総動員して戦っていた。常々、農家や地侍の次男三男、流浪人など、見どころのありそうな者を身分にかかわらず召し使い、目をかけてやっていた。彼らは、みな若く、恐れを知らず、野心があった。

権六自身、そうやって信秀に引き上げて貰《もら》ったものだ。だから、この者たちの必死な気持ちがよく分かった。権六の手のなかを、槍が走る。三間半の長槍を、軽々と使うのは権六だけだ。前を遮る中間どもを突き崩し、権六は駆けた。

「権六ッ」

眼前に、信長がはっきり見えた。信長がかっと目を見開いた。

「この、たわけがッ‼」

権六は次の動きを忘れた。

（——大殿）

信秀に怒鳴られたように、身の内がおののいた。その一瞬に、権六は馬に槍を受けて落馬した。敵が群がってきた。急いで腰の太刀の鞘を払った。朱鞘の、信秀の形見の太刀だ。その太刀で、敵の兵を切り捨てた。見知っている者だった。信長の兵だ、当然、みな知っている。同郷の者、槍を教えた者たち、味方——身内ではないか。

太刀が鈍った。

こんなことは、間違っている。

斬り合いのなか、あの小豆坂で報奨された佐々孫介が首を取られるのが見えた。

権六も足を斬られ、倒れた。刃を避けて土手を転がり、川に落ちた。水しぶきが、あがった。末森軍がどっと崩れた。

「柴田殿が討たれたッ」

それが総崩れの合図となった。さらに名塚砦から佐久間大学が手勢を率いて駆けつけてきた。大学の軍に背後をまかせ、信長は南の林美作隊にかかっていく。

美作は信長方の黒田半平と一騎討ちして、その左手を切り落とされ、落馬したところを信長の槍によって討たれた。

激戦の末、勝利したのは、寄せ集めの信長の軍であった。

林美作はじめ首級四百五十余りをあげ、信長はそのまま末森、那古野城下にまで放火してから、清洲へと引き上げていった。


尾張の国に、黒煙が八重にたなびく。

権六は足をひきずり、ようやく川から這い上がった。敵味方の死体が入り交じり、川面を埋めつくすように浮いていた。

敵も味方も、権六が、よく知っている者たちだった。

泥まみれで土手に落ちている旗は、黄地に木瓜――。

末森は、負けた。

＊＊＊

稲生の敗戦により、日和見だった下尾張の土豪、地侍たちも信長の支持に回った。

土田御前はうろたえ、信長に信行の助命を請い、赦された。権六も林も切腹を覚悟していたが、信長は、これも赦した。

骨肉の戦は終わった。権六は、生まれてはじめて、負けたことに安堵した。

しかし、権六の立場は、末森城では明らかに悪くなっていた。

「柴田権六は、戦の前から清洲に通じていたのではないか」

そう風聞が流れていたのである。

柴田は信長に買収され、稲生ではわざと負けた——言いふらしているのは、信行の寵臣である津々木蔵人だった。

権六は、疑われるのは仕方がないと諦めていた。清洲には、香流がいる。佐久間大学らとも親しくしていた。しかし、そんな私情のために、兵を無駄死にさせる男だと思われたことが、耐えがたかった。

権六には、織田勘十郎信行という人間が、分からない。

彼は、刃を交え、ともに戦うことでしか、その人間を理解することができなかった。だとすれば、永遠に、信行という人間を理解できないように思った。


弘治三年　正月。

上尾張の守護代である岩倉勢が、於多井川のほとり、龍泉寺に砦を築き始めた。末森の北方であり、信長は信行に龍泉寺への出兵を命じた。完成前に破却せよとの厳命であった。

権六はすぐさま出陣しようとしたが、信行は許さなかった。信行は、腹心の津々木蔵人を大将として出陣させ、やがて、手ひどく負けて戻ってきた。

権六が鍛えた兵が、大勢死んだ。

戦があった翌日、権六の屋敷に久しぶりに〝天狗〟玄がやってきた。足軽大将として出陣した玄は、ひどい怪我をして、槍を杖についていた。

「末森から暇をとった。権六の下ならええが、あん若造の下では、ようやれせん」

玄助は吐き捨てるように言った。

「津々木なんぞ、何が大将か。はなから、戦う気などあれせんが。陣立てもなく足軽に突っ込ませて、侍は後ろに隠れて、兵どもは死に損だが」

権六は、妙に気になって、戦の模様を詳しく尋ねた。津々木は、自身は槍も持てない男だが、馬鹿ではない。そんな戦い方をするとは合点がいかなかった。

「岩倉勢は、ぎょうさん矢を射て、わしらが何十人もやられると、津々木はすぐに兵を退いた。岩倉は、追ってもこなんだ」

「……ほうか」

権六は玄助を労い、負傷した兵たちへの見舞いに、屋敷にあった銭などをありったけ出し、弥平に持たせて送らせた。

そして、自分は御器所《ごきそ》に佐久間久六を訪ねた。

出迎えたいしの顔が、張りつめていた。久六は権六を奥座敷に通し、人払いを命じた。すでに夕刻になり、空には分厚い雲がでていた。

「こちらから、訪ねようと思っていた」

信行の動向がおかしい――と、久六は言葉を選びながら、権六に告げた。最近の信行の行状に疑念を感じ、密かに内偵を進めていた。

「岩倉城主、織田伊勢守と謀り、清洲攻めの準備を進めている疑いがある」

久六の顔には、絶望の影が落ちていた。

「勘十郎様は、末森勢だけでは龍泉寺砦を討てぬからと、三郎様の出陣を、請うた」

「三郎様を、殺す気か」

戦となれば、信長は自分で攻める。龍泉寺に攻め寄せた信長を、北から岩倉軍、南から末森軍が挟撃すれば、いかに信長とはいえ、防ぎきれまい。

昨日の〝負け戦〟も、はなから岩倉と打ち合わせ済みだったに違いない。しかし、信行に、そんな謀略を取り仕切る才覚があるとは思えなかった。

「……津々木か」

女のような顔をした青年は、野心家で、智恵が回った。小才だ。

「岩倉勢が、兄弟の共倒れを狙っているのは明白ではないか」

信長さえ除いてしまえば、信行など赤子も同然と、岩倉はほくそ笑んでいるだろう。

「なぜ、それが勘十郎様には分からぬ」

間もなく、信長が出陣を請け負うた——と、清洲から報せがあった。

＊＊＊

その夜は、土砂降りの雨が降っていた。

権六は、雨の中をあてもなく歩いていた。末森城に行こうと思い、やめて、社村に帰ろうと思い、それもやめた。那古野の万松寺に寄り、信秀の墓に参ったが、墓はなにも語らなかった。どこにも、権六の求める答えはなかった。

戦わねばならぬ。

(だが、誰と)

雨が降る。

雨水が道にあふれて、泥沼のようになっていた。あてもなく歩き続け、気がつくと、清洲城下に立っていた。

信長が普請しなおした城は、堀や板壁を巡らせ、櫓《やぐら》を連ね、まるで砦のようだった。暫《しばら》くぼんやり雨に打たれていると、〝えらい、えらい〟と呟きながら、ばしゃばしゃと水を蹴り上げ、追い越していく人影があった。時刻はもうだいぶ遅い。その人影が立ち止まり、権六の方へ引き返してきた。

「あれまぁ、笠もかぶらんで」

中村の藤吉郎だった。藤吉郎は自分の笠を権六にかぶせると、何も聞かずに城門へ連れて行った。堀を渡る橋のたもとに番小屋があり、見張りの兵が立っていた。

「ごたいげさまだが。在所から、叔父御がいりゃあた」

見張りの兵は藤吉郎と親しいようで、権六の顔も見ずに通してくれた。

藤吉郎は、権六を外郭にある足軽長屋に連れて行った。狭い一部屋かぎりの板の間で、火鉢と夜具のほかは、何もない。いつもの藤吉郎からは想像できない、ひどく陰気な部屋だった。

藤吉郎は、買ってきたばかりの濁り酒を権六に振る舞った。

「藤吉郎、お前も飲め」

「茶碗が、ひとつしかあらせんで。遠慮のう、飲んでくりゃあせ」

藤吉郎はやたらに酌をした。

「柴田様ぁ、尾張一の槍使い、いちばんの御大将だと、わしの親父は、先代の殿様の足軽だったで、よう聞いとりゃあす。そん柴田様が、わしの家におりゃあすとは、親父もあの世で嬉し泣きをしとるげな」

権六は、注がれるままに酒を飲んだ。喉にひっかかるような安酒だったが、いつの間にか饒舌になり、取り止めもなく昔の戦の話をした。少し酔ったのかもしれなかった。

「三郎様は、なぜして、わしを那古野につけてくださらなんだ」

「三郎様とは、清洲の殿様きゃも」

「わしの〝三郎様〟は、先代の、末森の殿だが。殿は、わしに、勘十郎様をお助けするよう、遺言されたが」

「ああ、そりゃ、勘十郎様は、戦がおできになれんで」

藤吉郎が、茶碗に最後の酒を注いでくれた。

「どんな殿様だで、大事なもんだが。わしが〝三郎さま〟は、おそぎゃあ殿様だが、わしゃ好いとる」

「ほうか」

権六は酒の礼を言って、長屋を出た。

雨は、ますます激しくなっていた。藤吉郎が追いかけてきて、ぼろ笠を貸してくれた。

「殿様に会うんなら、あっちへいりゃあせ。今晩は、万千代殿が宿直だげな」

指さした藤吉郎は、何か不思議な神の使いのようだった。

「なぜして、そげなことを言う」

「行きゃあせんのか?」

藤吉郎は、いつものように明るく笑うと、また水を撥《は》ね上げて長屋へと帰って行った。

雨が笠を激しく叩く。

藤吉郎が、羨ましかった。

権六も、本当に、信秀が好きだった。

その信秀に、末森を頼む――と、信行を助けよ、と、命じられた。だから戦ってきたというのに、それは、間違っていたのだろうか。

信秀は、信長に対して、信行やそのほかの子弟にするような慈愛は見せなかった。しかし、誰よりも、信長のことを見込んでいた。

〝勝ったか、三郎〟

信秀の声が聞こえた。

〝ついて来い、権六〟

暗闇の向こうに、清洲城の灯がぽつりと見えた。

権六は、城の方へ足を向けた。

「勘十郎様は、絶対に、三郎様には勝てぬ。いや、勝ってはならぬのだ」

信秀の最後の言葉は、今も、権六の脳裏にはっきりと刻まれている。

〝末森を頼むぞ。柴田勝家――お前は、永劫、織田家の先手だ〟


畳の上に、ぽたぽたと雨水が垂れていた。

冷えきった清洲城の一室に、灯火がほの暗く揺れている。取り次いでくれた丹羽万千代が、手拭いを渡すこともできず、座敷の隅に息をひそめるように座っていた。

信長の目が、鋭い槍の穂先のように、権六の顔を見据えていた。

「――であるか」

軒を叩く雨の音が、なにか不吉な悲鳴のように、権六の耳に轟いていた。

「委細承知。以後、わしが命ずるままにせよ。他言は――無用」

＊＊＊

暫くは、何も起こらなかった。

ただ先日の雨の夜に、信長が病を得て、龍泉寺への出陣は延期となった――と、清洲城から末森に報せがあった。悪い風邪で、ずっと床についているという。

半月もたったころ、珍しく美濃姫が姑を訪ねてきた。どちらも気の強い同士で、さほど親しくはなかったが、土田御前は案じていた信長の様子を尋ねた。

「三郎殿の病は、いかがです。亡き殿も、ふとした風邪から亡くなられました。医師は、何と言っております」

看病やつれか、気丈な美濃姫が目に涙を浮かべていた。

「京からも薬師を呼び、治療にあたらせておりますが、かんばしくなく……すっかり、お気弱になられて、ご母堂様にお会いしたいと申されております」

「三郎が、母に」

「殿は、お口にこそ出されませんが、お寂しいのですわ。母上様、帰蝶はいたらぬ嫁でございますけれど、殿は実の御子……どうぞ、力づけてさしあげてくださいませ」

美濃姫に手をとられ、土田御前も涙ぐんだ。美濃姫は、勘十郎へ濡れた目を向けた。

「勘十郎様も、ぜひ。市姫様も、兄上様をお慕いしておりますゆえ。そのように、母上様からも、ぜひ」

「勘十郎も母と共に参りましょう。そなたと三郎は、二人きりの我が腹を痛めた兄弟。互いに遺恨を取り去り、これからは兄弟昵懇《じっこん》して、母を安心させておくれ」

勘十郎は、乗り気のない顔で袴をいじっていた。

「兄上は、私の顔など見て、お喜びになるでしょうか」

渋る信行に同行を勧めたのは、廊下に控えていた津々木だった。龍泉寺砦のこともある。ここで信行が行かなければ、信長に疑われることになるかもしれない。

「お行きなされませ。何といってもご兄弟、喜ばれぬはずがございませぬ」

「義姉上、では、津々木も連れて行ってよろしいか」

「無論のこと」

美濃姫は婉然《えんぜん》と微笑んだ。

信行は、腹心の津々木ら取り巻きのなかから、特に剣の使い手を選び清洲城へ同行させた。権六も家老として、土田御前の供をした。

清洲城天守北櫓。母子、兄弟は久しぶりの対面をした。土田御前は信長を優しい言葉でいたわり、信長は横になったまま、信行に親しく言葉をかけた。

「わしがこの有り様では、勘十郎には、家のことを何くれと頼まねばならぬ。話が長くなろうから、帰蝶、母上を庭へ案内してさしあげよ」

信行は、母の方へ怯えたような目を向けた。土田御前は微笑した。

「母は、次の間におりましょう。ごゆっくり、お話しなされませ」

権六、美濃姫とともに次の間にさがった土田御前は、憑き物の落ちたような、穏やかな顔をしていた。襖の向こうから、兄弟が話す声がかすかに聞こえる。

床の間に、菊が一枝、活けてあった。土田御前は菊が好きだった。昔、信秀が京から取り寄せてくれた菊を、今も末森の庭で大切に育てている。

土田御前は、傍らの美濃姫に語りかけた。

「亡き殿に嫁いだ日に、言われたのですよ。〝わしの母は、いつもにこにこ笑っておった。何があろうと、その顔を見て、我ら兄弟は安堵したもの。そなたにも、そのようにしていてほしい〟――と」

菊を見つめ、土田御前はほっと溜め息をついた。

「今からでも、間にあうだろうか」

信秀はもういないけれども、三郎と勘十郎、市姫、多くの異腹の子供たち。彼らと仲良く暮らしていくことが、できるだろうか。

「末森の菊を、清洲の庭にも分けましょう。先ほど、お庭を見ましたが、殺風景で……」

言葉を切り、土田御前は顔色を変えた。

立ち上がり、襖に向かった土田御前の前を、美濃姫が遮ろうとした。それを押しのけ、土田御前は襖を開けた。

「三郎ッ」

その額から、打ち掛けの胸に向かって、鮮血が飛び散った。

権六は座ったまま、両の膝に拳を置いて、畳に目を据えていた。

信長は、布団の上にあぐらをかいていた。

母の方へ逃げようとした信行は、空を泳ぐようにして、左右から信長の近習に袈裟懸けに斬られた。

「〝かんす〟よ、病は、お前だ」

その病は、永劫――治らぬ。

噴き上げる鮮血の中に、気を失った土田御前の倒れる音が、鈍く響いた。

＊＊＊

城内外から響く殺し合う声を、香流は市姫を抱きしめて、聞いていた。聞きたくなかった。しかし、香流の両手は、怯える市姫の耳をふさぎ、自分の耳をふさぐことはできなかった。

控えの間にいた津々木ら近習たちも殺され、すぐに清洲軍が末森城を包囲して、岩倉と内通していた信行派の粛清は、一日で終わった。

信長ははじめから、末森城で手強いのは、柴田権六だけだと見切っていた。

あとは、どう処分するかである。

清洲の閑散とした庭にも、梅の蕾がほころんでいた。藤吉郎が箒《ほうき》を持って庭の落ち葉を掃いているのを、信長は見るともなしに眺めていた。藤吉郎が独り言のように呟いた。

「柴田様の槍ぁ、殿様の戦にゃ欠かせんで。ほかるにゃあ、損だぎゃ」

信長は、藤吉郎の顔を睨んだ。

「〝猿〟、柴田になんぞ入れ知恵したか」

「たぁもにゃあ、わしゃ猿だで、ようやれせん」

藤吉郎は慌てて首と手を一緒に振った。

粛清の日以後、権六は社村に蟄居していた。

妹のはなの一家は、猪子石村に新しい屋敷を建てて移っていた。権六は、弥平と二人、空き家になっていた古い家に住んだ。懐かしい家だ。夕暮れ、家に入ると、奥の間の柱の前に、鎧櫃を抱えた寅ばっさが座っているように錯覚した。

翌春には、信長は敵対していた岩倉城ら国内の敵を次々と降伏させ、尾張をほぼ手中に収めた。尾張一国を掌握し、信長はさらに進むだろう。信秀の行こうとした所へ行くだろう。もっと遠くまで、行くかもしれない。

義兄の佐久間久六は許され、御器所の領主として信長に仕えている。

しかし、権六は毎日、畑に出て、鍬をふるった。背には赤ん坊を負っていた。信行の嫡子、坊丸である。生まれたばかりの甥を、信長は土田御前から取り上げ、権六に預けた。

「母では、またこの孫を駄目にする」

信秀には、孫である。信行は信秀に似ていたので、この子にも面影があった。利発な、しかし、幼子には似合わない寂しげな瞳をしていた。

その重みが、権六の罪の重みであった。信行を助けよ――と言われたのに、救うことができなかった。

（勘十郎様を殺したのは、わしだ）

戦うことのほか、本当に、何もできぬ。能無しだ。

せめて、遺児を立派に育てることが、信行への供養であった。

香流は時々、清洲から坊丸君の様子を見にくる。市姫から託《ことづ》かり、こまごまとした品を届けてくれる。盆のころにも、香流は小豆餅やおもちゃなどを持ってやって来た。夕餉のあと、香流は濡れ縁に坊丸君を抱いて座った。まだ暑く、黄昏空に蜩《ひぐらし》が鳴いていた。

「市姫様が、小谷《おだに》の若君とご婚約された」

香流が言った。権六は団扇で坊丸君をあおぐ手を止めた。

「近江の浅井の、若君に」

浅井家は、近年に力をつけてきた近江の豪族である。居城は小谷。経歴は織田家と似ていて、関係も良い。浅井の若君は聡明だと聞いているし、琵琶湖のほとりで土地も豊かだ。嫁ぎ先として、これ以上はないだろう。

「ほうか、めでたい」

「市姫様は、香流は小谷には連れて行かぬ、と仰っている」

権六は、香流の顔を見返した。香流は、人ごとのような顔で、落ちていく夕日を眺めている。

「香流は、お役御免だと」

「……ほうか」

権六はまた団扇を動かしはじめた。

「地下人の女房で、よいのか」

「その方がよい」

香流は笑った。

「庭に、赤い梅の木があれば、それだけでよい」


市姫に暇乞いする――と言って、翌日、香流は清洲へ帰っていった。

数日後、信長から使者が来て、津島から踊りが来ていた。賑やかな町を通り抜け、堀にかかった橋を渡って、城に入った。奥に信長の屋敷がある。守護屋敷を改装した豪奢な屋敷だ。池のある広い庭には、たくさんの花が咲いていた。

権六は庭に通された。濡れ縁があって、障子が大きく開かれている。座敷に、信長がひとりで座っていた。

権六は髭も伸び放題で、泥のついた野良着のままだ。庭土の上に膝をついた。

そのとき、裏木戸に通じる花の陰から、ふいに老女が現れた。はじめ誰だか分からなかったが、確かに土田御前であった。髪には枯れた花を挿し、目は虚ろで、かつての美貌のかげはなかった。

「三郎殿、勘十郎は参りましたか」

満開の芍薬《しゃくやく》の中に佇む姿は、彼岸の亡霊のようだった。すぐに、市姫と香流が追ってきた。もう十三になる市姫が、やさしく母の手をとった。

「かかさま、さぁ、あちらに。もっときれいなお花が咲いていています」

「勘十郎は」

「あにさまも、お花を見ておりますわ」

狐森の〝ちい姫〟は、いつの間にか、まぶしいほどの美少女に成長していた。信秀の明るさと強さ、雪枝の細やかな優しさを持っていた。

この姫ならば、どこの家に嫁いでも、尊重され、愛されるだろう。

香流が、ちらりと権六に目を向けたが、そのまま母子とともに花園の方へ歩いていった。

信長は、しばらく母子の声に耳を傾けていた。

「骨肉の情とは、おそろしいものだ」

やがて、しみじみと言った。

「今ならば、わしも子を持ったから分かる。まこと、我が子とは、奇妙なほどに可愛いものだ」

近年、信長は生駒氏の吉乃《きつの》なる寡婦に通うようになり、すでに二人の男子をもうけていた。

土田御前が勘十郎を呼ぶ声が聞こえる。傍らの梅の木から、はらはらと花が散っていた。

「柴田、お前を許す」

権六は平伏した。

「わしは、これから尾張を出て、美濃へ、三河へと出る。お前の槍が必要だ。その命、わしに差し出せ」

権六はさらに頭を下げた。

信秀から末森を頼むと任されたのに、雪枝も、信行も、土田御前も、なにひとつ守ることができなかった。その自分が、もう一度、織田家に仕えることができるのなら、今度こそ、命を捨てる覚悟だった。

「ただひとつ、お前は、わしに誓わねばならぬ」

信長が、続けた。

「柴田勝家は、生涯、妻《めと》を娶ることも、子を成すこともならぬ。万が一、子が生まれれば、母子ともに、殺す」

平伏した権六の脳裏に、雷光のように香流の顔が過《よぎ》った。香流と、その赤子が、信長に斬られる光景を見た。信長は、やる。

「ただし、それでは柴田の家が絶えようから、養子は許そう」

街の方から、楽しげな祭り囃子が響いていた。

権六は、さんざんに酒を呑まされ、夜半になって城を出た。ふらつく足で、香流を探した。あのとき、香流は、まだ庭にいたはずだ。

町には篝火《かがりび》がともされ、祭りが続いていた。香流は、どこにもいなかった。屋敷、庭、厨《くりや》、通り——ぼんやりした光の中で、仮装した人々が踊り狂う。人とも、鬼とも見えなかった。太鼓、鉦、笛、歌がうるさい。目眩がした。

あちらから、餓鬼の扮装をした久助が踊りながらやってきた。

「……久助」

何かに縋《すが》ろうとするように、権六は久助を呼んだ。

「香流は」

「香流はいない」

提灯、松明。久助は踊りながら通りすぎていく。

「香流は、尼になるそうだ」

天人、悪鬼、牛、馬、牡丹。人ならぬものが、入り乱れ、色とりどりの光を放っていた。

「月待ちの夜は、お前の武運を祈ると言っていた」

狂ったように、色鮮やかな踊りの輪が巡る。

久助が去っていく。

笑いさざめく人々の踊りの輪の中で、見上げると、いつの間にか真夜中を過ぎ、月が出ていた。香流と出会った夜に見た、二十三夜の月だった。
（かおる――かおる）
信秀と出会ったのも、雪枝と出会ったのも、この月の下だった。
木曽川の岸辺で、稲生への道で、見上げた月だ。
そして、香流を失った――今日の夜の月。
自分は間違っていたのだろうか。
香流は、ひとりで何処へ行くのか。
〝二十三夜には、月待ちをする。月に祈れば――願いがかなう〟
しかし、今、権六には祈る言葉もなく。
降り注ぐ月の光が、花ではなく、冷たい氷のようだった。

第五章　偲《しの》び草にぞ

「――かおる」

目が覚めて、香流の名を呼んだ。

部屋の中はまだ暗い。目を閉じて、もう一度、開けた。

杉を張った天井が見えた。伸ばした指は、ひんやりと冷えた、絹の敷布に触れていた。

香流が、いるはずはなかった。

畳が敷かれ、竹林の描かれた襖が立て回された広い寝間には、彼のほかは誰もいない。

「お目覚めでございますか」

主人が起きた気配を察し、次の間から声がかかった。

近習の佐久間十蔵の声だった。応えると襖が開き、すぐに手水《ちょうず》が運ばれてきた。

手水盥《だらい》を満たしているのは、井戸から汲んだばかりの水である。彼は、真冬でも湯を使うことを好まなかった。

冷たい水で顔を洗うと、夢の名残りは、跡かたもなく消えていった。

水面に映った自分の顔は、すでに、老人のものだった。老いた手。鬢《びん》に落ちた霜。顔には、古い疵痕とともに、幾筋もの皺が刻まれている。

障子を開けると、外は一面の雪だった。

香流はいない。

もう、どこにもいないのだ。

香流も、信長も――逝ってしまった。

＊＊＊

外から、物の具の音が聞こえていた。

「――殿」

十歳の落ち着いた声が、静かに現実に引き戻す。

彼は、すでに〝社村の権六〟でもなく、〝末森の柴田殿〟でもない。

越前北ノ庄《きたのしょう》城主――柴田修理亮勝家。

それが、彼の今の名である。

どこからか、少女たちの笑いさざめく声が聞こてくる。澄んだ声が、歌っていた。

死のふは　一定

偲び草には　何をしよぞ
一定　語りをこすよの

天正十年六月二日。

京都本能寺において、織田信長は死んだ。

突然の死であった。その遺骸も見ていない勝家には、いまだにそれが信じられない。

二十代の若さで尾張一国を手中に収めた信長は、さらに今川を討ち、美濃を平らげ、上洛して将軍を推戴《すいたい》した。その軍は、近江へ、伊勢へ、関東、大坂、越後、播磨、中国へ——武田と戦い、上杉と戦い、次々と現れる敵を打ちひしぎながら、どこまでも進んでいった。

その信長が、忽然と、昨日まで高々と聳《そび》えていた大樹が一夜の嵐に倒れるように、この世から消えた。


「お済みでございますか」

十蔵の背後には、小姓頭の毛受《めんじゅ》勝助が控えている。

信長が好んだような美童ではないが、気骨のある若者たちだった。今朝も変わらぬ様子で、手水を下げ、勝家の着替えを手伝った。

老いても、体は頑健である。顔はもちろん、腕、足、腹にも無数の傷が刻まれていた。

信長に仕え、各地に転戦した二十五年。その年月の方こそ、夢のようだった。

まだ太陽は昇っていない。

身仕舞いを終えた勝家は、部屋を出て、天守の階段を登っていった。九重の天守の最上階へ登るのが、勝家の日課である。小姓たちもついては来ない。

北ノ庄《きたのしょう》城の天守閣は、まだ普請が終わっておらず、梯子段があるばかりの殺風景な空間である。あたりは暗く、踏み板がしんしんと冷えていた。

急な階段を登りきり、勝家は仮止めの板戸を開けた。

朝日が昇る。

越前北ノ庄城——天守の窓から、朝日にきらめく足羽《あすわ》川、川向こうの雪を置いた足羽山、美しい彼の国が見渡せた。


美濃の稲葉山からは、豊かな平野、故郷の山河が見えた。近江の安土城からは、広大な琵琶湖、すべての国々が、どこまでも見通せそうだった。

北ノ庄城から見えるのは、彼の国——越前の一面の雪景色である。終の地となるはずの景色であった。

柴田勝家の人生は、常に、土と血のなかにあった。信長が天下を目指した絶え間ない戦の中で、彼は常に先陣をきり、殿軍を守り、信長に命じられるまま、犬のごとく戦った。そして、彼が夢中で戦っている間に、時代は、木曽川の流れのように速く、移り変わった。

信長が琵琶湖畔に築いた安土城は、天にそびえる異形の城で、誰も見たことのないものだった。城下には異国の宣教師が行き来して、舶来の品があふれていた。

信長とともに、時代は変わり、戦も変わった。鉄砲や巨船が現れて、戦いは激しさを増し、昔のように、槍で打ち合うような戦では、勝てなくなった。

それでも、勝家は戦い続けた。

美濃へ、近江へ、金ヶ崎へ、長島へ。観音寺城で、長光寺城で、京で、槇島《まきしま》で。

死ぬことなど恐れなかったし、失うものも持っていなかった。

それなのに、彼は死なず、さらに戦い、戦うことによって、いつの間にか織田家筆頭の重臣、家中最大の領地を持つ、越前北ノ庄城主という場所に立っていた。

（おかしなものだ）

社村の小さな家から始まった人生は、ずいぶんと様子が違ってしまった。

ずいぶんと、遠くへ来てしまった。

しかし、彼の戦いも、間もなく終わりだ。

この越前にやって来たときは、この国を自分の最後の家として、この雪深い北国で、静かに老い、穏やかに一生を終えるつもりだった。

その願いは、半分かない、半分は、かなわぬことになった。

＊＊＊

吐く息が白い。

朝日に輝く雪景色を目に焼き付け、勝家は天守の階段を下っていった。

階段の影に、白い小袖姿の人影があった。俯《うつむ》きがちの横顔が、驚くほど、雪枝に似ていた。

「――市姫様、これは、お早い」

信長の妹、小谷《おだに》の方。信秀と雪枝の娘、市姫である。柴田勝家が、生涯にはじめて持った〝正室〟だった。

「越前は冬が長い。雪の多さに、驚かれたのではありませんかな」

市姫は目を上げて、小窓から入る陽に、まぶしそうに目を細めた。

その母がそうであったように、彼女もまた、運命に翻弄された人であった。兄の命じるまま同盟者であった浅井長政に嫁ぎ、その仲は睦まじかったが、やがて夫は朝倉氏、六角氏、足利将軍、一向衆らと結んで反信長の狼煙をあげた。

数年に及ぶ戦いの末、浅井長政は小谷城を包囲されて切腹し、浅井は滅びた。市は三人の娘と城を出されたが、夫を失ったばかりではなく、幼い嫡子、万福丸も串刺しという酷刑をもって殺された。

市の最大の悲劇は、兄を恨むことも、憎むことも、できなかったということだ。この戦いは、織田が滅びるか、浅井が滅びるかという戦《いくさ》であった。

それでも、三人の幼い姫のために生きようとしていた市が、完全に心を閉ざしてしまったのは、その年もあけた正月のことだった。

信長は、自分を裏切った妹婿を、死んでもなお許さなかった。浅井久政、長政親子、朝倉義景の頭蓋骨を金箔で塗り固め、正月の酒宴に供した。

信長は、生き残った妹と三人の姪に、贅を尽くした暮らしをさせた。娘や妹たちを政略のために嫁がせても、市だけには再婚を迫らなかった。

しかし、市は最後まで、信長と会うことも、口をきくこともなかった。

その信長の死によって、再び市が苦しむことになったとは、皮肉であった。


「……わたくしは、好きです」

勝家は、市の横顔を見た。透き通るような白い頰に、銀色の朝日が差していた。

「何もかも覆ってしまう雪が、美しいと思います」

そして、かすかに、囁くように口ずさんだ。

冬ながら　空より花の散りくるは
雲のあなたは　春にはあるらむ

「なぜ、その歌を」

「なぜでしょう。いま、ふと思い出したのです」

その歌を、なぜ市が覚えているのか。市は忘れていたとしても、彼には分かった。侍女の香流が、教えたのに違いなかった。

小谷城が落ちた時、勝家は信長とともに本陣にいた。

落城前、多くの女たちが縁故を頼って脱出した。長政の姉が嫁いだ京極家にゆかりのある者、織田家にゆかりの女たちである。

その中に、香流がいると疑っていなかった。香流は尼になると言ったが、勝家は、市とともに小谷城にいると信じていた。

やがて、滝川一益が報告のため本陣にやって来た。戦況の報告の中には、市姫が浅井長政により城を出され、三人の幼い娘とともに、近くの尼寺に保護されているという情報も含まれていた。勝家は安堵して、帰り際の一益に尋ねた。

「久助、香流は無事か」

一益は、怒ったような目を向けた。

「香流は、死んだ」

それだけ言うと、さっさと背を向けて、去って行った。助かった侍女の中にも、小谷城の死骸の中にも、やはり香流はいなかった。

座敷に向かうと、時ならぬ花が咲いたように、三人の姫が廊下に並んで待っていた。

「これはおそろいで、華やかなことだ」

長女の茶々姫は十五歳。若いころの市に瓜二つで、意志のはっきりした眼差しは信秀を思わせるところもあった。

「歌っておいでだったのは、茶々姫か」

「伯父様の夢を見ましたの。いつも、あの歌を歌っていらしたでしょう」

茶々と勝家の間に、次女の初が割り込んだ。

「今朝は、ご一緒に朝餉《あさげ》をいただきましょう」

初はおっとりとしているが、芯が強く、どことなく信行の面影がある。

「朝餉か、それはよい」

勝家は、末の姫を抱き上げた。

「江《ごう》姫はお腹がすかれたか」

「おじじ様」

まだ十歳にもならない江姫は、珍しそうに勝家の髯《ひげ》をさわった。小谷が落ちたときはまだ生まれたばかりで、父親の顔も知らない姫である。

市は穏やかな笑みをたたえて、窓から入る朝日の中に佇んでいる。

すでに三十五、六になろうとしていたが、〝天下第一〟と謳われた美貌は、長い苦悩の年月にも衰えず、却って冴え渡る月のようである。

（秀吉が邪念を抱くのも、しかたないことか）

美貌とは罪なもの――と、昔、明徳寺の狸和尚が呟いた。あのときは、意味が分からなかったが、今ならば、和尚の気持ちが分かった。

朝餉が座敷に運ばれてきた。

以前は、麦飯と豆腐の味噌汁、へしこ一切れと、すこ。その程度のものだったが、市たちが来てからは、あれこれと菜を増やしていた。

「さ、おあがりなされ」

食料の不足する冬であり、このころは江南方面からの物資も滞りがちになっている。玄米の粥に、味噌をつけて焼いた豆腐と、麩の和え物、焼いた鯖くらいのものだが、市らは喜んで口にした。

越前は米も魚も旨い。蟹や貝も豊富に取れる。血色の乏しかった市も、このごろはいささか食が進むようになっていた。

「懐かしい味がいたします」

市が、味噌汁の椀を手に、ほっと溜め息をついた。

「懐かしい味か」

「はい。なぜだか、尾張の味が」

北ノ庄城下には、末森から多くの侍、足軽、職人たちが家族ごと移り住んでいた。城に仕える家臣も、下働きの者たちも、勝家が尾張から連れてきた者が大半である。

彼らと、越前の者たちが力を合わせ、ここまで国が復興するのに、七年かかった。

越前の春は美しい。時期は遅いが、桜が見事だ。

「冬が長いと、春がなおさら待ち遠しい。春には、みなで、足羽山に花見に行こう」

姫たちが嬉しそうに声をあげた。

「お花見」

彼女らは、まだ越前の春を知らない。


江姫が、真剣な顔ですこを噛んでいる。すこは、里芋の茎の漬け物だ。ずいきは雑兵の兵糧にもなり、贅沢なものではない。柴田の家では、これを必ず膳につける。

江姫を見ていると、十何年も前に死んだ、妹のことを思い出した。

はなが幼いときは貧しくて、ずいきも喰えず、土壁から藁を掘り出して粥にしたことさえあった。大きな者はなんとか喰ったが、小さなはなは、どうしても呑み込めず、泣いた。

勝家が越前に入った時は、人々は藁の粥さえ喰えない者が殆《ほとん》どだった。

あのときの風景を、今も時に思い出す。

天正三年、秋。朝倉氏の滅亡後、越前には内乱と一向一揆が絶えなかった。信長は勝家を総大将に大軍をもって越前を攻め、ついにこれを平定した。

毎日毎日、人を殺した。戦ではなく、人を殺すだけの毎日だった。

越前の〝敵〟は、一揆衆――支配に逆らう村人たちであった。それを毎日、何百人、何千人と殺し続けた。あらゆるものの支配を拒絶し、連綿と続く一向一揆は、人を根絶やしにするほかは、鎮圧する術がなかった。

信長の命ずるままに村を焼き、山を焼き、人を殺した。はなのような子を、大勢のかかさを、じっさを、竹槍を担いだ〝権六〟を、殺した。

香流のことも、思い出せなくなっていた。

ようやく越前を平定したとき、この国は、一面の焼け野原となっていた。死体と廃墟、踏み荒らされた田畑のほかは、なにもなかった。老若男女の区別なく数万の民が殺され、村も、山河も、死に絶えていた。

その越前を与えられ、経営を任されたとき、勝家は、心からほっとした。

戦いは終わった。もう人を殺さなくてよい。

勝家は五十を過ぎ、信長は、父親の信秀が死んだときと同じ、四十二になっていた。

信秀のその後を見ることができなかったように、それからの信長最後の七年も、勝家は越前にいて、よく知らない。

信長が天下に向かってひた走っていた七年を、勝家は越前で過ごした。民に混じって田を耕し、橋をかけ、城を建てて、町を築いた。

いつしか越前の山河は蘇り、勝家は、この風土厳しく、純朴で忍耐強い人々の棲む土地を愛するようになっていた。

＊＊＊

姫たちが、じっと勝家を見守っている。

朝の膳が下げられても、姫たちは部屋に引き取りかねているようだった。

「南蛮菓子が残っているのを、忘れておった」

勝家は奥の間に立った。江と初がついて行こうとするのを、姉の茶々がたしなめた。

「はしたない、座っておいでなさい」

茶々は一番のしっかり者だ。それでも小瓶から振り出された甘い菓子を、嬉しそうに掌に受けた。

「安土で、よく伯父様からいただいた」

「さ、市様にも」

市は掌に落ちた星のような砂糖菓子をじっと見つめて、細い指先で口へ運んだ。

「おかしい」

初姫が笑った。

「お母様は、妻なのでしょう。修理は、私たちを四人姉妹と思っておいでみたい」

聡明な茶々は、また妹を叱った。

「柴田修理は、私たちを重んじてくださっているのです」

江姫が不思議そうに勝家に尋ねた。

「修理は、父上ではないの」

勝家は、江姫の小さな掌《てのひら》に、また砂糖菓子を振り出した。

「さてさて、なんであろう」

信秀と雪枝の娘、その孫娘たち。彼らの血がこのように美しく、活き活きと続いていることが、まるで奇跡のように感じられた。

勝家のような老年で、市のような妻を持ったことを、揶揄する軽薄な者もいた。しかし、二人の関係は、あくまでも〝主従〟であった。

勝家が、今度こそ命を賭して守らねばならぬ人々であった。

「ああ、今朝は賑やかですね」

養子とした勝久が、朝の挨拶にやってきた。子を持たなかった勝家は、はなの息子を養子にとって、嫡男とした。聡明で、心ばえの清らかな若者だった。茶々とは同じ年だが、姫たちからは兄と慕われている。

大勢いる甥の中では、武勇においては、いし姉さと佐久間〝久六〟盛次の子、盛政《もりまさ》が抜んでて優れている。しかし、彼は佐久間の跡取りである。尾張の名門であった佐久間氏は、今では没落して過去の栄光はない。豪傑で知られた佐久間大学は桶狭間で討ち死にし、盛次も上洛戦の途上、六角氏の拠《よ》る箕作《みつくり》城の戦いで死んだ。嫡男〝虎夜叉〟盛政の、十三歳の初陣となる戦であった。

佐久間一族の総領であった佐久間〝牛助〟信盛は、本願寺攻めの怠慢を信長から厳しく譴《けん》責《せき》され、老境になってから追放された。息子と、従者ひとりに看取られて、寂しく息を引き取ったという。

衰えた佐久間家の再興は、勇将の誉れ高い盛政の身に託されていた。

一番上の姉のもんの子、勝豊も養子にしたが、病弱であったので、勝家は勝豊ではなく、年若い勝久を跡取りとした。可愛がっていたはなが、命と引き換えに生んだ子でもある。はなは勝久を生み、花が散るように死んだ。勝久は、はなの優しい心も受け継いでいた。

「母上、今朝のご気分はいかがでしょう」

母を知らない勝久は、実情はどうあれ、市を母に迎えたことを誰よりも喜んでいた。市にとっても、小谷落城で失った子、万福丸が生きていれば同じくらいの年頃である。市の勝久を見る眼差しには、切ないなかにも、慈しむ様子があった。

「お国どのも、お菓子をいただきなさいませ」

市から幼名で呼ばれ、生真面目な勝久はひどく照れた顔をした。

「ならば、十蔵にやってくださいませ」

勝久の背後に控えている佐久間十蔵の方を見て、初が笑った。

「そうだわ、摩阿《まあ》様にもさしあげましょう」

佐久間一族の子である十蔵は、勝久と同年である。父が信長の勘気に触れて切腹し、孤児となったのを引き取った。勝家は、柴田や佐久間の寄る辺ない者を、縁者、家臣ともに多く受け入れて、この北ノ庄に住まわせていた。

初姫が、摩阿姫の手を引いてやってきた。

人質として北ノ庄に置かれている前田利家の娘、摩阿姫は十蔵と婚約していた。佐久間信盛の妻が前田の娘であったように、両家は関係が深く良縁である。

あのかぶき者の犬千代の子とも思えず、摩阿姫はしとやかに挨拶し、十蔵から菓子をもらうと、薄く頬を赤らめた。それを、また初がからかった。

雪のせいか、今朝は、朝日がやけに眩しい。子供たちの笑い声に、勝家は、社村の家にいるような錯覚を憶えた。

　ずっと黙っていた茶々が、ふいに言った。

「初、もうよい。おやめなさい」

　茶々は膝に手を置いて、青白い指先にじっと視線を落としていた。

「わたくしたち、修理を、お見送りしなくては」

　市が立ち上がり、打ち掛けの襟を整え、勝家の前に座った。

「――御武運を」

　三つ指をつく市に倣って、姫たちも、みな深く頭を垂れた。

　外から聞こえる物の具の音、馬の嘶きが、いっそう大きく、慌ただしくなっていた。

＊＊＊

　市と子供たちが去ると、勝家は再び奥の間に戻った。

　床の間に、昨日、天守の蔵から出したばかりの家宝の太刀が飾られていた。

　朱鞘の太刀は、〝袖切丸〟。信秀から拝領したものである。昨日、この太刀を見た初姫が、無邪気に尋ねた。

「誰のお袖を切ったのですか」

　信長が尾張を平定した年。信行が死に、社村に蟄居《ちっきょ》していた権六が、信長から清洲に呼び出された日。信長が言った。

「柴田勝家は、生涯、妻を娶ることも、子を成すこともならぬ。万が一、子が生まれれば、母子ともに、殺す」

二十三夜の月の下、権六は香流を探し、見つけることができず、夜明け、社村の家に戻った。

小さな家は、薄暗く、がらんとしていた。奥の間の冷えた空気が、かすかに香った。

「香流か」

板戸を開けたが、部屋には誰もいなかった。ただ、床の間に置いたこの太刀の前に、小袖の袖が片方だけ、きちんとたたまれ置かれていた。

小梅散らしの小袖の袖は、末森城に仕えることになった香流が、別れを告げに来た時に着ていたものだ。本当は、婚礼に着るはずだった。

勝家は、香流の墓がどこにあるのかさえ知らない。

尼になって、どこかの小さな山寺で、ひっそりと死んだのか。一度だけ、久助に尋ねたことがあったが、やはり怒った顔をして、

「知って、どうする」

と、背を向けた。

その後、勝家は戦に奔走し、織田家で最も重んじられる将となった。

信長の命ずるままに戦い続け、佐久間信盛、林秀貞、安藤守就《もりなり》、丹羽氏勝、長年尽くした老将たちが追放されても、勝家だけは織田家に残った。

天正九年二月。

勝家は、ようやく加賀を平定し、安土に上った。久しぶりに会う信長は、少しも変わっていなかった。

「よいところに来た、権六」

信長は、加賀の戦況のことなど、さして気にもしていないようだった。すでに織田家の家督は嫡子の信忠に譲り、自分は天下統一の道を邁進していた。

二月末には、京で天子臨席の馬揃えを行ったが、人々の歓声の中心にいる信長は、本当に、この世の王のようだった。

勝家も越前衆とともに行列の殿《しんがり》を飾り、安土に戻ると、信長から越前平定の褒美として、名物の茶釜が下賜されることになった。

茶の湯の許可、名物茶器の下賜は、織田家中ではなによりの名誉である。

信長が手を打つと、津田信澄《のぶずみ》が桐の箱を掲げて入ってきた。信行の遺児、坊丸である。聡明な若者に成長し、近習として信長の信任も厚い。

この日、信長は機嫌よく、信秀の愛用であった茶釜〝姥口《うばくち》〟を、手ずから勝家の前に据えた。

「権六、嫁をもらえ」

顔をあげぬ勝家に、不審そうに尋ねた。

「どうした」

信長は、忘れていたのかもしれない。あるいは、勝家が、ひそかに香流をそばに置いていると、思っていたのかもしれない。

勝家は、さらに深く頭を下げた。

「爺には、姥が似つかわしゅうございます。この姥口を、墓まで持ってまいりましょう」

それが、信長に会った、最後となった。

＊＊＊

天正十年六月二日。

信長が京都本能寺で明智光秀によって討たれたとき、勝家は越前の上杉軍と戦って、魚津《うおづ》城を攻めていた。城を取り巻き、三月にわたる激戦であった。

勝家は前田〝犬千代〟利家や佐々〝内蔵助〟成政ら越前衆を率いて猛攻を加え、この日、すでに二の丸は落ち、上杉方は本丸のみで必死の防戦を続けていた。

そして、翌六月三日。柴田軍の総攻撃により、魚津城は落ちた。城内に入った勝家は、その光景に戦慄した。

　魚津の天守は、血の海だった。腹を切り、互いの首を貫いて果てた男たちが、血溜まりの中に折り重なるように絶命していた。眼を、口をかっと開いて、何事かを大きな声で絶叫しているように見えた。その耳には穴があけられ、名を記した板札が縛りつけられていた。

　かつてどのような戦場においても、臆したことのない勝家が、ぞっと総毛立つものを感じた。

　城を出ると、海が見えた。妙に明るい波の彼方に、奇妙な町が見えていた。尖塔を持つ城がいくつもあって、異国の町のようだった。

「あれは」

　佐々成政がやって来て、水平線に小手をかざした。信長の小姓であった〝内蔵助〟も、今では勝家の与力として富山城を預る武将である。

「〝蜃気楼〟にございます。〝海市〟とも」

「本当にあるものが見えるのか、それとも、幻のようなものなのか」

「さて」

　成政は手の甲についた血を拭い、少し遠い眼差しをした。

「あちらの街でも、同じことを言っているかも知れません」

　やがて、海上の街は、空に溶けるように消えていった。勝家は、それでもまだ海を見ていた。信仰する禅宗のせいか、年のせいか、虚しさを感じやすくなっていた。

上杉景勝の援軍を信じて戦い、せめて名を残して死のうと、耳に木札をつけて死んだ男たち。その名が、いつまで残るのだろう。勝ったはずの自分らの名も、永遠には残るまい。

夢が現《うつつ》か。現が夢か――この世の人の、命も、夢も、希望も野心も、すべて、明日をも知れぬのだ。

(それでよい)

明るく晴れた海を見ていると、不思議と静かな気持ちになった。

自分の役目は、上杉を滅ぼせば終わる。もう、織田は信忠の時代となって、この先の信長の〝天下の夢〟に、柴田勝家は必要ない。

(まもなく、終わる)

織田のために戦い続けた人生が終わる。

そう信じていたとき、すでに信長はこの世にいなかった。


「上様、本能寺にて御自刃」

安土城より早馬が着いたのは、翌四日のことであった。

勝家は、すぐに撤退を開始した。魚津から海路、富山湾を渡って、越中の放生津《ほうじょうづ》まで戻った。ここで安土城留守居、蒲生賢秀《かたひで》により第二報があった。

嫡男織田〝三位中将〟信忠、二条城で応戦するも、自害。

勝家が北ノ庄に帰着したのは、六月十日。すぐさま甥の柴田勝豊、佐久間勝政を長浜まで先行させ、勝家も越前の守りをかためたのち、一万余の兵を率いて余呉《よご》湖畔、柳ケ瀬まで出た。

そして、ここで織田信孝からの急使により、すでに羽柴秀吉が山崎にて明智光秀を討ったことを知らされた。

勝家は、この弔い合戦に、間に合わなかった。

そして、信長のいなくなった織田家は、天下は――秀吉の思うままに動きはじめた。

＊＊＊

羽柴秀吉は、不思議な男だった。

〝中村のとうきちろう〟

その男を、勝家はよく知っていた。

泥田の中で、真っ黒になって蜆《しじみ》をあさっていた小僧。信長の草履を預り、ちょこまかと駆けずり廻る、働き者の〝猿〟。

信行を裏切った、あの雨の夜――〝権六〟に酒をつぎ、清洲城への道を指さした男。

その後、木下藤吉郎となり、羽柴秀吉となり、いつの間にか、織田家の五指に入る将となっていた。

しかし、やはりどうしても、勝家には、この男のことが分からなかった。


天正十年、六月二七日。

本能寺の変から二十五日後。秀吉が山崎の戦いに明智光秀を敗《やぶ》ってから、十五日目。尾張の清洲城にて、今後の織田家のことを諮《はか》る会議がもたれた。

織田家の後継者を決めるのが急務であった。信忠亡きあと、次男〝三介〟信雄《のぶかつ》と、三男〝三七〟信孝が有力であった。

信雄の母、生駒吉乃《きつの》は信長から正妻に準ずる扱いを受けていたが、あくまでも側室である。信孝の母は侍女の坂氏で、確かに身分は低かったが、生駒氏とて吉乃が見初められるまでは馬喰《ばくろう》の家であった。

信雄と信孝は年齢も同じで、しかも、三男の信孝の方が実際は数日の年長という複雑な序列だった。寵愛あつい吉乃が産褥にあったため、控えめな坂氏が出産の報告を遅らせたのだ。

そのような事情はあったが、勝家は信孝を考えていた。

死んだ兄の信忠には及ばないが、聡明で、勇気があった。明智討伐軍の旗頭としての戦功もある。

一方の信雄は、悪い人間ではないが、当主となるには才覚にも気概にも欠けていた。

勝家が最も恐れていたのは、信秀死後のような、骨肉の争いである。そのため、反目する兄弟を交えずに、重臣のみの合議にて後継者を決めることになった。

その会議に列したのは、四人。柴田〝権六〟勝家と、羽柴〝藤吉郎〟秀吉、丹羽万千代改め〝五郎左〟長秀。そして、本来、滝川〝久助〟一益がいるべき席に、なぜか一部将にすぎぬ池田〝勝三郎〟恒興《つねおき》が座っていた。

「五郎左、なぜ勝三郎がおる」

問うと、丹羽長秀は秀吉の方へ目をやった。

「勝三郎殿は、上様の乳兄弟。山崎の戦での功労者でもござるから――と」

秀吉は、妙によそよそしい顔をしていた。

会うのは、およそ五年ぶりだったが、まるで知らぬ相手のように感じた。そして、秀吉は、勝家の意見をひととおり聞いたあと、信勝でも信孝でもなく、わずか三歳の三法師を後嗣《こうし》に推した。死んだ信忠の長子、信秀の嫡孫というのが理由であった。

「幼君では、この難局は乗り切れぬ」

勝家が反駁《はんばく》すると、秀吉は頷いた。

「いかにも。ゆえ、我ら家老がおりまする。いたずらに御兄弟が争うよりも、ここは三法師様を後継ぎとし、家臣みなで心をひとつに、織田家を守り立てていくのが道理。修理殿は、かように思われませぬか」

勝家には、同席した丹羽長秀、池田恒興が同調したのが意外であった。

いつしか夏の暑さを忘れ、豪奢な座敷が寒々しかった。

〝人たらし〟

秀吉は、一部の家臣からは、陰でそう言われていた。

秀吉は、言葉巧みに人に取り入り、にこにこと笑いながら、いつの間にか思うように人を操っている。そういう意味だ。明智光秀や佐々成政、滝川一益も、そう言って距離を置いていた。

多くの人に愛される反面、一部の者に、猛烈に嫌われる。この奇妙な男のことを、思えば、勝家はいつも気にかけていた。

信長の気性ゆえ、張りつめた雰囲気になりがちだった織田家中に、珍しく笑い声が起こったときは、必ず、秀吉が中心にいた。

勝家も、秀吉には目をかけていた。槍を教えても筋が悪いし、足軽になって戦に出ても、首のひとつもとれなかった。しかし、どうにも憎めないところがあって、嫁をもらったと聞いたときは、酒樽を持って長屋まで出掛けて行った。嫁は可愛らしい顔をした、働き者のよい娘だった。

「柴田様のおかげだぎゃ」

藤吉郎は顔をくしゃくしゃにして、なんべんも頭を下げた。

あのころ、秀吉はよく勝家に話しかけてきた。子供時代に家を飛び出し、各地を放浪して、乞食をしたり、人のものを盗み取ったこともあると、恥じる様子もなく話した。腹をすかせた子供のような目をして、平気で人のものを羨んだ。

「柴田様は、強くて、ええのう」

「丹羽様は、賢くて、ええのう」

桶狭間の戦のとき、信長は今川義元を討ち、名刀〝左文字《さもんじ》〟を手に入れた。信長は名刀を得たことが自慢で、誰かれとなく見せて歩き、権六にも見せた。その後ろから、藤吉郎も刀を覗き込んだ。

「ええ刀じゃなぁ」

まだ中間《ちゆうげん》で、手には、首ではなく戦利品の打ち刀や兵糧袋、桶や旗をいっぱいに持っていた。藤吉郎は、無心に左文字を凝視していた。

その目が、どこか、いつもの藤吉郎のようではなかった。

やがて藤吉郎は足軽になり、懸命に働いて、いつしか足軽大将にまで取り立てられた。

美濃攻めの墨俣《すのまた》築城、越前攻めの金ヶ崎の退き口、近江小谷城攻め。着々と手柄をあげた。

勝家は、殿を任されることが多かった。最も危険で、難しい役であるからだ。しかし、朝倉を攻め、浅井と挟撃されそうになった、信長の生涯最大の危機のひとつであった金ヶ崎の戦いで、藤吉郎は殿に名乗り出た。

勝家は、その心意気に感じ、殿を譲った。自分の部隊から、老練な者を分けて与えた。藤吉郎は見事に殿を務めあげ、その後も小谷浅井攻めの中核を担った。

その功で長浜城主になったとき、藤吉郎は衣冠を正して権六の屋敷を訪ねてきた。長浜城主になれた礼を述べ、〝羽柴〟の姓を名乗りたいと言った。

「中村の藤吉郎めが城持ちになれたのも、柴田様の薫陶のおかげだぎゃ」

両手をついた秀吉は、まるであの〝とうきちろう〟のようではなかった。

「今後は、まっと文武そなえた立派な人間になりてぁあで、ひとつ柴田様、丹羽様にあやかって、〝羽柴〟の姓を名乗りたいと思うとりゃあす。〝羽〟と丹羽様が先だぎゃ、〝柴羽〟では舌を嚙みそうだで、かんにんしてちょうせ。戦でも、若い者が先手、重きをなす御方こそ殿軍と決まっとりゃあすで」

「つまらぬことを気にするな。それに、功名はお前が懸命に務めたため、わしのせいではあらせんが」

これより、〝中村の木下藤吉郎〟は、〝長浜の羽柴秀吉〟となった。

天正元年の秋だった。

その後、勝家は越前に入り、秀吉も各地に転戦して、親しく言葉を交わす機会もなくなった。五年後、久しぶりに会ったときも、変わらぬなと思った。

しかし、あのとき、すでに、秀吉は変わっていたのかもしれない。

「〝猿〟には、〝猿〟の戦《いくさ》がございますれば」

天正五年、秋。秀吉は、勝家に対して、そう言い放った。

越後の上杉謙信が本願寺に呼応して加賀にまで進出したため、信長は勝家を総大将に、羽柴秀吉、丹羽長秀、滝川一益らを北陸に派遣した。

その軍議の席でのことだった。勝家は、国境の手取《てどり》川を渡り、攻勢に回るつもりであった。しかし、秀吉は無理な進軍に反発した。

「上杉謙信は病と聞くで、力押しで攻めるより、時をかけ、根回しして、勝機を待つのがええ」

勝家とて、無理は承知だ。相手は、〝軍神〟とも呼ばれる謙信である。だからこそ、全力であたらねばならぬと考えていた。

「我らの役目は、上杉の南下を阻むことである。勝てずとも、負けねばよい」

「そんでも、無駄死にが、ぎょうさん出る」

柴田軍において、勝家の言葉は絶対である。軍議に連なる長秀、一益、盛政らが、二人のやりとりを見守っていた。

勝家は、戦の前に士気を落とすような秀吉の発言が許せなかった。

「命を惜しむ臆病者は去れ」

ただ叱咤《しった》したつもりだったのが、その日のうちに、秀吉は本当に兵を引き連れ帰ってしまった。

戦は、勝家の望んだ通り、負けはしなかったが、勝ちもしなかった。上杉の南下は止めたが、秀吉が言ったように、多くの兵を失った。

勝家が帰還すると、信長は勝手に離脱した秀吉に激怒していた。秀吉は、満身創痍で帰った勝家の前に土下座した。

「〝猿〟が逃げねば、勝てたやもしれぬのに、まこと済まぬことをいたした」

勝家は、信長の前に平伏した。

「敗戦は将である自分の責任。臆病者は去れ、と申したのも、それがしにございます。羽柴は、その言に従ったのみ。上様の許しもなく、勝手にかような言を吐いたそれがしにこそ、罪はございます」

信長は不機嫌だったが、どちらも罰することはしなかった。退出したとき、勝家は秀吉と眼が合った。何か声をかけようと思ったが、秀吉は、ひどく陰気な眼を一瞬向けて、そのまま黙って行ってしまった。

〝あの時〟の目だった。

桶狭間の戦いの後、信長が自慢する〝左文字〟を凝視していた、飢えたような藤吉郎の目——その、得体の知れぬ眼差しであった。

その五年後。勝家は、清洲城の一室で、梅の襖絵を眺めていた。

夏は好きな季節だったが、年とともに暑さがこたえる。青空も、眼には眩しいばかりだ。暑かった。

数日にわたる会議の末、後継者は三法師と決められた。所領は安土と坂田で二万五千石、堀〝久太郎〟秀政が後見役となった。

「織田家の内紛は、何としても避けねばならぬ」

勝家は折れた。このままでは、織田家は二つに割れる。毛利、上杉、長宗我部など、周囲に敵が残るなか、内紛は織田家の命取りになる。

勝家の言葉に、秀吉も頷いた。

「いかにも、いかにも」

「不心得者が幼君を奉って我が儘せぬよう、われら同心して努めねばならぬ」

「仰る通り」

秀吉は大仰に頷くと、脇に控える近習の石田三成へ目をやった。

「佐吉よ、次は」

「遺領配分にございます」

明智光秀と、それに与した者の領地、信長の直轄地の新たな主を決めるのである。

後継者に続き、遺領配分も、秀吉主導で決められた。秀吉は領地を大きく増やし、播磨に加えて、山城、河内、光秀の旧領丹波を得た。あとは山崎で戦功のあった者たちの間で分配されたが、織田信孝には美濃だけ、信勝には尾張だけが与えられた。

勝家は、ずっと黙っていた。丹羽長秀が、頼みもせぬのに口添えをした。

「柴田修理は織田家の筆頭家老であり、今後も越前の上杉に備えていただかなければならぬ。据え置きというわけにはまいるまい」

秀吉は、禿げ上がった額を扇で叩いた。

「何と、わしとしたことが柴田修理を忘れるとは」

「無用」

勝家は断った。

「配分に一益の名が出ておらぬ。滝川一益にも加増せよ」

〝なるかみ〟久助、滝川一益は、今や織田家の五指に入る重臣となり、この会議に列すべき人物である。本能寺の変の時、上野の厩橋《まやばし》城で戦っていた一益は、信長の死を知った北条軍の猛烈な反撃を受けた。上野、信濃の地を失い、それでもどうにか軍をまとめて、尾張方面へ退去してくる途上であった。

「上野、信濃を奪われた滝川殿に褒美を出すとは、山崎の戦で奮闘した者どもが納得するであろうかのう」

「一益が北条、武田を抑えておらねば、今、我らが悠長に会議などしていられたか」

勝家は、思わず語気が強くなった。無性に腹が立っていた。

「佐吉を煩わせる必要はない。我が城は越前の難所にあり、上方に出るのも難儀である。今後、諸事相談ごと度々あろうから、上洛の中宿として、長浜を盛政に貰いうける」

長浜は秀吉の居城であり、要地である。岐阜、安土、京に出るにも、越前からは長浜の地を抜けねばならない。北国街道を扼《やく》する、交通の要衝なのだ。

ここを秀吉に抑えられては、背後に上杉を持つ勝家は、越前から出られない。そして、ここさえ抑えておけば、いつでも兵を率いて来られる。

秀吉に、決断を迫った。今後も勝家と同心して織田家を助けていくつもりなら、長浜を渡せるはずだった。

（万が一、断れば）

次の間には、甥の佐久間盛政が刀を膝に控えている。信長の死によって一揆が再燃した能登にて、荒山・石動山の一向宗を攻めて二千人を殺したばかりだ。全身から、殺気と血の匂いが漂っている。

秀吉は、扇を広げた。

「なるほど、いかにも。さすが、修理殿。長浜、長浜……しかし、玄蕃は佐久間の者。また加賀にて上杉にも備えてもらわねば、三法師様ら御曹司方もご不安に思うであろう。くさぐさ織田家のおためを思うには、そう、長浜には柴田の総領、伊賀殿を入れられるのが、筋であろう」

伊賀とは、越前丸岡城主で姉もんの子、勝豊のことである。父親は熱田の桶商人で、勝家の養子になった。武将としては温和だが、商才があった。

「よろしい、ならばもうひとつ」

「まだござるか」

「お市殿を、いただきたい」

＊＊＊

廊下を行くと、襖の向こうで秀吉の小姓たちの笑う声が聞こえた。

「しかし、まさか、ご老人が」

「あたら美女が、〝鬼熊〟に……」

その先の廊下の角で、秀吉に会った。勝家と気づくと、人懐こい笑顔を見せた。

「おやじ殿が、初めての妻女を持たれる。それも信長公の妹君、天下第一の美女とうたわれたお市様……めでたい、こりゃめでたい」

秀吉はさかんに扇を動かした。

勝家と市の婚姻は、織田信孝から求められたことである。

秀吉が、市を妻に望んでいるという噂があり、それを阻止するためであった。秀吉が、織田家の後継者になるつもりなら、いかにも信長の妹たる市が欲しいであろう。

信長の母、土田御前はすでに亡く、子のない正妻の美濃姫には権威がない。嫡子信忠を生んだ側室の生駒氏も早世しており、市は織田の女人の中で、その血筋、美貌、聡明さ、生い立ちから、最も尊重される存在であった。

それが秀吉に渡れば、そして、万が一正妻にでも据えられ、子でも生まれれば、もう秀吉の専横を止めることはできない。市はまだ三十をいくつか越えたばかりで、十分に子供が生める。

市と三人の娘を秀吉に渡さぬためには、先に誰かが正室に迎えるより手段がなかった。他にふさわしい者がいれば、勝家が老いた身で恥をさらすこともなかったが、正室を持たぬ重臣などいない。信長の命で独り身でいたことが、皮肉にも役立った。

秀吉は扇を出して、はたはたと首をあおいでいる。

「して、仲人はいかがなさる。僭越ながら、この〝猿〟めが承ろうか」

おどける秀吉の腰に、勝家は、あの〝左文字〟の太刀があるのに気がついた。

秀吉の、愛想笑いの下の執念を見た。

＊＊＊

越前に帰る前、勝家は安土へ寄った。

焼け落ちた安土城の本丸跡で、焼け焦げた瓦を拾った。丸い巴の軒瓦に、わずかに金が残っていた。

かけらを手に琵琶湖を望むと、初冬の湖がまぶしかった。

思い返せば、彼は信長の祖父である信定の世に生まれ、信秀、信長、信忠と、織田家四代を見てきた。

信忠の後のことなど、信忠の子の三法師の世のことなど、考えたこともなかった。

輝く湖に日が沈む。

琵琶湖に落ちる日没が、息苦しいほど、赤かった。

〝地獄〟というものがあるのなら、このような色をして、このように恐ろしく静かなのではないか。

権六は、紅に染まる琵琶湖の波、その西南の彼方に目をやって、山崎の戦に敗れ、山中で土民に討たれたという明智光秀のことを思った。

光秀は、頑《かたく》なところがあって、家中では人から距離を置かれていた。しかし、勝家は好感を持っていた。信行の遺児、津田信澄が明智の娘を娶った縁があり、光秀の交遊の中では、親しい方であっただろう。

光秀は、清潔な男だった。聡明で、生真面目で、純粋な男だった。

去年、安土で顔を合わせたときは、ひどく疲れた顔をしていた。病かと尋ねると、違うと言ったが、やはり、何か〝病〟にとりつかれていたのだろう。

あの几帳面で繊細な男が、どのような決意で本能寺へ馬を向けたのか。

今となっては、聞くすべもない。

「明智は、きっと、畏《おそ》れたのだろう」

振り返ると、夕日の中に一益が立っていた。

勝家よりも、ずっと老け込んだようだった。もともと痩せた男だったが、白髪が目立つようになり、勝家より年寄りに見えた。

しかし、その眼は、柿の木の上で、牛助たちを睨み回していた時と変わらない。油断なく、何かを見極めようとする目をしていた。

「俺の領地のことで、口添えをしてくれたと聞いた。礼を言う」

「よせ、羽柴がおかしいのだ」

手にした瓦を湖に投げ、一益と並んで夕日に向かった。

「久助よ。前から、一度聞こうと思っていたのだが」

「なんだ」

「お前の馬印は、何だ。団子か」

「おかしいか」

一益は憮然と言った。一益の馬印は、金の珠を三つ連ねる。

「俺は人を殺して家を飛び出し、乞食のようになって彷徨《さまよ》った。人から盗んだことはあるが、人からもらったのは、初めてだった」

忘れていた記憶が蘇った。

ごっさまの館、かおるが差し出した小皿にのった三つの白く丸々とした団子餅を、一人で喰ってしまった〝なるかみ〟久助。

あの夏の、暑さ。夕方の風の匂いを、はっきりと思い出すことができた。

「うまかったか」

「うまかった」

二人の老臣は、並んで、水平線に落ちていく夕日を眺めた。

＊＊＊

市と三人の姫を連れて帰り着いた越前は、すでに雪が降り始め、長い冬が始まっていた。

勝家は疲れていた。

大勢の同僚が、友が、もはやこの世にはいない。それなのに、まだ生き延び、戦おうとしている自分が不思議だった。

いつだったか、いし姉さが、言った。長島攻めで腿に鉄炮を受け、何月も起きられなかったときだ。

「これで、もう戦には行かずによいのか」

しかし、勝家は回復すると、またすぐに出陣した。

「権六は、強すぎる。それが、哀れだ」

いしは、足を引きずりながら出陣する弟を見送り、泣いた。

その姉の命さえ、勝家の肩にかかっていた。

秀吉は、清洲で取り決めた約定を自ら破り、山崎の地に新たな城普請を始めていた。対外の城ではなく、織田領内に新たな城を築くなど、あからさまな勝家に対する挑発である。

勝家は右筆《ゆうひつ》を呼び、秀吉に送る書簡をしたためた。秀吉の野心は明らかだ。このままでは、織田家は滅びる。

「我、人間柄悪しく候えども、此の般は昵懇《じっこん》つかまつり……」

勝家は、かつての同胞、中村の藤吉郎、ひょうきん者の猿めに、向かって語った。

〝我、人間柄悪しく候えども、此の般は昵懇つかまつり、近年上様のご苦労をもって相治められし御分国の御仕置等、及ばす迄も相守るべきの処、結局共喰いにて相果し、人の国になすべき哉。

しかしながら本意にあらず。天道にも背くべきか。

その段に相究るにおいては——無念至極に候こと〟

まだ、どこかで秀吉を信じていた。

ともに信長の下で戦った日々を、信じたかった。

清洲を去り、越前に戻る前、長浜で秀吉に会った。貰い受けた長浜城に、まだ秀吉の軍勢が残っており、勝豊は入城できなかった。勝家も、秀吉の凶行を疑い、美濃に兵を止めていた。それを知った秀吉が、信長から養子にもらった秀勝を連れてやって来た。

「修理は、何を恐れておいでか。わしには修理を討つ理由はござらん。修理がそれほどわしを小面《こづら》憎う思われるなら、この秀勝に越前まで御供させよう」

勝家は、いやな気持ちになった。

「藤吉郎」

思わず昔の名で呼んだ。

「お前は、昔は突拍子もない事ばかり言い、みなを笑わせていた。今は、なぜ、そんなつまらぬことばかり言う」

秀吉は、一瞬、むっとした顔をして、それから、子供のように顔をそむけた。

「わしゃぁ、みなが笑うのが嬉しくて言っとったぎゃ。上様が笑うと、どえりゃあ嬉しかった。もう、上様は、おらせんが」


勝家は、秀吉にたびたび書簡を送った。織田信孝も、勝家と和解するよう秀吉に求めた。

秀吉の返答は、大徳寺における信長百箇日の法要であった。

法要の主催は、織田家にしか許されない。しかし、秀吉は大金を投じて信長の菩提寺を創建し、法要を主催した。喪主には信長から養子にもらった秀勝を据えていたが、中心は誰が見ても秀吉だった。

すでに岐阜にも安土にも菩提寺があるというのに、勝手に新しく菩提寺を建て、信長の像を刻み、法要を主催するとは、あまりにも織田家をないがしろにする所業である。

自分こそ織田信長の後継者である——と、内外に喧伝したのだ。

織田信孝が反発すると、秀吉は却って主筋であるはずの信孝へ譴責の書状を送った。

法要は、誰もやろうとしないので、僭越ながら、上様の恩に報いるために行わせていただいた。みな清洲の血判にそむき、勝手なことを言っているが、自分は万事控えめにして他をもりたて、山崎の戦に遅れた者にも慎んで国を進上している——。

〝我になんら非なく、万一、悪逆人が出ようとも、物の数ではない〟

信孝からその書状の写しを送られ、勝家は怒りに震えた。

「悪逆人とは、秀吉ではないか」

戦いは避けられぬ。

ようやく、その事実を悟った。

＊＊＊

雪解けまでの間が、戦への最後の猶予であった。雪が解ければ戦になる。秀吉は越前に攻め込むだろう。

勝家は、冬の間に前田利家・金森長近・不破勝光を秀吉のもとに派遣し、山崎宝寺城の秀吉の情勢を探るとともに、和睦交渉にあたらせた。

秀吉は、おおいに旧友の前田〝犬千代〟利家らを歓待した。

「柴田修理は、古の殿の老臣である。いささかも粗略に扱うことはない」

しかし、ほどなく、秀吉は大軍を率いて近江に出兵、柴田勝豊の長浜城を攻撃した。

長浜は、もともとは自分の建てた城である。地理も弱点も、知り尽くしている。若い勝豊にもちこたえられるはずはなく、人質を出して降伏した。

さらに十二月になると、秀吉は美濃に進駐し、大垣城に入った。

信孝が兄の信雄に対して謀叛を企てているので、討伐するというのが理由である。勝家は、雪のため援軍が出せず、一益も尾張の信勝に牽制されて動けない。

約束は守るもの——そう信じていた、自分の甘さが呪わしかった。

さらに、年末、堀秀政から内々の書簡があった。先に勝家が送った書状の返答だった。

「〝和睦の条件〟は、織田信孝が母と娘を人質に差し出すこと」

信孝は信長の子であり、その母は、身分は低かったとはいえ信長の寵を受けた者である。娘は、信長の孫だ。主筋から人質をとるという思い上がりに、勝家は怒りを覚えた。

しかし、次の条項に眼をやったとき、その怒りも虚しくなった。

「柴田勝家については、その正室を人質として差し出すべし」

正室——市のことである。

人質は、通常は女子や幼子が送られる。勝家にはすでに母はないし、実子もいない。幼い妹や姪もない。佐久間盛政に一人娘の虎姫があるが、それは佐久間の血筋である。市の三人の子は、浅井の裔《すえ》だ。

人質に市を出せ、それは、一見、筋の通った要求に見える。

しかし、秀吉の目的は、〝人質〟ではなく、〝市〟なのだ。秀吉が、若いころより市に憧れていたことは、家中の誰もが知っている。

小谷城をそのまま移築した長浜城に執着するのも、要害という理由だけではあるまい。

秀吉は、欲しいものは手にいれる。そのためならば、何でもする。秀吉は変わってなどいないのだ。

於多井川河畔の深田で、田螺《たにし》を採っていたときから、藤吉郎は変わらない。

〝わしゃ朝っぱらから、おたい川でしじみをとっとる。ようけとれる。えびもちょぼっとはとれる。町で売りゃあ、えりゃあ儲かる。びたびたになって、のたくっても、損こくこたぁ、あらせん〟

勝家は、自分でもなぜだか分からず、かすかに笑って、手紙を焼いた。

＊＊＊

天正十一年正月。

秀吉は伊勢亀山の城主、関盛信を従属させ、三法師を神輿に担いで、本願寺、朝廷への工作も抜かりなかった。利益で誘い、情でほだし、着々と味方を増やしていた。

勝家も伊賀や根来、雑賀衆、また四国の長宗我部と連絡し、前の将軍足利義昭を推戴しようと毛利輝元とも協力の約束をとりつけた。三河の徳川家康は、巧みに中立を保っていた。家康は、本能寺後の動乱で甲斐にいた河尻秀隆が、武田旧臣らの一揆で殺されたのを好機として、甲斐・信濃の切り取りに忙しいのだ。

伊勢の滝川一益は、秀吉の隙を狙っている。秀吉についた亀山城を奪い返し、続いて峯城をも落城させた。鈴鹿峠から琵琶湖畔の諸城を掌握した一益は、鈴鹿口を守って、秀吉の南進に備えている。

「雪よ溶けろ、権六、早く来い」

しかし、一益と勝家が南北から秀吉を挟撃する前に、秀吉が動いた。

秀吉は雪で勝家が動けぬうちに、大軍をもって伊勢を襲い、峯城、亀山城、国府城、関城を次々攻めた。目標は、一益の本拠である伊勢長島城である。

いかに木曽川が伊勢湾に流れ込む河口、天然の要害とはいえ、寡兵である。

急を告げる密使が、幾度となく越前へ走った。

そのころ、日根野高吉から、真新しい鎧櫃《よろいびつ》が北ノ庄城に届いた。

箱には、金泥も鮮やかに、二羽の雁が描かれている。

日根野一族とは旧知で、越前でも共に戦った。姻戚でもあり、甥の勝政の妻は、高吉の娘であった。美濃出身の気骨ある一族で、高吉の父、弘就は、優れた甲冑の作り手としても名が知れている。実戦向きの甲冑で、勝家も愛用していた。

鎧櫃には、仕上がったばかりの甲冑が収められていた。

添えられた書状には、信長が生前〝権六の甲冑があまりにもみすぼらしいので〟と、製作を命じた物だと記されていた。

先年の、京の馬揃えのときのことだろう。急なことで勝家の軍には装束の準備がなく、加賀の戦で着古した、傷だらけの具足のまま列についた。


新しい甲冑は古風な作りで、華美ではなく、当世流行の変わり兜でもなかったが、重厚な中にも金と碧《みどり》が美しかった。

翡翠《ひすい》の縅《おどし》糸、胸には雲龍。日根野頭形の星兜に、金の柏前立てが輝いていた。

この甲冑を前にしたとき、勝家は、信長が死んでから初めて涙を落とした。

秋に葉を枯らしても、散ることもなく、柏は老残の身をさらす。

冬の木枯らしを身で防ぎ、春の新芽が生えてようやく、柏は大地に散っていくのだ。

美しい花を咲かせることもなく。

信長の、あの空高く響く笑い声が、聞こえるようだ。

権六よ、戦え。

最期——まで。

　死のふは一定
　偲び草には　何をしよぞ

真新しい甲冑が、座敷へと運び込まれた。城外から聞こえる具足の音は静まり、馬の声も聞こえない。

もう、準備は整ったのだ。

佐久間十蔵、毛受勝助らが、甲冑の着付けの支度を始めた。

「——殿、お支度を」

勝家は立ち上がった。

出陣の時刻が近づいていた。

織田家を守る道は、ただひとつ。戦って、勝つことのみ。

すでに甥の盛政が、余呉湖のほとりで勝家を今かと待っている。

尾山城主、佐久間盛政が積雪をおして北を発したのは、六日前の三月三日。

桃の節句、信秀の命日である。

盛政は、権六が父親がわりになって育てた自慢の甥だ。かつて織田家中では、〃かかれ柴田〃と〃のき佐久間〃などと言われたが、柴田と佐久間の血を受けた盛政は、柴田の豪勇と、佐久間の智略を受け継いでいた。

叔父の苦悩を見守りながら、開戦を今かと待っていた盛政は、解き放たれた猛虎のように勇んで出陣していった。

「叔父御――余呉湖で待っている」

無口な甥は、足羽川にかかる九十九《つくも》橋に踏み出して、晴々と馬上に手を振った。

＊＊＊

その朝、雲龍の甲冑に身を包んだ勝家は、〃袖切り〃の太刀を腰に馬上に登った。

女たちは、出陣を見送らない。朝餉をともにしたことも、本来ならば忌むべきことだ。敢えてそうしたのは、情であった。

信秀の夢。雪枝の娘、孫娘たち。それを守ることが、勝家の最後の仕事だ。

『お前は、永劫、織田の先手だ』

今朝はなぜ、こうも亡き人の声が聞こえるのか。

勝家は、鐙《あぶみ》を踏みしめた。

半年前まで激戦の場にあった。身には、いささかの無駄な肉もついていない。

甲冑も太刀も重いと感じぬ。

雪が降る。最後の雪の中だ。

途中、足羽川を渡り、勝家は自分の菩提寺である西光寺に寄った。すでに墓所は決めてある。主のいない石組みの傍らに、一株の梅の木が立っていた。

雪を置いた一枝に、かすかに紅の蕾が息づいていた。

『庭に、赤い梅の木があれば、それだけでよい』

そう言ったのは、香流だったたか。


見上げると、雪空に、北ノ庄城の翠《みどり》の石瓦が映えて、美しかった。

七層九階の天守をもつ城は、石垣も屋根の瓦も、対岸の足羽山から切り出した石を使った。民の負担を少しでも減らすためだったが、翠を帯びた笏谷石《しゃくだにいし》は、濡れるとさらに翠を増す。穏やかで美しい城だった。完成すれば、さらに美しいだろう。

春までは、いま少し。

死のふは　一定
偲び草には　何をしよぞ
一定　語りをこすよの

偲び草には――、一輪の梅が、あればよい。

天正十一年三月九日。

越前北ノ庄城主、柴田勝家は、いまだ残る越前の白雪を分け、余呉《よご》湖柳ヶ瀬へ出陣した。

雪の中、再び〝藤吉郎〟が指さす方へ。

敵は――秀吉。

第六章　雲居《くもい》にあげよ

余呉湖は、琵琶湖の北端に、ぽつりと取り残されたような湖である。

山間にあり、水の色が美しい。そのほとりに、一株の丸葉柳の大樹がある。

古《いにしえ》、白鳥と化した天津乙女《あまつおとめ》が舞い降りて、その枝に羽衣をかけたと言い伝わる。乙女は水浴の間に、羽衣を里の男に隠され、やむなく男の妻となった。しかし、やがて羽衣を取り戻し、再び、天へと帰っていった。

余呉湖に残る、伝説である。

今は、その湖も、湖をめぐる山々も、伝説の柳の枝も、まだ雪に閉ざされている。

天正十一年三月中旬。

すでに暦は春の盛りとなったが、今年は、かつてなく冬が長かった。

それが吉と出るか、凶となるか――佐久間盛政は、氷雪まじりの風に吹かれる内中尾山の尾根で、はるか南方を睨んでいた。

身の丈六尺、堂々たる偉丈夫である。武勇は衆に優れて、眼差し精悍、〝鬼玄蕃〟とも呼ばれ、織田信長も大いに称賛するところがあった。

越前柴田軍先鋒、佐久間盛政は積雪の北国街道を一気に南下し、柳ヶ瀬に着陣した。山を縫うように南北に通じる街道は、やがて、わずかに開けた狐塚の平野に出る。その隘路口の先に、出口を扼するように天神山があり、羽柴軍はここに前線の砦を築いていた。盛政は、この砦を急襲して撤退させ、さらに敵の後方を支える補給地、木之本宿まで進んで周辺の集落に放火した。

雪は、越前軍の動きを封じたが、障害となるのは秀吉にとっても同じことだ。雪が溶け、秀吉に越前への侵攻を許す前に江北を押さえる。それが勝家と盛政の立てた策である。

盛政は、同じく先発の前田利家、利長親子とともに、敵軍を牽制する一方で、内中尾山《うちなかおやま》周辺に防塁を築き、勝家の到着を待っていた。

勝家が柳ヶ瀬に到着したのは三月十二日。金森長近、不破勝光ら率いる越前、加賀、能登、越中衆を含めた、二万余の大軍である。

同日、勝家出兵を知った秀吉も、伊勢峯城攻めを織田信雄に任せて、近江へ北上。柴田勝豊から奪い返した、古巣の長浜に入城した。

「柴田のじっさまが来やりゃあたか。ええ年からげて、無茶するぎゃ」

予想外に勝家の出陣は早かった。しかし、数尺の雪を掻いての行軍である。秀吉はすぐに次の策を考えた。行軍で疲弊した柴田軍を平野まで誘い出し、大軍をもって撃破する。そのため、五万とも喧伝する羽柴軍が余呉湖周辺に投入された。

しかし、勝家は秀吉の挑発に乗らず、戦況は早くも膠着した。

盛政は、残念がった。

「もう少し、早く全軍が揃っていれば」

秀吉が到着する前に全軍で木之本を襲い、長浜まで進むことができれば、戦況はこちらに有利であった。長浜まで達すれば、降伏をよしとしていない柴田勝豊の軍と内外呼応し、城を取り返すこともできただろう。

勝家は、別のことを考えていた。

（速い）

秀吉の動きが、速すぎるように思われた。

＊＊＊

勝家は、内中尾山を本陣とし、秀吉軍と対峙した。

橡谷山には金森長近、徳山則秀《のりひで》、拝郷家嘉《はいごういえよし》を入れ、林谷山には不破勝光、中谷山に原長頼、別所山に前田利家、周辺では最高峰となる行市山に佐久間盛政、その弟、安政、勝政の兄弟を置いた。いずれも、武勇に秀でた若武者である。

近江周辺の土地は、浅井家の旧領であり、〝小谷の方〟と呼ばれる市を妻とした勝家には、浅井の旧臣が多く従っている。彼らは近隣の地理、人情に通じ、防塁の構築を大いに助けた。

一方の秀吉も、小谷攻めの殊勲者でもあり、近隣の地理には通じている。

勝家が誘いの手に乗らぬと分かると、こちらもさかんに陣地や砦を築きはじめた。

前線は東野山の堀秀政、堂木山の木下利久、神明山の木村隼人正、大金藤八郎、山路将監らを配し、余呉湖畔には、岩崎山の高山〝ジュスト〟右近、大岩山の中川清秀、賤ケ岳の桑山重晴、羽田正親、浅野長政らを配して後方の守りを固める。本陣・木之本北の田上山には、弟の羽柴秀長が布陣した。

柴田軍の南下を阻む、鉄壁の備えである。

天神山、狐塚あたりを境とし、北の柳ヶ瀬周辺が柴田軍、南の余呉湖周辺が羽柴軍という布陣となった。

秀吉は、道を封じる一方で、越後の上杉景勝に勝家の後方を攪乱《かくらん》させるよう要請した。これには富山の佐々成政が動き、上杉魚津城を攻め落とした。

両陣営とも表層では膠着《こうちゃく》を装いながら、水面下では、互いの背後を脅かし、敵陣営を誘降し、中立を保つ大名たちに合力を請うべく活動していた。

かけひきの戦となれば、〝人たらし〟といわれた秀吉の独壇場だ。さらに秀吉は、近習の石田三成を使い、地元の村人などから敵情を摑むことに努めた。

その報告によれば、越前軍は北国街道を使って物資を調達、柳ケ瀬の村々でも必要なものを買い整え、長期戦に備えている。兵糧などが不足している様子はない。

さらに、各砦は堅固に修築を重ね、特に本陣の内中尾山は絶え間なく土塁、堀、物見櫓を補強して、容易に攻め落とせるものではない――。

石田三成の報告は詳細で、正確だった。

「あん〝鬼〟殿は、敵の中に突っ込むしか能がにゃあと思うとったわ」

秀吉は自ら賤ケ岳の砦に登り、敵の布陣を偵察した。

砦は見事な配置であり、まるでつけ入る隙がない。山間の隘路から無理に攻めれば、隣接する砦が互いに呼応し、逆に迎え撃たれてしまう。

ただひとつ足りなかったのは、羽柴軍が先に押さえてしまった余呉北岸に柴田側の砦がひとつもなかったことである。しかし、昨夜、茂山を前田利家、利長父子が夜襲して、完成間近の砦を奪われた。

（〝天下とり〟も、犬の喧嘩と変わらんぎゃ）

わん、と犬の鳴き声を真似すると、傍らに控えていた石田三成が妙な顔をした。

「お風邪など召されましたか」

「たぁけ」

秀吉は、三成のさいづち頭を扇の先でぱちりと叩いた。

＊＊＊

琵琶湖畔の海津には、丹羽長秀も布陣していた。

南方から見れば、柴田軍は追い詰められているように見えた。それが、織田家の現実と重なった。

幼い三法師を神輿に、信雄を家臣のように扱い、信孝から人質をとる秀吉は、あまりに主家を蔑《ないがし》ろにしている行いである。

琵琶湖の浜辺で、長秀は嘆息することが多くなっていた。

たとえ信長が倒れても、せめて信忠が生きていれば、今日のような日はなかった。

信孝は武に偏り、信雄は浮薄である。羽柴には旭日の勢いがあり、織田家を存続させるためには、耐えるよりないと聡明な長秀には分かっている。

(しかたのないことではないか)

小姓として信長に仕え、以来、三十余年。戦にも、内政にも、なくてはならぬ人間として重用され、家中の宝と褒められたこともある。

琵琶湖の空に、〝筋違〟の旗がたなびいている。

初陣では奮戦したが、首のひとつも取れなかった。悔しくて悄然《しょうぜん》としていると、信長が刀についた血を指につけ、彼の頬に、大きな〝筋違〟の印を書いて、明るい声をあげて笑った。

「万千代、次こそ励め」

六角氏との戦いは、今でもよく思い出す。

勝家は観音寺城へ、長秀は信長、一益、秀吉とともに箕作城へ攻めかかった。佐久間盛政の父、久六盛次の死にざまは、見事であった。みなで亡骸を運び、酒を手向けた。

（あのころは、家中が心をひとつにし、無我夢中で戦っていた）

安土城の普請を任され、あの天にも届く城が落成したときの、言葉にもできぬ晴れがましさ。あれほどの誇り、喜びは、生涯に二度となかった。

（修理よ）

長秀は湖畔に嘆いた。

今、湖の彼方に安土の城は見えない。どこからでも、きらきらと輝いて見えた金の天守は、燃えてしまった。

（信長公に仕え、戦功二十四度ありと誇っていた柴田修理が、なぜ、明智を討つ天運にだけ

恵まれなかった)
勝家と長秀、南蛮人にも〝織田家の主立つ二将〟と知られていた二人が、揃って明智を討っていたら、今日の懊悩《おうのう》はなかった。
(わしは耐えねばならぬ)
今は、耐えるしかないのだと、長秀は天を仰いだ。

＊＊＊

三月末。

次第に気温があがり、短い春が、夏へと急速に移り変わろうとしていた。二十七日になると、秀吉は膠着した戦線を離れ、軍勢の一部を連れて長浜へと帰っていった。

四月上旬は、神明山、東野山などをめぐって、いくつかの小競り合いがあったが、戦況に大きな変わりはなかった。

勝家は好機を待っていた。

そして、四月十三日、羽柴軍から山路正国が出奔してきた。山路正国将監は、はじめ信孝に仕え、本能寺以後は勝家の配下に入り、長浜の勝豊につけていた男である。長浜が降ったため、秀吉軍に属していた。それが勝家との内通を疑われ、身を投じてきたのである。

山路が来たことにより、盛政は敵軍について詳細な情報を入手することができた。前線の東野山、神明山などの砦は縄張りも複雑で堅牢だが、後方の余呉湖畔にある大岩山、賤ケ岳は縄張りも単純で防塁も低い。岩崎山、大岩山は、まだ殆《ほとん》ど完成していないという。

盛政は、自ら内中尾山の勝家のもとへ赴いた。

「秀吉がいない隙に出陣を」

そう求める盛政に、勝家はすぐに返答しなかった。盛政の倍の年月を生き、三倍の月日を戦場に過ごした勝家には、戦の勘が備わっている。

「山路を信用できるか」

あるいは、秀吉の誘い出しの手ではないか。

しかし、数日の後、長浜で人質になっていた山路の老母、妻子が磔になったと、間者の報告が届いた。

情況が急速に動きはじめた。

伊勢からは、一益配下の峯城落城の報せが届いた。峯城を守る滝川益重は一益の甥で、やはり鉄砲の名手であった。豪勇のほまれ高く、織田信雄率いる数万の敵の猛攻を十八日間持ちこたえたあと、一益の命でようやく降った。

その一益はまだ不屈の闘志衰えず、秀吉に降伏していた織田信孝に挙兵を促した。信孝は、氏家直通の大垣城、稲葉一鉄の清水城の領地に攻め込み、放火した。寡兵の信孝には精一杯の軍事行動であったが、そのつけは、大きかった。

秀吉に人質に出していた老母と娘が、磔になり殺されたのだ。その報せは、敵味方の織田の旧臣の間を木枯らしのように駆け抜けた。

「坂氏は上様のご寵愛を受けた女人。ましてや、上様の御孫娘までを」

秀吉――無道。勝家にとって、決定的ともいえる衝撃であった。


信孝〝謀叛〟を知った秀吉は、直ちに長浜を発って美濃に向かった。木之本には、弟の小一郎秀長が大軍を擁して残留している。勝家は信孝を救おうにも、南下できない。

（どう戦うか）

勝家は軍議をもった。

秀吉は、勝家を余呉湖に足止めしておき、その間に諸大名を制圧して、天下を握ってしまおうと考えている。必要とあらば、信孝をも殺すだろう。

佐久間盛政の考えは、とにかく力押しに押して、長浜に出ることだった。

「長浜が奪い返されたと知れば、秀吉は急ぎ戻ってくる。岐阜は救われ、日和見の諸将も味方に投じてくることは必至。長浜にて岐阜より戻る秀吉を待ち受け、岐阜、伊勢の軍と呼応して、羽柴軍を包囲、殲滅《せんめつ》すべし」

楽観にすぎると、勝家は思った。

盛政は、人生の半分を戦場で過ごした男である。常に命懸けの奮戦をして、難局も切り抜けてきた。しかし、それは、信長という巨大な後ろ楯、勝家の強力な庇護があったからである。今、天下の趨勢《すうせい》は秀吉にある。この戦は、力だけでは勝てないと、勝家は考えていた。

「だが、大岩山を攻めるのは、悪くなかろう」

余呉湖周辺に布陣する将は、もとはみな織田の家臣である。信長の恩顧を受け、勝家とも昵懇《じっこん》であった。勝家は、彼らの心が揺れ動いていることを知っている。秀吉が信孝の人質を殺し、織田家にとって代わろうという野心を露《あらわ》にした今、柴田か、羽柴か、どちらにつくのが、有利か、正義か、彼らは迷っているのである。

（それを揺さぶる）

勝家の前には、戦場の絵地図が置かれている。

「大岩山砦を」

勝家は采配で絵地図の一点を指した。

余呉湖東岸、中川清秀が守る大岩山砦である。防塁は、いまだ完成していない。賤ヶ岳、岩崎山とともに、羽柴軍の本陣、木之本を柴田軍から守るための防壁である。

「ここを落とせば、敵軍内は動揺する」

敵地深く侵入する〝中入り〟は、非常に危険な戦法だ。しかし、柴田軍がここまで進出したという事実、秀吉が防壁と頼む砦を落とした武勇は、敵を、全国の諸公の心を、必ず揺さぶるはずだった。

「大岩山を落とし、火をかけ、そして、すぐに撤退せよ」

勝家は、盛政に大岩山夜襲の命を下した。

＊＊＊

夜の梢で猿が啼《な》いた。

「大丈夫かや」

盛政らが去ると、近臣の中村文荷斎《ぶんかさい》が地図をしまいながら、勝家に言った。

「なんぞ」

「前田殿だが」

社村の〝おちょけ〟中村二郎太は、今では勝家の近臣であり、右筆である。村の悪童から権六の配下になった者のうち、生き残っているのは彼だけだった。

数少ない、心置きなく語れる者だ。

「前田殿が、羽柴軍に通じておると、噂があるだわ」

「犬千代と藤吉郎は、昔からのツレだが」

「権六。わしゃあ、〝返り忠〟の話をしとる」

尾張荒子城に生まれ、若い時分はかぶき者で鳴らした犬千代は、勝家の越前入国に従って、今では能登の小丸山城主となっている。尾山城の盛政とは、たびたび生死をともにした戦友であり、兄とも慕う男である。

その前田利家に、通謀の疑いのあることは、勝家の耳にも入っていた。秀吉と利家は年も同じで、子供のころから仲が良かった。安土城では向かい合わせに屋敷を構え、家族ぐるみの付き合いだった。互いに年の離れた女房がいて、これがまた仲がよかった。

去る十一月、勝家は前田利家、金森長近、不破勝光を秀吉のもとに派遣し、秀吉と和睦交渉を行った。その際に取り込まれたのだと、人々は噂している。

「間者によれば、茂山に運ぶ酒の量が増えとると。人が酒を欲しがるのは、嬉しい時と、なんぞ悩みがある時だが」

「犬千代は、人をちょうらかす男ではあらせんが」

「何をいやぁす、ええ年からげて、甘たらこい」

文荷斎は呆れた。勝家の越前出陣、山路の内通――ごく一部の者にしか知られていないはずの情報が、敵方に漏れているのは事実である。

「まっと、用心しやぁ」

灯火が揺れ、二人の影が陣屋の壁にのしかかるように伸びていた。

勝久が、出陣の準備が整ったことを告げにきた。勝家は立ち上がり、采配を取った。勝家も狐塚まで前進し、盛政を援護をするのである。

狐塚は、堀秀政の守る東野山のすぐ北にある。この地点に布陣しておけば、堀軍の動きを牽制し、盛政の退路が確保できた。

日本中の大小名が、どちらにつくか悩んでいる。

戦の勝敗だけが、人の心を動かすと、勝家は信じていた。


その日、四月二十日、丑の刻。

盛政は密かに行市山から出陣した。率いるは弟の勝政、徳山秀現、不破勝光、原彦次郎らおよそ一万の兵。途中、茂山の西南、権現坂にて二手に分かれた。

勝家は七千の精兵を率いて、狐塚まで前進した。小姓の毛受勝助、勝兵衛兄弟は、茂山砦へ目をやった。降るような星空の下、前田軍二千がたてこもる茂山砦は、しんと静まり返っている。二人の兄、茂左衛門は、勝家の馬廻りである。

「前田殿が、秀吉と通じているという噂は、まことだろうか」

「しっ、聞こえるぞ」

小姓頭の勝助は、勝家の馬の口をとる佐久間十蔵へ鋭い視線を据えた。十蔵の父は、かつて勝家から譴責され、出奔した者だ。十蔵自身は、前田の摩阿姫の婚約者である。

「万が一、殿を害するようなことがあれば、俺が殺そう」

そのころ。盛政の弟、佐久間勝政は、賤ケ岳の抑えとして飯浦坂南東の切り通しに、兵三千をもって布陣した。賤ヶ岳から敵の迎撃があれば、ここで食い止めるのだ。

勝政は二十六歳。久六といいしの三男で、実直な勇士であった。

（兄上、御武運を）

星空を背景に、くっきりと浮かぶ大岩山に向かって祈った。


余呉湖西南岸を迂回した盛政軍五千が大岩山を猛攻したのは、黎明《れいめい》のことであった。守将は、中川〝瀬兵衛〟清秀。兵力千。防塁はいまだ半分も完成していない。薄闇の中に盛政軍の鯨波があがると、清秀はすぐさま銃撃および槍部隊で防戦しつつ、岩崎山の高山右近、賤ヶ岳の桑山重晴に救援を請う急使を送った。高山右近は、応じなかった。

「わが砦も敵襲に備えねばならぬ。おのおの砦を死守すべし」

桑山重晴は、麓の勝政軍に阻まれ出陣できない。

孤立無援の清秀は、自ら陣頭に立ち突撃を繰り返した。対する〝鬼玄蕃〟佐久間盛政は、将兵一丸となって猛撃を加え続ける。盛政の兵は、豪勇を誇る柴田軍のなかでも、抜きんでて果敢である。長い対陣の日々に倦《う》んでもいた。解き放たれた猛虎のごとく大岩山に襲いかかった。

早朝。大岩山の兵舎に火の手が上がった。それを見た高山右近は岩崎山の砦を放棄し、撤退をはじめた。敗走してきた中川軍を収容して、田上山砦に向かった。

大岩山陥落は、朝日も上りきった巳の刻のことであった。

防戦を諦めた中川清秀は五、六十人ほどの手勢を率いて、盛政軍の突破を試みたが、かなわず討たれた。

大岩山は、真っ赤な火炎に包まれた。

その火を、高山右近は田上山の頂から見た。

彼は優れた武将だったが、慈愛を説くキリシタンの教えに帰依している。勝家にはなんの恨みもない。それどころか、かつて謀反人となった父親の〝ダリオ〟が、勝家に命を救われた恩義があった。

高山右近は甲冑の下に隠したロザリオに、そっと冷たい手を当てた。

(我が主よ、でうすよ)

ジュスト――〝正しき人〟の名を与えられし男は、天上へ問いかけた。

この戦いは、正しいのでしょうか。

＊＊＊

盛政は勝家の命令を違え、昼を過ぎても大岩山から撤退しなかった。

予想以上に敵はもろかった。余呉湖畔を掌握するのも、時間の問題であろう。高山右近は撤退し、賤ヶ岳の桑山重晴も大岩山炎上を見て湖畔へ逃げた。

狐塚の勝家からは、再三、帰還を促す使者が来た。その理由が、盛政には分からなかった。却って、勝家の前進を求めた。

盛政のひとつ違いの弟、安政は慎重だった。

「帰還した方がよいのでは、兄上」

「黙れ」

盛政は一蹴した。

堀秀政の東野山さえ抜けば、勝家と盛政が呼応して田上山の羽柴秀長軍を挟撃できる。これが羽柴の本隊だ。抜けば、長浜へ突出できる。

兵は夜通しの戦で疲れているが、士気はなお高い。選び抜かれた豪勇の強者ばかりだ。賤ケ岳を取り、さらに南へと進めるはずだ。木之本へ、長浜へ――そして、秀吉の首を取るのだ。

「親父は、狐塚にいて、この状況を知らぬ。伝えよ、切に前進を請う、と」

初陣のとき、盛政は目の前で父を失った。自分がもっと大人だったら、強かったら、父を死なせずに済んだのだ。

柴田の父は、絶対に殺させせない。

佐久間の誇り、柴田の意地――それは戦うことによってだけ、守られるのだ。

「君命も受けざるあり――賤ヶ岳を、攻める」

勝家からの返答は、やはり、〝撤退〟であった。

しかし、そのときすでに盛政軍は陣容を整えて賤ヶ岳へと進軍していた。勝家も、一瞬、迷った。

（進むべきか）

乾坤一擲の戦をしかけるか。

眼前の東野山には、堀秀政の〝釘抜〟の旗が整然とはためいている。山上から襲いかかる秀政の軍勢を防ぎながら、田上山まで前進できるのか。羽柴秀長率いる大軍を突破できるのか。長浜城を取れるのか。

海津の丹羽は、どう動く。丹羽の動きは、地味だが常に的確だ。

（それでも、進むべきではないのか）

そう思ったとき、茂山砦が目に入った。

前田の〝星梅鉢〟の旗が、かすかに動いているように感じた。

文荷斎の言葉が耳朶《じだ》に響いた。

『大丈夫かや』

もしも、今、前田軍が裏切れば——万事休すだ。堀軍を抜いて前進しても、側面から前田軍に襲われる。勝家軍と盛政軍は分断され、個々に殲滅させられるだろう。

（わしは、何を考えている）

勝家は、槍を強く握り直した。

（この期に及んで、犬千代を疑うなど）

利家を信じて、茂山砦を任せたのだ。

では――、そのような要地にある茂山砦を、前田軍がたやすく奪取できたのは、はたして幸運だったのか。

時は、正午。

勝家は、いつしか自分が利家を疑いはじめていることに気づいた。

「盛政を連れ帰れ、必ず」

再び使者を出し、勝家は、自分が老いたことを知った。

＊＊＊

そのとき、秀吉は美濃の大垣城にいた。

揖斐《いび》川、長良川の増水で信孝の岐阜城を攻められず、大垣城に足止めをくっていたのが幸いだった。〝勝家動く〟の急報に、直ちに軍を木之本へ向けた。

大垣から木之本までは十三里、丘陵が続く山道を、秀吉は全力で駆けた。大軍である。通常ならば、一両日はかかるのを、二時半で駆け抜けた。沈む太陽と争うかのように駆けまくった。進路となる北国脇往還には、石田三成が近江衆を指揮して松明、兵糧、水を準備して、万全の援護体勢を調えていた。秀吉軍は馬を乗り潰し、足軽が泡を吹いて倒れても、なお駆けた。

秀吉は馬上で焚き出しの握り飯を頰張りながら、叫びたい気持ちだった。

「南無八幡大菩薩　これで勝てる」

（おろかな修理、あわれな修理）

秀吉には、人の心が手に取るように分かる。それが、天が彼に与えた才であった。醜い小男、卑しい生まれ、教養も、武勇もない。しかし、その〝才〟は、無敵であった。

信長は、人には出来ぬことをやった。

秀吉は、人が〝秀吉には出来ぬ〟と思うことをやるのだ。

鬼柴田、天下一の槍の使い手、織田家随一の忠義者、かかれ柴田、瓶《かめ》割り柴田――それがなんだ。

「柴田が鬼なら、わしゃあ神だが」

松明の光の中、秀吉は握り飯を手に鞍壺に躍り上がった。

「白山神社の、猿神様だぎゃあッ!!」

＊＊＊

（盛政はまだか）

勝家は南方を睨み続けていた。日は次第に暮れていく。盛政からは、撤退の報せも、賤ヶ岳奪取の報せもない。

一方の盛政は、賤ケ岳を攻めあぐねていた。誤算があった。一度は湖畔へ逃げた桑山軍が、丹羽長秀の援護を受けて引き返してきたのである。大岩山から賤ヶ岳へ連なる尾根で戦となった。

(親父はまだか)

盛政は勝家を信じていた。必ず来る。堀軍を蹴散らし、南下してくる。そのまま田上山へ、木之本へ、長浜へ。

そのために、ここに丹羽・桑山軍を引きつける。

夕映えの余呉湖をはさんで、叔父と甥は同じ言葉を繰り返していた。

(まだか)

日が刻々と沈みゆく。


勝家は、かつてない胸騒ぎを感じていた。何度も夕日に呼びかけた。

(理介――理介)

子供のころから勇敢すぎる〝虎夜叉〟に、父の久六は仮名《けみよう》を〝理介〟と名付けた。

(なぜ、戻らぬ)

夕日を睨み、勝家は、忽然とあの秋の夕暮れを思い出した。最後の秋――狐森で、信秀と見た夕日。雪枝もいて、香流もいて、市姫も、信長もいた。

自分の生涯のなかで、一番、うつくしい夕日であった。

あのとき、勝家は、信じていた。信秀とどこまでも進んでいく。信秀の見た、遥かな海を――必ず自分も見るのだと。

あの日の勝家は、今の盛政と同じ年頃であった。

確かな未来だけを思い描き、信じていた。

(わしは――老いた)

勝家は、初めて、自分が本当に老いたことを感じた。勝家は、叫ぶように毛受勝助を呼んだ。

「馬を牽け――理介を救えッ!!」

黄昏が余呉湖を染める。

南東、木之本から田上山を望んだ盛政の目が、光を捉えた。右手の伊吹山の方から、左手の木之本宿に向かって、松明の列が点々と輝いていた。松明の列は、そのまま行軍する大軍に見えた。やがて、木之本方面から続々と兵が増えてきていた。

「ありえぬ」

盛政は兜の目庇《まびさし》をもたげ、目を凝らした。いかな秀吉だとて、早すぎる。初めて盛政は不安を感じた。

そのとき、すでに羽柴軍には秀吉の帰還が喧伝され、全軍が賤ヶ岳に投入されていた。盛政が兵を撤収、撤退を始めたのは日が変わり、月が出たころであった。あたりには敵軍が群れていた。

月明かりだけを頼りに、盛政は権現坂に向かって来た道を撤退しはじめた。その背後に秀吉自ら指揮を取る二万の追撃軍が迫った。福島正則、加藤清正、加藤嘉明、片桐且元ら秀吉子飼いの若者たちが盛政隊の殿に襲いかかった。

その側面から、柴田軍の伏兵が鉄砲をさかんに撃ちかける。賤ヶ岳北面に潜んでいた佐久間勝政隊である。盛政本隊も後尾に原彦次郎率いる精鋭を配し、たびたび追撃を押し返す。

「ただでは退かぬ。一兵でも多く殺し、一兵でも多く帰る」

〝鬼玄蕃〟佐久間盛政は、鬼神となった。その槍は勝家仕込みだ。歩き始めるより先に槍を握った。槍は血に濡れ、柄を伝った血潮が地に滴った。戦うほどに盛政の槍は冴え渡る。昨日より丸一日、戦い続け、疲労は極限に達していたが、盛政は微塵の疲れも見せなかった。

弟、安政は弓の上手だ。死闘する兄と距離を保ちつつ、矢を放って援護した。

佐久間盛政隊は一丸となり、撤退というよりも、攻め手と見えるほどの気迫であった。

勝家の待つ狐塚からも、鉄砲の音、戦の声がこだまとなって伝わった。さらに木之本方面から賤ヶ岳にかけ、闇を払うような松明の光が見える。

間もなく、秀吉が戻ったことが伝わった。しかし、勝家は動かなかった。すでに堀秀政が東野山を下りて来ていた。勝家が動けば、堀は山を降り、盛政隊の退路をふさぐ。そうなれば、袋の鼠、全滅だ。

「盛政らが戻るまで、何としても支えよ」

側面には堀秀政隊、正面からは田上山から前進してきた羽柴秀長隊が迫っていた。

夜明け、盛政軍はようやく権現坂まで撤退してきた。ほぼ全軍が残っているのは奇跡であった。

「あとは勝政だ」

盛政本隊の撤退を援護するため、弟の勝政隊がまだ後方で防戦を続けていた。羽柴軍も盛政隊の追撃を諦め、賤ケ岳西方に残留する勝政軍に照準を合わせている。

佐久間勝政にとって、絶望的な戦況であった。

しかし、勝政は諦めなかった。佐久間の血は、大学、盛政ら豪傑に傾くときと、信盛、盛次ら知性に傾くときがある。勝政は、その両方を兼ね備えていた。冷静だった。

「散るな、一丸となって進め」

切り通しの東西斜面に分かれて防戦していた部隊を合わせ、密集して西南方面に山を降りた。そこに羽柴軍は一斉に鉄砲を撃ちかけ、続いて再び総攻撃をかけた。福島正則、加藤清正が賤ケ岳から一気に山を駆け降りる。山道は険しく、見通しは悪い。強力で知られた勝政は、道を遮る枝をへし折り、藪を踏み越え、黙々と北へ進んだ。

「進め――進め」

おびただしい松明が木立の間を行き交って、あたりは真昼のように明るい。勝政隊を救援すべく、権現坂の盛政隊からも拝郷家嘉と山路将監が援護に走った。勝政は追いすがる敵の猛攻を防ぎつつ、時には攻め返し、部隊をほぼ完全に保持したまま、ついに峯伝いに撤退を完遂した。

その様子は、周辺に点在する砦からもよく見えた。

昼前、盛政は権現坂にて敗走してきた勝政軍を収容、態勢を整え、列を乱して追ってくる敵を迎撃し、さらに反撃に出ようとした。

「被害は少ない。狐塚の一万の軍と合流して、乾坤一擲の戦をしかける」

盛政は血で真っ赤に染まった顔で、弟の肩を摑んだ。秀吉、秀長の本隊は東西の二路に分かれて、追撃のため戦場に深入りしている。

「狙うは、秀吉」

盛政は先頭に立った。〝鬼〟と呼ばれた柴田、佐久間軍の真の強さを、すべての人の目に焼き付けてやる。このまま味方の行市山、別所山の麓を東に下れば狐塚だ。

（親父が待っている）

勝家と盛政が力を合わせれば、どのような敵も恐れるに足らぬ。必ず勝てる。

「必ず、勝つのだ」

盛政が顔をあげようとした、そのときだった。後方の部隊で兵たちが騒ぎはじめた。

「前田が、逃げるぞ」

茂山に布陣していた前田利家、利長親子の軍が陣を放棄し、続々と西へ向かって戦線を離脱していた。長く伸びた盛政隊の後方を横切るように、琵琶湖畔へ消えていく。

「――〝裏崩れ〟」

その様子は、前方の部隊からは後方が崩れたように、後方の部隊からは、前方が崩れたように見えた。兵たちは恐慌した。

「落ち着けッ」

盛政の声は、東からあがった喚声にかき消された。

前田軍が砦を放棄したため、その東側の神明山、堂木山の軍勢が追撃に加わったのだ。盛政軍には、もう撃退する余力はなかった。山中に散り散りに逃げ、羽柴軍はそれを数にまかせて討ち取った。最後尾を守っていた拝郷家嘉、山路将監、佐久間勝政はなお反撃しようとしたが、次々に力尽きて倒れていった。

「前田殿、返り忠!!」

凶報は、すぐに狐塚にも伝わった。夜が明け、日が昇る。太陽が、崩壊した盛政軍の屍を照らした。ある者は討たれ、ある者は逃げ、投降し、兵は三千にまで減っていた。

勝家も両面に敵を受けていた。正面には、堀秀政・羽柴秀長軍。西からは、盛政を追ってきた秀吉本隊が迫っている。敵の全軍が、この狐塚を、勝家を目指して殺到していた。

「一戦すべし」

勝家は、槍を握った。空が眩しく、青かった。

戦いだけの生涯だった。それだけの一生だった。そんな自分が、秀吉に勝てなかったのは、当然であったのかもしれない。

自分が何も考えず、ただ戦っていた間、秀吉は深田で田螺をよりながら、戦場の泥にまみれて、遥かな天の彼方に輝くものを、夢想していたのだろう。

その遙かなる天の高みは——信長の不在によって、誰のものでもなくなった。手を伸ばせば届くと、そう考えた秀吉に、罪があろうか。

勝家は押し寄せる敵中へ突撃した。左右に迂回した敵が両脇から突入してくる。

「かかれッ、突き伏せよ」

左右に槍を開いて迎え撃つ。山中では槍の長柄が木に当たる。しかし、〝権六〟は慣れている。木立の間に槍を振るって、次々と押し寄せる敵を倒した。十数人を突き殺し、穂が折れた。死人の槍を奪い、さらに三人を突く。全身が紅に濡れた。すべて敵の血であった。

「――鬼だ」

もはや勝家に挑もうとする敵はいなかった。

「矢を放て！」

勝家は槍を捨て、矢の雨を太刀で払った。敵に飛び込み、いちど大きく押し返してから、やや下がって手勢をまとめた。残っているのは、佐久間十蔵、毛受兄弟、年若い者ばかり百余人。

「ここまでか」

勝家は袖に刺さった矢を引き抜いた。藪の彼方に、堀秀政軍の旗が見えてきていた。やがて秀長、秀吉らの軍もこの山道に押し寄せてくるだろう。

勝久が、膝をついて別れを告げた。

「私は甥の身でありながら、世子に選んでいただきました。今、少し早くはございますが、この旗を受け継がせていただきます」

勝久は二つ雁金の旗を掲げると、一礼して馬に飛び乗り、迫りくる敵中へと駆けていった。まだ十五歳、勝家はその名を叫んだ。

「勝久、お国」

勝家は勝久を追い、正面の堀隊に最後の突撃をかけようとした。それを毛受勝助と佐久間十蔵が押しとどめた。

「大将は、城の外で死なぬものと聞いております」

勝助は、勝家を無理に後方へ下がらせた。

「あのような者たちに、殿の首級を渡してはなりませぬ」

その間にも、残った兵が押し寄せる敵の中へ飛び込んでいく。叫びながら四方へ散るのは、敵の目をくらますためだ。

「殿の恥は我らの恥、どうか」

勝助は平伏し、山道を覆う枯れ葉の上に額をつけた。

若者たちの断末魔の声を聞きながら、勝家は後方の藪へさがっていった。藪の陰に勝助の兄弟たちが待っていた。長兄の毛受茂左衛門は馬を連れ、末弟の勝兵衛は勝家の金の御幣《ごへい》の馬標を手にしていた。

「ここは我らにお任せを」

勝助は勝家を馬に乗せ、手綱を佐久間十蔵に手渡した。

「一瞬でも疑ったこと、詫びる」

前田の裏切りを、誰よりも恥じているのは十蔵だった。勝助は、無理やり十蔵に手綱を握らせた。

「小姓頭としての命令だ。殿をお守りし、北ノ庄へ帰れ。頼むぞ、十蔵」

すでに、堀秀政の軍がすぐそこに迫っていた。

金の御幣を木々の間に見て、堀隊が毛受の隊に殺到する。兄弟は敵を防ぎつつ、勝家の去った街道を逸れ、林谷山の砦まで後退した。

「あれは本当に修理でしょうか」

部将の問いに、堀秀政は答えた。

「そうだ――追え」

彼もまた、かつては信長の信頼あつい小姓であった。あの日、天正十年六月二日、本能寺にいたのなら、信長とともに死んでいた。

林谷山の木々に、勝助の声が響いた

「われこそは、柴田修理亮勝家なりッ」

木立の間に、岩影に、つい一年前まで同胞であった者たちは戦い続ける。血が山肌を流れ、草を染めた。

茂左衛門、勝助、勝兵衛。

若き毛受の兄弟三人は、夕刻を待たず、柳ヶ瀬の木陰に散った。

＊＊＊

北国往還を越前に向かい、数騎の武者が駆けてゆく。

「たぁけが、修理を逃がしたと」

珍しく使者を叱りつけた秀吉に、石田三成が茶を勧めた。

「北ノ庄へ帰るには、府中を通らねばなりません」

「犬千代か。なんぞかんぞ迷っとったようだぎゃ」

秀吉は茶碗を取ったが、少し考えて、やめた。

「今のうちに、寝まい」

陣屋の寺の縁側に、そのままごろりと横になった。

「果報は寝て待て――そう言うげな」


新緑の山道を越え、勝家は府中まで出た。北ノ庄への途上にある、前田利長の城である。

「もうすぐ、田植えか」

初夏の田園を目にすると、戦が夢のように思われた。

越前の一向一揆を制圧するのは、地獄のような戦いだった。府中の戦いは特に厳しく、町中が死体で埋まったものだ。ようやく傷が癒えたこの国を、再びあの地獄に戻すのは、あまりに哀れだ。

（わしは、また間違ったのか）

この多くの若者が命を落とした無益な戦いの果て、やがて、織田は天下を失うだろう。ふと、何十年も前に死んだ、犬のヤリのことを思った。

雪枝を追って、燃え盛る炎の中に飛び込んだヤリ。雪枝を守れと言われたからか。それが自分の役目だと信じていたのか。

それとも、ただ救おうと、救えると信じて駆けたのか。

(それを、お前は笑うか、藤吉郎)

疲れ果てた馬の首を、勝家は軽く叩いてやった。


前田親子は茂山砦から撤退してきた具足姿のまま、城下に幕を張って勝家の到着を待っていた。

「ここで修理の首を取るのですか」

息子の利長が、父に尋ねた。

「しかし、北ノ庄には妹がおります。なぜ密かに人をやり、摩阿を取り返さないのです」

利家は怒ったように腕を組み、床几に座り込んでいる。傍らに、妻のまつが厳しい顔をして立っていた。

「あなたが、〝おやじ殿〟を御生害《ごしょうがい》なさるのならば、摩阿のことはお諦めなさい。あなたの代わりに、前田家の身代わりとして、摩阿は死なねばなりません。恥の上に恥を塗るようなことは、くれぐれもなさいませぬよう」

気丈なまつは、それだけ言って城中へ戻っていった。

程なく、勝家が府中に入ったという報せが来た。

馬も人も疲れ切り、敗戦の惨めな姿だった。出迎えた利家に、勝家は馬を降りて、一言、言った。

「面目無い」

利家は、勝家の血に汚れた顔を見返した。

「武運拙く、この次第となった。今までの昵懇を謝す。そなたは秀吉とは朋友だ、気兼ねなく降るとよい」

利家は何か言おうとしたが、先に勝家が言葉を続けた。

「腹がへった」

利家の言葉を遮《さえぎ》り、勝家は湯漬けを求めた。

「みなのぶんも頼む」

「湯漬けの他に、何か、わしにできることはあるか」

「では、替え馬を貸してくれ。痩せ馬でよい。北ノ庄へ、帰るだけだ」

黙々と湯漬けを喰い、勝家は礼を言って立った。利家は無言で見送った。言いたいことは、山ほどあった。しかし、どれほど言葉を尽くそうと、虚しいことを知っていた。

痩せ馬にまたがり、別れ際、勝家がはじめて笑った。

「犬千代よ――立派になったたな」

勝家が皮肉などを言う人間ではないことは、利家はよく知っている。

「立派な、大名になった」

利家の胸に、後悔でも、済まぬという気持ちでもなく、耐えがたく切ないものがこみあげた。

気が強いばかりの、かぶき者。負けん気で、派手好きで、まっすぐな男。信長に認められることが何より大事で、筋や義理立てを何よりも重んじていた。

ふいに、あの自由だったころの犬千代に戻ったようで、利家は一歩を踏み出した。

(また逢おう、おやじ殿――安土で)

勝家は馬上でわずかに振り返り、重たげに片手を上げた。

籠手を編んだ紐がほつれてなびき、そのあざやかな朱の色が、利家の目に、いつまでも残った。

＊＊＊

深夜。勝家は足羽川のほとり、北ノ庄城に帰還した。

二万の大軍で北ノ庄を発し、今、戻ったのは僅かに八人。半ばは戦死し、半ばは降り、残りは逃げた。盛政も、勝政も、勝久も、戻らなかった。

すでに敗戦の報が届いており、留守を預る者たちによって、籠城の準備が始まっていた。

勝家は、人々が忙しく動く城内を抜け、市たちが暮らす奥へ向かった。そこでも女たちがたすき掛けして、座敷で鉄砲の弾を鋳ていた。

茶々が鉛杓を手に、怯える妹たちを叱りつけていた。

「泣くより、手を動かしなさい」

小谷城の落城を、長女の茶々ははっきりと覚えていた。今も夢に見て、自分の悲鳴で目を覚ます。

「死にたくなくば、弾を鋳なさい。早く」

勝家に気づいた江が駆け寄ってきた。しかし、勝家の血に汚れた姿に怯え、また泣き顔になった。

「おじじ様、この城は落ちぬな」

勝家は笑って、江のつややかな頭を撫でた。

「摩阿姫はいずこに」

名を呼ぶと、女たちの間からおずおずと一人の少女が進み出た。

「茶々姫、妹君たちを連れ、摩阿姫とともに行きなさい」

「どちらへ？」

「十蔵」

勝家は背後に控える十蔵を呼んだ。摩阿姫の婚約者である。

「府中へ、そなたが姫たちを送ってゆけ。戻るには、およばぬ」

利家ならば、姫たちを秀吉から守ってくれるだろう。十蔵も前田に仕え、生き延びればよい。これ以上、若い者が死ぬのを見たくなかった。

何か言おうとする十蔵を残し、勝家は奥の座敷へ入った。

薄暗い座敷に、市がひとりで座っていた。

勝家は、その前に腰を落とすと、無言のまま、深々と頭を垂れた。

「詫びねばならぬのは、わたくしです」

市の声が、静かに響いた。

「修理殿には――礼と、詫びを言わねばなりません」

＊＊＊

翌四月二十二日。

秀吉は越前に侵攻、府中を囲み、前田利家は戦わずして降伏した。

府中は、嫡子利長の城である。妻のまつも住んでいた。会見の間で、まつの横に摩阿姫を見つけると、秀吉は驚き、また喜んだ。

「おお、暫く見ない間に、美しゅうなられて。おいくつにおなりだろう。そうか、もう十三か。よい婿をさがしてやらねばな」

「修理は、貸した馬に、娘を乗せて、返してきた」

利家は、秀吉の前に頭を下げた。

「頼む、柴田修理の命、助けてやってくれ」

二人はずっと友人で、頭など下げたのは初めてだった。

「永平寺にでも、高野山にでも送り、出家させればよいではないか」

生意気ざかりの自分に槍を教えてくれた勝家、信長の勘気に触れて浪人していた自分を、ただ一人だけ取りなしてくれた〝おやじ殿〟、厳格な父親とそりが合わず、家に寄りつかなかった自分にとって、本当に父のような存在だった男が、古道具のように嘲笑《あざわら》われ、死んでいくのを見たくなかった。

「頭を上げてちょう、又左《またざ》」

秀吉は、優しく利家の背に手をかけた。

「北ノ庄攻めの先鋒、おみゃあに任すで、あん頑固親父に、ええように話してちょうせ」

勝家は、摩阿姫だけでなく、北ノ庄にいたすべての人質を解放していた。

堀も丹羽も、老臣どもも、口を揃えて言っている。柴田は忠臣で、野心などない。柴田勝家を殺してはならぬ――と。

秀吉は、やれやれというように、強行軍で疲れた肩を揉んだ。

（だからこそ、あの男を生かしておくわけにはいかんのだわ）

＊＊＊

籠城する者が、北ノ庄に集まってきていた。

老いた、懐かしい顔が多かった。尾張から、ずっと共に戦ってきた者の、生き残りたちだった。

柴田彌右衛門、大屋長右衛門尉親子。小島若狭守と一子、小島新五郎。吉田藤兵衛、藤十郎父子。中村與左衛門尉、松平甚五兵衛尉は同郷だ。盛政の部下、松浦九兵衛尉と松平市左衛門尉は、賤ケ岳から負傷しながら帰還してきた。

三千の兵の中には、長年務めた老兵、下人、兵とはいえぬ者たちも多かった。舞人の山口一露斎若太夫、右筆の上坂大炊助も、日頃の恩顧に応えると言って、去らなかった。彼らも、武器を携えていた。

城門が閉められる直前に、足をひきずった町人がひとり、槍を担いでやって来た。

「おお、玄久か」

城下で豆腐屋をやっていたはずの〝天狗〟の玄だった。手取川の戦で足にひどい怪我をした玄に、勝家は土地を与えて隠居させた。大豆がよくでき、豆腐屋〝玄久〟を営んで、北ノ庄にも収めていた。

「あの世でも、うんみゃあ豆腐を喰わせてやろまい」

古槍を手に城門をくぐった玄を、昔馴染みの中村の〝おちょけ〟が迎えた。

「〝天狗〟が逃げずにおったか」

「おみゃあこそ、権六の足をひっぱるな」

最後に、佐久間十蔵が戻ってきた。

「なぜ戻った、摩阿姫は」

十蔵は額に浮いた汗をぬぐい、勝家の前に膝をついた。

「幼き者にも、男の意地がございますれば」

北ノ庄城が、前田利家を先鋒とする大軍に包囲されたのは、それから間もなくのことだった。

城下の抵抗はなかった。勝家は住民に防戦を命じていなかったし、住民たちにも独自の情報網がある。秀吉が、賤ヶ岳では日差しに苦しむ負傷者に笠を買ってかぶせたとか、兵糧米を十倍で買ってくれるとか、そんな噂を聞き込んで、家にこもるか、周辺の野山に隠れるかして、戦が通りすぎるのを待った。

大軍が松明をかかげ、ひしひしと城を取り囲む。笏谷石《しゃくだにいし》で葺《ふ》いた天守が、夜空に淡く浮かび上がって見えた。

秀吉は、足羽川をはさみ、城を見渡せる足羽山に本陣をおいていた。北ノ庄城は九重の天守のある立派な城だ。信長が一族にだけ許した金箔を貼った軒瓦が、翡翠色の石垣に映え、美しい。

石田三成が次の命令を待っている。

「城攻めは、どのように」

「待て待て。修理は阿呆ではない。いたずらに城や人を傷つけるな」

秀吉は考えていた。

摩阿姫の言うには、勝家は市と姫たちを前田利家に託そうとしたのだが、市が拒み、結局、摩阿姫だけが城を出たということだ。

これほどの城を焼くのは惜しい。美女の身に万が一のことあれば、さらに惜しい。

お市様は、天下第一番のお生まれつき。何といっても東国一の無双の美女。清洲でお見かけしたときも、美貌はますます﨟《ろう》たけて、後家の色香が立ち昇るようであった。

そもそも織田家がどうの、忠節がどうのと、煩《うるさ》いことを言う連中を黙らせるには、市を妻にし、子を生ませ、その子を三法師にすげ替えるのが手っとり早い。

とはいえ、古女房のおねねを離縁するわけにもゆかぬし、かといって一緒に置いておくのもどうか。このまま北ノ庄に住まわせるのも一計だが、遠くて毎夜は通えない。

（やはり、大坂あたりに新しい御殿を建て、大切にしまっておくのがよかろうか）

そこへ三成が取り次ぎにきた。

「丹羽様と、前田様が」

「またか」

丹羽長秀、前田利家が中心となり、いまだに勝家の助命嘆願が続いていた。今日は堀秀政までついて来ていた。

「柴田修理は先々代からの随一の功臣でありますゆえ、なにとぞ御寛恕のほどを」

「分かっておる」

秀吉はぱちぱちと扇子をいじった。

「分かっておるが……わしが許しても、あの男が、わしを許さんのだわ」

丹羽らが去っても、秀吉はまだ扇子をもてあそび、考えこんでいた。三成が言った。

「小谷の方様を渡せば城兵の命を助ける——と、修理に書状を送られては」

秀吉は、ため息をついた。

「佐吉は計算は立つが、人の心が推し量れぬのう」

＊＊＊

戦を恐れ、北ノ庄から逃げ出した人々が、街道に群れていた。
上村六左衛門——〝烏〟弥平は、その流れに逆らうように、北ノ庄へ向かっていた。佐久間盛政の居城、尾山の家老を務める白髪の老武者である。

若いころから畑で鍛えた足腰は、今も若い者にはひけをとらない。同道する女主人も、さらに健脚であった。尾山城主、盛政生母〝末森殿〟――勝家が姉、いしである。

「北ノ庄は、城は見えたか」

羽柴軍の目を恐れ、女と老僕に装っていた。もうひとり、いしは一人娘を連れていた。息子の中にたったひとり生まれた娘で、早世した妹にちなんで華と名付けた。

「母上様、兄上たちはご無事でしょうか」

娘の問いに、いしは答えなかった。

「弥平」

いしは、何十年も尽くしてくれた老僕の名を呼んだ。

「いざというときは、我らの介錯を頼みます」

「いし様……早まっては、まだ」

「覚悟に、早すぎるということはない」

老いてなお、いし姉さの眼差しは勇ましかった。尾山城に残った盛政の妻子、幼い末子の勝之は、富山城の佐々成政のもとへ落ち延びさせた。もう思い残すことはない。

「負けたのなら、理介は死んでいる。あの権六が、羽柴に降るわけがない」

柴田は滅びる。佐久間も滅びる。

（ならば、最後まで、このいしがついて行ってやらねば）

闇の夜道を恐れもせずに、主従は尾山から北ノ庄まで歩き続けた。

社村から御器所へ、尾張御器所から越前尾山へ、いしの長かった旅も、間もなく終わろうとしていた。

＊＊＊

盛政、安政、勝政、そして、勝久は、ついに北ノ庄に帰らなかった。

城には決戦前夜の慌ただしさは微塵もなく、ただ城壁際に整然と立て並べられた松明、旗指物だけが、すでに戦が始まっていることを告げていた。

二羽の雁金がたなびく様は、たくさんの雁が群れているようだ。雁は群れをなして、故郷へ帰る。しかし、彼らは、別離のときを迎えていた。

多芸の中村文荷斎が、勝家の最後の肖像を描き終え、筆を置いた。

本丸天守にて、酒宴が始まっていた。愉快に謡い、舞い、歓談して、まるで戦勝祝いのようだった。ありったけの美酒、酒肴が供されている。

勝家は、すでに殆どの家臣と妻子、侍女たちを城から退去させていた。兵や下人も、去りたい者は銭をやって自由に去らせた。城中にいた三歳の孫、勝政の子も城から出した。母親は日根野高吉の娘で、勝家はこの子に自分の兜を形見に与え、日根野庄へと落ち延びさせた。

「秀吉が欲しいのは、この修理が首ひとつ。みな城を出て、縁故を頼っていかようにも生き延びよ」

それでも、近い縁者と老臣を中心に、八十人ほどが残っていた。市と姫たちも逃げるよう再三、諭したが、市は頑として残ると言い張った。

「いま再び命を永らえ、世の笑いを受けたくありませぬ」

浅井長政が退去せよと言ったとき、彼女はともに死ぬ覚悟をしていた。しかし、まだ幼い三人の娘がいた。末の江は、まだ乳飲み子であった。

今、市の表情は穏やかで、何の憂いも見せていなかった。勝家は、姫たちの若さを惜しんだ。自分の娘ならば、ともに死ぬのもよかろう。しかし、彼女らは、勝家にとってもっと尊い血を受けている。

「あなたは信長公の妹であり、姫たちは姪である。秀吉とて、けっして粗略にはしないであろう」

勝家は、何としても姫たちを救いたかった。座敷の隅で身を寄せている、三人の方を見やった。

「いや」

茶々が立ち上がり、烈火のように叫んだ。

「茶々は城を出るのはいや、母上と残ります」

「初も父上の所へ行きたい」

「おじじ様と一緒にいる」

江が駆け寄り、勝家の腕にすがった。

「お花見に行くのだもの、ね」

幼い姫の手の温もりに、勝家はこぼれそうになる涙をこらえた。

市は、すでに姫たちの乳母、侍女たちを無理に城から去らせていた。残っているのは、勝家に殉じると決めた者たちだけだ。一度城外に出れば、再び戻ることは難しい。姫たちを、城外へ連れ出す者がいなかった。

(これも、天のさだめであろうか)

勝家は酒杯を取った。そこに十蔵が新しい酒肴を運んできた。出来たての、湯気の立つ魚の汁だった。

「厨《くりや》に、まだ残っている者があるのか」

「賄いの老女が一人、残っております」

「呼んでまいれ」

間もなく、おずおずと一人の老女がやってきた。手拭いを目深にかぶり、廊下に控えた。

十蔵がたしなめた。

「殿の御前だ、手拭いをとりなさい」

なお顔をあげぬ老女に、勝家はいきなり歩み寄り、その手を摑んだ。

「──かおる」

老女が弾かれたように顔をあげた。ゆたかな白髪、目尻には深い皺が刻まれている。見知らぬ顔だ、しかし、その目、その手の甲に薄く残った花形の傷は、見違えるわけがなかった。

市が息を呑むのが分かった。市は、毎日の膳が懐かしい味がすると言った。彼自身も、ずっとそう感じていた。懐かしい尾張の味だ──と。

「いつから……いたのだ」

「ずっと」

香流は権六の顔を真っ直ぐ見つめ、微笑んだ。

「ずっと、おそばにおりました」

一益か、いしの仕業か。そんなことは、どうでもよかった。

勝家は足元を見た。古びると、新しく調えられる足袋。

一度として、大きすぎることも、小さすぎることもなかった。若いころから、人より抜きんでて大きい勝家の足に、指の長ささえぴったりと馴染むのは、香流の作った足袋だけだった。なぜ気づかなかったのか。

香流が、雪枝との約束を破るはずがなかった。権六を見捨て、市を見捨てて、どこかへ行ってしまうはずがない。

「……かおる」

市もまた、物心ついてからずっとそばにいてくれた侍女を覚えていた。撫子《なでしこ》のような、可憐な面影が残っていた。

権六は香流を妻にするだろうと、侍女たちが話していた。その香流が、ふいに消えた。死んだのだと聞いていた。しかし、香流はずっと──影となって、権六を、ちい姫を、見守っていてくれたのだ。

柴田勝家の妻として、ともに死ぬ名誉は本当は香流のものだったのに。

市の頬を涙が伝った。

人は何と、強いのだろう。

この時に及んで、この世を、命を、あまりにも愛しく思った。

市は、大切に携えていた文箱を開いた。織田木瓜を象嵌《ぞうがん》した文箱には、ひと振りの守り刀と、古びた紙包みが収められていた。守り刀に刻まれた紋は、三つ盛りの亀甲剣花菱──亡き夫、浅井長政の形見であった。

守り刀を帯に挿し、市はそっと紙の包みを開いた。中には朱漆の櫛が包まれていた。

信秀が雪枝に贈った櫛だった。権六が拾って香流に渡し、雪枝が形見とした櫛を、香流は市に残して姿を消した。

市は、黄ばんだ奉書紙を、勝家に渡した。優しげな雪枝の文字が、いまも静かに息づいていた。

　冬ながら　空より花の散りくるは
　雲のあなたは　春にはあるらむ

勝家は筆をとり、裏の余白に辞世を記した。

　夏の夜の　夢路はかなき　跡の名を
　雲居にあげよ　山ほととぎす

黄泉路を導くという不如帰。その声が、夜明けの空の彼方から聞こえはじめていた。
勝家から紙片を受け取り、市も詠んだ。

　さらぬだに　打ちぬる程も　夏の夜に
　別れを誘う　ほととぎすかな

市は、再び櫛を紙に包み、香流の手にそっと渡した。

「〝ちい姫〟の、最後の頼みをきいておくれ」

市は、三人の娘を手元に呼び寄せた。

「姫たちを、城外へ」

茶々は、自分が何を言っても無駄なことを悟った。

母は先に、遠いところへ行ってしまった。

そこは小谷の父のいる場所――遠くて、きっと、近いところだ。

少女の頬に、涙はもう流れなかった。

命も心も、これからは、自分の力で守っていくのだ。


勝家は、あの袖切丸を香流に託した。

「また、苦労をかける」

香流は誇らしげに頷いた。勝家は、ずっと気にかかっていたことを詫びた。袖を摑み、いつか必ず――と、約した言葉を、果たすことができなかった。

「お前には、嘘をついた」

「わたしも」

二人は笑った。

香流は袖切丸を袖に抱き、江姫の手を引いて、茶々、初と共に立った。

「姫さまがた、参りましょう」

一度だけ振り返り、香流は天守を後にした。息をひそめたような戦場に、不如帰の声だけが響いている。

テッペンカケタカ

城を出て、見上げると、まだ名残りの二十三夜の月が輝いていた。

北ノ庄城に残った者たちは、みな、明日の月を見ることはできない。

信秀や雪枝が、今日の月を見ることができないように。

いつかの月を、今日生きる者の誰もが、見ることができないように。

悲しむことはない。

皆、きっとまた会うだろう。

香流川のほとりで、狐森の木陰で、二十三夜の月の下で、きっと——また。

今、目は曇り、頬を雪よりも冷たい滴が濡らす。

それでも、あの、空の雲の彼方には。

＊＊＊

松明に翡翠に浮かぶ北ノ庄城を、黄金の旗が隙間なく取り囲んでいた。

城からは、一本の矢も射かけてこない。賑やかな管弦の音、楽しげに笑う声が響くばかりだ。やがて、城は静まり返り、未明。

ついに総攻撃の命が下った。

前田利長は、ずっと不機嫌な父の顔色を覗《うかが》った。

柴田勝家は落城を覚悟し、敵は寡兵だ。攻めれば難なく城は落ち、秀吉の天下——前田家は第一の功労者である。

それなのに父親が不機嫌なわけを、利長も薄々は察していた。

「柴田修理は、妹を返してくださった。父上を、お許しくださったのです」

「だまれ」

利家は、いきなり息子の頰を殴りつけた。

「許すも許さぬもない。そんなことは、分かっている」

元服のとき、前田犬千代は〝家〟の字を、勝家からもらった。

『お前は兄に代わって跡取りになった、もう自分勝手はできぬ。家を守れ』

そう教えたのは、勝家だった。

殴り倒され、唖然とする息子に、利家は絞るように言った。

「かぶき者、前田犬千代。生涯唯一の後悔……わしは、一生、今日のことを後悔する。夢にも見、忘れることもできぬであろう」

＊＊＊

北ノ庄の空に、鯨波が響いた。

夜明け、寅の刻。攻撃開始。

北ノ庄城を守るは僅か二百の老弱兵。手に馴染んだ古槍を手に、防戦に努めた。

寡兵ながら、曲輪、櫓の配置には一部の隙もなく、力押しに攻める羽柴軍を一人、二人と弓、鉄砲で討ち果たしつつ、羽柴軍四万を昼まで支えた。

羽柴軍の損害は少なからぬものがあったが、多勢である。ついに城門が破られ、羽柴軍が城内に乱入した。

勝家は槍を取って戦った。槍が折れると、次の槍を取り、槍が尽きると、刀を抜いた。

どこかで不如帰が啼いていた。

今日も、暑くなるだろう。


正午。本丸陥落。羽柴軍、天守に突入。

柴田軍は槍を連ね、弓鉄砲で防ぎつつ、七度までも押し返し、徐々に天守へと後退した。

石壁の下に、槍を握った〝天狗〟玄が倒れていた、十蔵は腹に鉄炮を受け、石段に腰掛けるように息絶えていた。

血のしたたる抜き身を下げ、勝家は天守閣の九重へ到る階段を登っていった。

天守の広間に、女たちの死体が寄り添うように並んでいる。そのなかに、ただひとり動いている者がいた。

中村文荷斎が戸障子を集め、それを女たちの死体にかけると、火をつけた。勝家に気づくと、顔をあげ、少し疲れたような顔で、わずかに笑った。

「したくはできたが」

勝家は頷いた。やはり、少し笑った。

「〝おちょけ〟、行こまい」

先に立って、最後の階段を登っていった。

「権六よ、おみゃあは変わらんが」

まるで使い慣れた鍬を担いで、畑に行くような顔をしている。

矢の突き立った板戸を開けると、まだ空は明るかった。

空は静かだ。まるで、この世に誰もいないかのようだ。

勝家は深く風を息を吸い込んだ。

「ばてれんのフロイスが、話しておった。あん空の彼方には、天国という場所があり、善く死んだ者は、みなそこで幸せに暮らしとるげな」

勝家は禅宗の門徒であり、死後は無となると思っている。

しかし、もしも、去っていった人々が、皆どこかで平穏に暮らしていて、もう一度会えるのならば、こんなに嬉しいことはない。

信秀も雪枝も、信長も信行も、肩を並べているだろうか。平手や林、信盛や久六たちは、何を語っているだろう。はな、寅ばっさ、かかさ、ととさ——ああ、そうだ、ヤリもいるのか。

恥じることは何ひとつない。堂々と、彼らに会える。

天守閣の一角で、市は浅井の守り刀を胸に、すでにこと切れていた。

「ちい姫様、権六が、あの場所へお連れいたそう」

まもなく黄昏。

青空は、紅に変わっていくだろう。

地上は、このように血に染まり、むなしい紅の色を見せている。

「藤吉郎よ、そこにおるか」

せめて、空くらいは青いうちに逝くのがよかろう。

刀を手に欄干に立ち、勝家は思い切り声を放った。

「修理が腹の切り様を見申して、後学にし候え」

＊＊＊

不如帰が鳴く。

美しく、苦しげに。

秀吉の妻ねねと、利家の妻まつは、大坂の城にいた。安土城も、北ノ庄城をもしのぐ豪華絢爛たる城である。

しかし、その華やかな城中にいて、二人の夫人には、栄達していく夫たちよりも、なぜか、去っていった人々が懐かしく感じられる時があった。

ねねは、信長の強さ、優しさ、市の凛々しさを思う。

「もう、あのような人々は現れまい」

勝家切腹の後、天守閣は炎に包まれ、北ノ庄城は完全に燃え落ちた。勝家の遺骸も、市の遺骨も、何ひとつ見つからなかった。

賤ヶ岳で敗れた佐久間盛政は、山中に潜んでいるところを捕らえられ、京において市中引き回しの後、斬首された。

「わが運命の拙きは、みなこれ過去のむくいである。何を悔い、何を恨もう。ただ夢のなかのことである」

年若き柴田の後継ぎ勝久も、一度は戦場から逃れたが、捕らえられ、殺された。

織田信孝は切腹を迫られて死んだ。

丹羽長秀、堀秀政も、間もなく病を得て死んだ。

生き延びた者もいる。

盛政の遺児、虎姫は、父が殺した中川清秀の息子に嫁いだ。

婚約者であった十蔵を亡くした摩阿姫は、秀吉の側室となった。

茶々姫も、遠からず秀吉が側室にするという噂であった。

織田信雄は秀吉に降り、前田利家は、秀吉の家臣として重んじられている。

滝川一益は、秀吉に敗れ、降るが、やがて剃髪して無一物となり、越前大野の野に消えた。

夜明けの大坂の空に、どこの山から飛んできたのか、不如帰が啼いていた。
テッペンカケタカ
二人の貴婦人の目には、今の世のこの空が、さらに青く、遠く思われた。

＊＊＊

越前の、灰色の浜道を、ひとりの老いた尼君が行く。

姥口で口ずさむのは、念仏ではなく、端歌《はうた》であった。

　死のうは一定。生くるも一定。

月が輝く。
雪のように波花が降る。
この、凍る空の彼方にも——老尼は、遥かに二十三夜の月を仰いだ。
輝く真夏の青空高く、鳥たちは、羽ばたいているであろうか。

（了）

出版のためご尽力いただきました学陽書房安藤健司氏、および執筆にあたり貴重なご助言とご協力を数多く頂きました絵巻作家正子公也氏に厚く感謝申し上げます。

本書は、書き下ろし作品です。

人物文庫

柴《しば》田《た》勝家《かついえ》

二〇一二年一一月二〇日［初版発行］

著者——森下《もりした》 翠《すい》
発行者——佐久間重嘉
発行所——株式会社学陽書房
東京都千代田区飯田橋一－九－三 〒一〇二－〇〇七二
〈営業部〉電話＝〇三－三二六一－一一一一
FAX＝〇三－五二一一－三三〇〇
〈編集部〉電話＝〇三－三二六一－一一一二
振替＝〇〇一七〇－四－八四二四〇
フォーマットデザイン——川畑博昭
印刷所——東光整版印刷株式会社
製本所——錦明印刷株式会社

ISBN978-4-313-75283-2 C0193